我们阅读
WOMENYUEDU
魅丽文化 花火工作室

荔光小夜曲

薄皮大馅♪ 著

江苏凤凰文艺出版社
JIANGSU PHOENIX LITERATURE AND ART PUBLISHING

图书在版编目（CIP）数据

荔光小夜曲 / 薄皮大馅著 . -- 南京 : 江苏凤凰文艺出版社 , 2023.12

ISBN 978-7-5594-6477-4

Ⅰ . ①荔… Ⅱ . ①薄… Ⅲ . ①长篇小说 – 中国 – 当代 Ⅳ . ① I247.5

中国版本图书馆 CIP 数据核字 (2021) 第 269977 号

荔光小夜曲

薄皮大馅 著

责任编辑 张 倩

出版统筹 曾英姿

文字编辑 叉 叉

封面设计 殷 舍

出版发行 江苏凤凰文艺出版社

南京市中央路 165 号，邮编：210009

网 址 http://www.jswenyi.com

印 刷 长沙金鹰印务有限公司

开 本 880mm × 1230mm 1/32

印 张 9

字 数 241 千字

版 次 2023 年 12 月第 1 版

印 次 2023 年 12 月第 1 次印刷

书 号 ISBN 978-7-5594-6477-4

定 价 46.80 元

目 录

目录

第一乐章

迟蔚小管家

冬末春初，前一天刚下过一场铺天盖地的大雪，整个城市一片银装素裹。迎面的风带着凛冽的寒意，吹得人直哆嗦。

晚上七点整，距离N大附中高一放学时间已经过去了三十分钟。

校门口行人寥寥。

保安刚结束了一轮巡逻，坐在小亭子里，捧着漂满菊花、枸杞、胖大海的搪瓷茶杯，一边小口啜着，一边打开电视看《新闻联播》，开始岁月静好的养生时间。

几十米开外的小巷里，却是截然相反的天地。

寒风肃杀，呼啸着吹过街道，惨白的路灯照在雪地上，反射的光线映亮了乔茵的脸。

少女黑发齐肩，肤色很白，下巴缩在柔软的围巾里，更显得一张漂亮的脸过分小巧。她的杏仁眼里水光盈盈，粉色唇瓣紧紧抿着，整个人看上去楚楚可怜。

她面前并排站着四个身高超过一米八的男生，每一个的身板儿都结实强壮，胳膊伸出来比她的大腿还粗，把巷子口的出路堵得严严实实。

僵持的气氛中，乔茵咬了咬唇，开口问："一定要这样吗？"

尾音犹带着几分颤抖，害怕之情溢于言表。

尽管如此，她还是把同行的另一个女生牢牢护在身后。

几个男生见状都不以为意地笑了，为首的那个额前染了一撮儿红毛，吊儿郎当地说："我说妹妹，这不是很公平吗？你要救人，总得付出一点儿代价吧。"

"而且我们只是想和你交个朋友而已，大家都很文明的，一起出去玩玩嘛！"

话是这么说，但语气里的轻佻和恶意连遮掩都懒得遮。

站在乔茵侧后方的女孩子长着张乖巧的娃娃脸，比她矮半个头，闻言瑟缩了一下，却鼓起勇气拉了拉乔茵的衣摆："乔同学，你别管我了，赶快走吧！对不起，今天连累你了……"

娃娃脸女生名叫桂圆，是附中高一的学生，也是乔茵的同班同学，虽然到目前为止，两人只当了三天的同学。

乔茵这学期刚转学到附中。

地儿还没混熟，就被迫卷入一场风波。

严格说来，她在这里人都不认识几个，能记得桂圆，还是因为对方是她的前桌，入学当天主动带她去领了校服和课本。

既然是同学，还帮过自己的忙，那袖手旁观就说不过去了。

拦路的几个男生，都是附中高二体育班的。

体育班在附中算是特立独行的存在，班上的学生大半时间都跟随教练在外打比赛，待在学校的不长的时间里，他们也不安分，以成为附中其他学子的噩梦为己任。

比如逛荡逛荡校园，找漂亮小学妹"交个朋友"。

桂圆就是他们的目标。

在乔茵出现后，他们的目标名单里又顺理成章地多了一位。

他们敢这样做，无非是仗着女孩子们胆小腼腆，遇到这种事也不敢说出去。

“红毛”听见桂圆的话，嗤笑一声：“走什么走，我看今天你们一个也走不了。”

他旁边的三个人也跟着起哄：

“这你们就多少有点儿不知好歹了啊，我们松哥怎么说也是附中校草级的人物了，跟你们做朋友是给你们面子，知道吗？”

“你们也不想明天在学校听见什么不太好的传言吧？”

“小姐姐们，老实点儿啊，这儿可是监控死角，你们想喊人也喊不来的。”

乔茵能感觉到身后的桂圆身体抖得更厉害了。她松开挡在桂圆身前的手，小幅度地活动了一下手腕，轻柔地发出一声叹息：“可惜了。”

“红毛”警觉她话里语气不对，防备道：“可惜什么？”

乔茵慢慢收起梨花带雨的柔弱表情，摇了摇头，一脸惋惜：

“——可惜，我们都没兴趣和垃圾做朋友。”

话音落下的一刹那，她飞快地往前一步，在眼前人不敢置信的目光里，一个狠狠的过肩摔放倒了“红毛”。

“早说没有监控啊，早说我就不装了。”

说完又是一记飞踹。

被踹倒的男生满脸痛苦地捂着裆部，完全不能理解这小姑娘这么细的腿，哪来这么大的力气。

“就这点儿本事还敢出来当不良少年？”

“少在这儿给附中丢人了。”

“我这人呢，最喜欢身体力行用爱感化失足少年，让整个世界充满爱。怎么样，感觉到温暖了吗？”

…………

乔茵每说一句，就伴随着“砰”的一声——那是身体砸向路面的声音。

一旁的桂圆完全看呆了，傻傻地愣在一边，还没反应过来局面是怎么形成这样的两极反转，只知道刚刚还嚣张跋扈的人，此刻变成了地上四具宛如僵尸的躯体。

“他、他们……”

乔茵看出她的担心，随口道：“我没怎么用力，人没事，就是一时半会儿没法正常活动罢了。”

说着，乔茵又顺手掏出手机，给他们来了张合影，还非常敬业地指挥动作：

“哎，这个表情不错，都别动啊，别捂脸，一起拍张照，我数三、二、一——茄子——”

奇耻大辱！

欺人太甚！

这是精神和肉体的双重折磨！！！

“红毛”和他的小弟们心里是这么想的，但在绝对的武力值面前，都不敢出声，只能尽量把脖子转得远离镜头一点儿，以此维护最后的尊严。

等照片拍完后，事情在乔茵这儿就算翻篇了，她最后警告了一句：“下次要是还有什么不该有的想法，记得想想你们留下的照片。”

话刚说完，不远处突然传来一阵脚步声。

乔茵下意识地循声望去，蓦地撞入一双漆黑清冷的眼眸。

乔茵冷不防地被这个眼神冻了一下。

她再回头时，地上四个体育生已经连滚带爬地跑了，连身上沾着的雪块和泥土都顾不上擦。

“姓名。”

“乔茵。”

“班级。”

“高一（9）班。”

风应景地又刮得大了些，乔茵双手抱胸，懒洋洋地站在巷子口，跟来人进行着没营养的你问我答。

嫌对方问得太慢，她索性开始自我发挥：“生日是6月27号，身高

167 厘米，体重保密。”

“下面是不是还要问我的住址？学长这么关心我，今晚要不来我家做个客怎么样？”

“我就住在香山区锦绣大道山水丽园……”

面前的人一双清凌凌的凤眼直直望过来，冷漠地截住她下面的话：“没问的问题可以不用多说。”

这么不经逗啊！乔茵耸耸肩，漫不经心地吹了吹刘海。

跟那几个自吹自擂的体育生比起来，眼前这个男生大概才算是货真价实的附中校草。

一张脸赛雪欺霜，眉清目秀，完美契合少女们想象中的那种帅气与智慧兼得的男主角。

附中校门边儿上有一排宣传橱窗，乔茵来学校报道那天，无聊时观光过一圈，这位名叫迟蔚的兄弟，占了少说三分之一的版面，妥妥的人生赢家预备役。

如果他不是学生会会长，而且今晚刚好轮班在高二、高三晚自习的时候出来巡查，还在这里把她当场抓获的话，乔茵愿意勉为其难、纡尊降贵地为他鼓三秒钟的掌。

迟蔚显然也不想和她再多周旋，直接切入主题：“为什么打架？”

“没有打架呀！”

平心而论，那确实算不上打架，毕竟打架是两个人以上有来有往地活动，对手太菜，她充其量叫作单方面施虐。

乔茵的语气无比真诚：“体育班的几个学长想找我切磋一下身手，再交个朋友，我们刚刚在进行友好交流，学长们受益良多，感动得泪流满面地回家了。”

“……”

迟蔚笔一顿，抬眸看她，面色不善。

乔茵眨巴眨巴眼睛回望，一脸的无辜。

微妙的气氛没有波及桂圆，她在旁边听得一愣一愣的，差点儿怀疑今晚发生的一切都是幻觉。乔茵全程语速太快，她这会儿才找到机会插话："迟学长，今晚的事和乔同学没关系，是我……"

不怪那几个体育生有恃无恐，对害羞腼腆的女孩子来说，被男生骚扰这种事本身就难以启齿。

"都七点半了。"乔茵打断桂圆的话，伸手握住她的手腕，拉着人往前走，头也不回地从迟蔚身边经过，"学长，我们高一九门功课同步学，作业超——多——的，有什么事儿麻烦你来我家家访，地址就是我刚才说的那个，我全家都随时恭候你的莅临指导，现在我们就先走啦！"

身后的人没追上来。

把桂圆拉到巷子外，乔茵就松了手。

这儿车水马龙，霓虹灯都格外亮，人来人往的也安全一些，不怕再出现被人堵截的情况。

小姑娘复读机似的，跟她念叨了一路的"谢谢"，乔茵实在没忍住，揉了揉她毛茸茸的脑袋：

"以后放学记得找人一起回家，遇到事别怕告诉老师和家长，来找我也行——不过我在学校的时候好像一直在睡觉，如果睡着了，你叫我一声。"

桂圆连忙点头。

乔茵耐心地等桂圆要乘的公交车停靠在站台边，才背对着桂圆挥了挥手，往反方向走去。

桂圆三两步跑进车厢，在靠窗的位置坐下，透过车窗，看着外面那道渐行渐远的身影慢慢融进夜色里。

她从来没有见过乔茵这样的人。

明明光看外表，是漂亮得像个精致易碎品的女孩子，但莫名就是有种洒脱不羁的帅气。

仿佛一阵自由的风。

"自由的风"在大街上独自游荡了两个多小时，打了好几个喷嚏，才磨磨蹭蹭地回到了她在N市的住所。

山水丽园是有名的独栋别墅住宅区，每家每户之间都隔着一个小花园的距离，乔茵刚走到花园入口，十米开外，就有人早有预兆地从室内打开了门。

园内灯树千光照。

错落有致的光线在庭前闪闪烁烁，勾勒出少年清俊的面部轮廓，像个乔装打扮下凡的小神仙。乔茵缓缓地眨了两下眼睛。

好巧。

今天第二次见面了。

距离上一次见面刚好过去两小时二十三分五十八秒。

就是看迟蔚的脸色，好像没有丝毫喜悦之情。

搁一个星期以前，乔茵也没想过自己会遇到这么经典的玛丽苏偶像剧场景——校园一霸和三好学生同住在一个屋檐下。

唯一不太对劲的地方，可能是，她和迟蔚的性格与性别，好像和偶像剧里的，不太一样。

乔茵其实是被她爸乔逢安连人带行李，从A市空投来N市的。

三岁那年，父母终于结束了相看两生厌的不幸婚姻，她跟随妈妈移居美国待了九年。十二岁的时候母亲再婚，没多久她又被送回国内念中学。

那会儿恰巧乔逢安刚升任律所的高级合伙人，忙得不可开交，一个月也难能回家一趟，根本没空管家里还养着的孩子，这一耽误就是三年。

等乔逢安想起自己还有个女儿的时候，乔茵已经上高一了，并在高一第一学期期末考试取得了三门不及格的“光荣”成绩。

乔茵上高一的那个除夕夜，乔逢安气得血压的数值飙升到比外面鞭炮声的分贝数还高两倍。

乔茵对此深表遗憾。

然而她万万没料到，她爸脑筋转得这么快，效仿孟母三迁，隔天就给她转了学籍，让她到姑姑所在的N市读书。

N市教育质量在全国都是数一数二的，姑姑结婚后专心在家当全职太太，家里只有一个在上小学的孩子，正好有时间能管她。

有时候乔茵觉得自己的本体可能是个足球。

被人踢过来又踢回去。

但足球起码还会被赛场上的人抢着要，从这点来看，她还不如足球。

在姑姑家第一次看见迟蔚的时候，乔茵着实被吓了一大跳。

被吓到的点主要在于，难以置信当代小学生都能长到一米八五的个子，虽然帅是很帅的，但这看上去也“揠苗助长”得太厉害了。

她犹犹豫豫地喊了一声“表弟”，对面的人却十足的高贵冷艳，压根没理她，反倒是有个身高到她肩膀的小朋友从房间里钻出来，热情地给了她一个大大的拥抱：“茵茵姐姐！”

乔茵这才知道认错人了。

而被她错认的迟蔚，是她姑父家那边的亲戚。尽管和她年纪差不多大，但从辈分上来说，她的小表弟迟希，还要喊人家一声“小叔叔”。

迟蔚和她一样，也是因故寄住在这里的。

乔茵向来不喜欢管别人的闲事，所以也没问究竟是什么原因，只知道对方比她早来了好几年。

同是天涯沦落人，虽然第一次见面的情景是尴尬了一些，但乔茵不计前嫌，准备和对方和平共处。

谁料迟蔚恩将仇报，不仅完全没有领会她的让步，还连夜打印了一份疑似是《迟家家规》的东西递到她面前。

乔茵：“……”

我的天哪——

21世纪了，这种东西是真实存在的吗？

也是这个时候，她才隐隐感觉到有哪里不太对劲。

姑父跟她爸差不多，常年出差在外。

姑姑性格温柔，从来不跟人大声说话。

表弟小朋友一个，只有被人支配的权利。

一个偌大的家里，管事的，竟然似乎、好像、仿佛是迟蔚？

乔茵从来不会坐以待毙、任人宰割，想通后，当即给面前的人表演了一个文盲："我不认识汉字。"

这么拙劣的谎言迟蔚自然没信，也懒得拆穿，清冷的声线平静无波地开始逐字念起了那份《迟家家规》。

"……"乔茵闯荡江湖这么多年，难得遇到这种对手，偏要挑战他的底线，毫不掩饰地抬杠，"抱歉，我也听不懂中文。"

结果迟蔚停都没停，直接顺畅流利地切换成了英文，还是非常标准且优美的英式发音。

乔茵真是服了。她觉得自己可能遇到了个智能机器人。

念完后，迟蔚终于抬起睫毛，施舍般扫了她一眼。

乔茵从他的眼神里，解读出了一个扇形统计图，里面有三分"你就这点儿本事"的不屑，三分"在这个家就要听我的"的霸道，和四分"劝你趁早安分点儿"的警告。

就和现在一样。

不过此一时彼一时，乔茵早就想通了。

只要她没有道德，迟蔚就不能用道德绑架她。因而在迟蔚凌厉视线的注视下，她还是脚步轻快地走到门口，脱下外套换了鞋，路过迟蔚身边的时候，还跟他打了个招呼。

"小叔叔晚上好呀！"

在学校她配合迟蔚装不认识，回到家还是十分讲礼貌的。

说完，她没管迟蔚的反应，就径直溜到了餐厅。

姑姑今晚陪姑父在外应酬还没回家，迟希小朋友每天按时八点前要上床睡觉，一楼的活动人口也就乔茵、迟蔚，还有家政阿姨。

餐桌上放着一碗热气腾腾的小米粥，还有一碟形状小巧可爱的奶黄包。

“谢谢赵姨给我留饭！赵姨真好！”乔茵双眼弯成月牙形状，笑得甜甜的。

乔茵现在和在校门口一拳打倒一个壮汉的形象截然不同。

赵姨被假象迷惑，露出慈祥的笑容。

“既然饿了，下次就早点儿回家，看看这小脸瘦的，多吃点儿，不够赵姨再给你热。”赵姨念叨着，“还是小蔚告诉我，说你可能过会儿就回来了，让我提前热一下饭……”

乔茵是真没想到，呆了两秒，叼着奶黄包转过头。迟蔚手里拿着本书，快走到楼梯口时，回头跟她对视了一眼。

大约是灯光色调太暖，让迟蔚冷若冰霜的表情看上去都没那么冻人了。

然而心里的感动还没多累积一秒，乔茵就听见迟蔚开口叫她的名字。

“乔茵。”

“嗯？”她抬眸。

迟蔚说：“你是不是很喜欢给人添麻烦？”

果然。

这才是冷酷无情的铁血迟管家，给她留饭也只是身为完美管家的职业素养罢了。

一般女生听到这话要羞愧得脸红，但乔茵素来油盐不进，还非常擅长把斥责的话当成褒扬。

“倒也不是。”她一脸正色，语气却十分无赖，“可能只是……比较喜欢给我们小叔叔添麻烦啦！”

迟蔚冷着脸，说出的话还挺客气：“那我是不是要多谢厚爱？”

乔茵摆了摆手，笑眯眯地说：“我们什么关系呀！这都是我应该做的。”

“我不管你每天放学是去哪里，跟谁一起，”迟蔚沉着眼看她，“下次九点前没回来，不会有人给你开门。”

哦。这条貌似也是《迟家家规》里的内容之一。

乔茵没放在心上，视线飘向窗台，心说还好她身手不错，翻个墙也不是什么大事儿。

迟蔚一眼洞察，语气带着警告："你想都不要想。"

乔茵"哇"了一声，佯装惊奇地拍了拍手："小叔叔怎么知道我在想什么？我们心有灵犀哟！"

空气凝滞。

乔茵仿佛察觉不到丝毫尴尬，低头自若地小口喝粥，片刻后，头顶传来迟蔚平静却莫名带有威慑力的声音：

"你可以试试。"

试试就试试。乔茵不以为意地想。

她不光会翻墙，还会搞个七百二十度托马斯全旋外加后空翻。

就是不知道你有没有这个福气欣赏了。

别墅连地下仓库一共四层。一楼主要是客厅、餐厅和活动室，乔茵和迟蔚的房间都在三楼，中间隔了间书房。乔茵吃完饭上楼的时候看见书房的灯亮着，由衷感慨了一下他们校园剧男主角勤奋好学的专业素养。

墙壁都是特制的，隔音效果一流，起码乔茵来这儿一周，天天晚上放重金属摇滚乐，迟蔚也没来找她算过账。

她随手把书包扔下，摁亮台灯，从口袋里拿出手机，几百条新消息闪个不停。

其中一大半都来自某个名叫"宇宙超气人天团"的微信群。

里面的人都是乔茵在 A 市的朋友。

初三毕业那年，一群人闲着没事儿干，不记得是谁起的头，搞了个乐队，一开始大家就是闹着玩儿，没想到后面还有模有样地参加过几次大型活动，拿了不少奖。

乔茵来 N 市这段时间一直没点开过群，到现在已经积累了上千条消息。不用看也知道大多是男生们在吹水，她懒得翻，草草地划了两下屏幕。

小光："已经七天了，茵姐怎么还没消息，也不知道她在 N 市冷不冷、饿不饿，会不会被人欺负，想到这种可能……我的笑容就不自觉地溢出眼睛。”

阿元：“我看你是真的活腻了。”

贝壳：“呼叫茵姐，这里有人需要‘爱的关怀’。”

贝壳：“？？？”

贝壳：“‘可爱甜心啾咪’是什么东西？我们群什么时候混进来个陌生人？”

贝壳：“等等……这难道是茵姐？？？”

小光：“说什么呢！茵姐明显是被人盗号了，‘可爱甜心啾咪’这六个字哪个和她有关系？”

其实乔茵才是乐队里年纪最小的那个，还没过十六岁生日，“茵姐”只是他们发自内心的敬称。

乔茵：“……”

这个昵称是她前两天改的，当时姑姑要加她的微信，她原来的那个昵称太过张扬，不适合被长辈看见。但她实在不知道女孩子的网名应该是什么样的，就从网上随便抄了一个一看就很乖很嗲的。

后来姑姑给她填了备注，她又忘了把名字改回来，此刻被人提醒才想起。

乔茵：“小光，自己记得欠顿打，等我回A市的时候自觉点儿撅起屁股挨踢。”

小光：“茵姐，你终于出现了，人家好担心你哟！最近几天想你想得都没睡好觉。”

阿元：“谢谢小光，本来有点儿胃胀，吐出来感觉好多了。”

贝壳：“茵姐什么时候回来啊？之前还有‘杧果音乐节’的负责人来问咱们四月能不能去参加活动。”

乔茵：“四月可能不行，我尽量快点儿。”

阿元：“茵姐不是在姑姑家吗？一时半会儿应该回不来吧！”

说实话，刚坐上来N市的飞机时，乔茵是没什么把握能被遣送回A

市的，直到在这里遇见迟蔚。

乔茵："长话短说，这儿有个看我不太顺眼的小管家，小管家还挺有权威，我现在在尝试挑衅他，等小管家发火忍不了叫我走的时候，我就可以收拾包袱回来了。"

乔茵："怎么样，计划是不是很完美？"

这条消息发出后，群里鸦雀无声了整整一分钟。

然后其余几人开始一个接一个整齐划一地发了一排蜡烛的表情。

乔茵："？"

乔茵："你们什么毛病？"

小光："没什么，就是为那位不知名的小管家默哀。"

被他们茵姐盯上，这兄弟还是抽空去庙里拜拜，乞求菩萨保佑吧。

把要紧的消息回完以后，乔茵就把手机丢到了一边，伸了个懒腰，从架子上抽出一本本子开始写东西。

既然做好了要回A市的准备，新曲子就要预备搞起来了。

可是灵感这玩意儿不是说有就有的，乔茵最近连着在N市大街上逛了几天也没什么收获。

她本来睡觉就认床，再加上写不出东西面临的压力，夜里能睡得着觉就怪了，只能白天上学补觉。

长此以往就成了恶性循环。

不能再这么下去了。乔茵咬了咬牙，推开椅子站起身，重新抄起手机，走了出去。

走廊的吊灯是关着的，只开了一排小壁灯，散发着淡淡的幽光。

乔茵的怪癖之一，是喜欢在幽暗又并非一片黑暗的环境里进行创作。别墅里暖气开得很旺，地上还铺着一层厚厚的地毯，就这么坐着也不觉得冷。

闭上眼睛默数十个数，乔茵慢慢地酝酿出了一缕灵光，打开了手机上的音乐编辑器。

迟蔚从书房出来的时候，正好跟墙角的不明生物打了个照面。

女孩子一双漂亮的眼睛被壁灯映成深蓝色，举起一只爪子，朝他挥了挥，像只化身成人的招财猫："嘿！"

这么诡异的场景，换个胆小的人来估计要被吓得尖叫声传遍方圆十里，但迟蔚只是脚步停顿了一下，就视若无睹地转过身，准备进卧室。

乔茵今晚好不容易写出了两段旋律，心情正好，觉得未来一片光明，想跟全世界分享快乐。她"噌噌"几步一个瞬移闪现过去，挡在迟蔚身前。

"我们加个微信好友吧，迟蔚！"刚改回的微信名，不利用一下可惜了。

怕迟蔚一口回绝，她竭力争取："我会给你朋友圈点赞的！"

然而迟蔚完全不上套，手握上了门把手："不必了。"

"要的，要的，"她眨巴眨巴眼，"联络一下感情嘛，小叔叔。"

迟蔚低头，表情认真地向她请教："我们有什么感情需要联络？"

乔茵早猜到他要这么说了，一脸肃穆道："那可多了去了，同窗之情呀，同屋之情呀，我们还同住地球村，天哪，这也太有缘了吧！搁古代我们都要拜个把子，不求同年同月同日生，但求同年同月同日死的！"

这一串"同"字用尽了乔茵毕生的文学细胞，可校园男主角迟蔚同学，闻言却惜字如金地回了五个字加一个单词："我的微信有 bug（故障）。"

乔茵："什么 bug？"

迟蔚："加陌生人的话，手机会自动关机。"

迟蔚说完干脆利落地推开门，进屋，再"嘭"的一声关上了门。一套动作快得让乔茵都没回过神来。

无情。冷漠。编借口都编得这么不走心。

乔茵难以置信地瞪着合上的门板整整五秒钟，才按捺下心口一团熊熊燃烧的火焰，转身回了房间。

兵来将挡，水来土掩。问题总是没有办法多的。

第二天一早，一家人坐在餐桌前吃饭的时候，人生信条是绝不吃亏的乔茵同学终于想出了新的搞定迟蔚的对策。

今天的早餐是小笼包、水煮蛋配豆浆。

乔茵一边剥着鸡蛋壳，一边轻声地叹气，说是轻声却又要恰到好处地能被坐在她对面的姑姑乔静安听见。

果然，叹到第三声的时候，乔静安关切地问道："茵茵怎么了？一大早愁眉苦脸的。"

乔茵顺势露出一副故作坚强的表情："姑姑，我没事的，就是觉得附中的教材好难啊，我昨天晚上作业做到好晚都没做完。"

这话要是被贝壳、小光他们听见，都要晃晃自己的脑袋，确认一下是不是脑子里水进多了而产生幻听。

在N市知道她是什么人的，可能也就迟蔚一个。

她余光偷偷一瞥，跟她隔了一个座的迟管家正目不斜视，非常有用餐礼仪地认真吃饭，仿佛她说的话一个字都没飘进他的耳朵。

乔茵："……"要不要我推荐你去当粮食爱心大使。

想是这么想，乔茵面上还保持着忧心于学业的烦恼神色。

乔静安一直就想要个女儿，虽然听乔茵她爸打了几剂预防针，但对着这么漂亮的小姑娘根本抑制不住一颗慈爱之心，安慰道："没事儿，没事儿，慢慢来啊，要不姑姑给你请个家教？"

"这样是不是太麻烦了？"乔茵赶忙道，"姑姑，我听说……小叔叔成绩特别好，我们学校宣传橱窗都挂了他的名字，要不就辛苦小叔叔抽出那么一点点时间，辅导我一下？"

迟蔚放下手里的筷子，目光轻飘飘地扫过来一眼。

乔茵恍若未觉，表情是一心向学的虔诚。

"对对对，小蔚成绩一直都是很好的，"乔静安眸光一亮，转头看向迟蔚，"小蔚啊，如果最近功课不急，可以抽空帮茵茵补习补习。"

长辈发话，迟蔚自然是不会拒绝的，接下这个从天而降的重担："好。"

"小叔叔，"乔茵睁着一双黑白分明的大眼睛看着他，"那我们加个联系方式吧？我有问题可以直接微信发给你，这样方便多了。”

逻辑严丝合缝，任谁也挑不出错来。

迟蔚也没再抵抗，把手机解锁，翻到二维码的界面，递到她面前。

乔茵飞快地扫了，然后晃了晃手机，笑得乖巧无害：“小叔叔记得通过我的好友申请哟！”

迟蔚垂眸看了一眼手机屏幕：

——“我买几个橘子去”请求添加你为好友。

兜兜转转大半天，原来是在这里等着他。

幼儿园大班的小朋友恐怕都使不出这种幼稚的攻击招数了。稍微强一点儿的，大概就是上过初中，学过朱自清的《背影》，知道这么隐晦地给人“当爹”。

迟蔚唇角微动，没说什么，点了通过。

而这一切看在乔茵眼里，就是迟蔚认栽、迟蔚有口难言、迟蔚输给她了。

乔茵顿时觉得面前这杯豆浆都不需要加糖了。

真好喝。

这天上午，一则大新闻轰动了整个附中。

乔茵一早大获全胜、神清气爽，没再困到随时随地扮演海龟冬眠，也就听了一上午的八卦。

“到底是谁！哪位勇士这么大胆为民除害，把体育班那群人揍了一顿？”

“我感觉不止一顿，我今早进校门的时候看见吴松了，他就算戴了口罩和墨镜也挡不住脸上的伤，那黑眼圈，有我拳头那么大，像是被整整蹂躏了三天三夜，啧，真惨。”

“不知道这位做好事不留名的哥们儿替天行道的时候录像了没，我愿意付费观看。”

听到这儿，乔茵精神一振。

她甚至在考虑如果把照片挂出去能卖多少钱，不过最后还是被所剩无几的良知拦住了冲动。

大课间，操场上人潮拥挤。

昨天共患难一场后，桂圆对乔茵熟稔了不少，知道乔同学虽然看上去有点儿高冷，实际上人很好，于是大着胆子主动拉着她去旁边看高二学长们的篮球赛。

乔茵还在扼腕叹息一笔巨款的流失，一抬眼，隔着张铁丝网，竟在人堆里捕捉到了一道熟悉的身影。

少年身姿挺拔，动作利落。这会儿的他没了那种不食人间烟火的高冷劲了，颀长的身躯穿梭在球场上，像一只敏捷而矫健的豹，带着攻击性，配合着那张绝对引人注目的脸，每一次的进球都伴随着一阵热烈的欢呼。

看来早上的事没有对迟蔚造成太大的影响，他还能在这儿活蹦乱跳地打球。

虽然“活蹦乱跳”这个词用在迟蔚身上，是有那么一点儿不太合适。

乔茵有点儿遗憾地摸了摸鼻子，觉得找个机会乘胜追击十分必要。

桂圆没察觉到风暴即将来袭，在旁边尽职尽责地当解说员：“今天是高二的理科实验班和一班在打比赛，实验班就是迟学长那个班，听说迟学长特别厉害，去年他就带他们班拿了篮球赛的第一名。”

原来小管家不是个书呆子，还挺多才多艺。

乔茵往看台上眺望了一眼：“那边都是那两个班的学生吗？高二一个班怎么这么多人？”

“不是呀！”桂圆说，“看台上好像还有我们班的女生，估计好多都是来看迟学长和他们班体育委员的，我校两大知名帅哥都在这儿。”

桂圆说着，语气还有点儿遗憾：“我们早点儿来就好了，没准看台还能剩两个位置……”

话说到一半，她忽然想到乔茵昨晚和迟蔚之间剑拔弩张的气氛，好像不是那么和谐，瞬间咽下后面的话，小心翼翼地说道：“……也没什么好看的，下节英语课要听写，不然我们先回教室背单词吧。”

乔茵没有要走的意思，比起背单词，还不如在操场上看迟蔚打球。

赛事现在已经呈胶着状态，看台有女生跳起来大声尖叫。乔茵又瞥了一眼："迟蔚的人气这么高？"

桂圆闻言瞪大了眼睛，紧张地想去捂乔茵的嘴："这种话绝对不能被李主任听见！"

乔茵眉梢微扬："怎么了？"

"李主任听到的话要出大事的！"

李主任大名李德田，是附中的教导主任，专门管校风校纪这块儿。

"教学楼后面有个小竹林，以前大家课间都挺喜欢去那儿遛弯的，后来李主任发现了，每天搞突袭去竹林里抓人，现在都没什么人敢再去了。"

桂圆为了让乔茵明白事情的严重性，语气十分夸张。

乔茵很配合，听得神色严肃，严肃中还夹杂着一些若有所思。

——如果这个李主任真有这么可怕，那她现在要是搞出什么风吹草动，牵扯到迟蔚，他俩应该很快就会被叫去谈话，并达成"迟蔚风评被害"成就。

谣言这种东西，一般都是愈演愈烈，洗也洗不清的。

像迟蔚这样的天之骄子，估计从小都是众星捧月般的待遇，从来没被当成负面典型教育过。

乔茵决定牺牲自己的名誉，帮迟蔚丰富一下人生经历。

顺便让他认清，她会是个多大的麻烦。

篮球赛到了最后一分钟，队友把球传给了迟蔚，他现在一个人被三个人围着，情况十万火急。

球被他从左手不着痕迹地转移到右手，脚尖转了个方向，正要起跳。

十点钟方向，突然有一道清透的女声，穿破重重喧嚣嘈杂的背景音，响彻了整个篮球场。

——"迟蔚！加油啊！！妈妈爱你！！！"

围攻的三个一班男生被这声惊天地泣鬼神的呐喊震得一个激灵，反应只慢了零点一秒，球已经从迟蔚手里飞了出去，在空中划过一道弧线，其他人想伸手去拦也来不及了。

空心三分球顺利进筐。

这么漂亮的一个投篮，全场却像被定住一样的寂静，没有一个人敢大声呼吸。

比赛结束了。

裁判如梦初醒，懵懵懂懂地在旁边吹了声口哨。

球场上的男生们也都没急着下场，所有人的视线都集中在迟蔚身上。

迟蔚摘下额头上的吸汗带，转过头，朝篮球场入口的声源处望了过去。

最近一连两天都是晴天。

可冬天的太阳实在没什么可信度，看着金光灿灿的阳光洒下来，却还是觉得冷。

乔茵身上穿了件浅色荷叶边的羽绒服，是来N市以后添置的新衣服，“小公主”的款式，习惯了牛仔外套、黑夹克的乔茵穿得浑身不自在，但完全拒绝不了一颗少女心复萌把她当芭比娃娃打扮的姑姑。

出教室的时候她忘了戴围巾，细白的脖颈暴露在空气里，看着就很冷，但是乔茵现在浑身热血沸腾，已经感觉不到身体的冷暖了。

她正踌躇满志地想和迟蔚来个跨世纪对视，却冷不防被桂圆一把拉住手腕，拽着往外一路狂奔，跑出了篮球场众人的视线范围。

人的潜力果然是无穷的，比如在此之前她完全没想到，看上去瘦瘦小小的桂圆竟然能拉动她跑这么远。

等跑到教学楼旁，桂圆才停下脚步，气喘吁吁道：“乔、乔、乔同学！你刚刚想做什么？！”

乔茵觉得这小姑娘真讲礼貌，明明脸上都被吓得写满了“你是不是疯了”六个大字，说出的话还客客气气的。

“嗯……可能是想给迟学长加个油？”乔茵略有些不好意思道，“太匆忙了，一时之间没想到特别好的加油词，就只好说了这一句。”

桂圆：“……”她怎么好像还听出了几分惋惜之情。

桂圆脸蛋涨红：“李主任就在操场旁边的小亭子蹲点呢！不能被他抓到的！”

乔茵听到这话心里是真的开始惋惜了。

但她总不能直说她的目的就是和迟蔚一起，被这位大名鼎鼎的李主任邀请去办公室喝茶吧。

时机稍纵即逝，就这几分钟的时间，篮球场的人都散得差不多了，再赶回去也没什么意思。乔茵彻底放弃了计划，理智也慢慢回笼，反思了一下刚刚的行为，在旁人眼里，她确实可能像是刚从医院出来获得自由的病人。

不知道有没有给面前这个小姑娘造成什么心理阴影。

她没有太多和同龄女生相处的经验，犹豫了两秒，手轻轻碰了下桂圆的肩膀，低着头，声音刻意压得轻柔：“我知道啦，让我们桂圆同学担心了，以后我肯定不会再这么冲动了，给我个机会请你喝奶茶好不好？”

美色当前，鲜有人能扛得住。

桂圆一秒沦陷，瞬间把李主任忘到九霄云外。

另一边。

迟蔚从场上下来的时候，肇事者早就跑得影儿都没了，他也没在意，在众目睽睽之下随手拽下挂在铁丝网上的外套，准备回教室了。

大课间即将结束，第一遍预备铃蓄势待发，观众席上的众人也都一边表情各异地议论着新鲜出炉的八卦，一边往教学楼走。

“我的天哪，今天是个什么日子，先有人暗中痛揍体育班恶霸，又有人公开调戏实验班学霸？”

“我刚才没看清喊的那个人是谁，你们有人看到没？”

“我也没看见，但是不妨碍我在心里瞻仰她的英姿。”

…………

迟蔚人高腿长，步子迈得又快，一起打球的柯远和宋成飞连走带跑才从后面追上。

柯远绕到迟蔚面前，一脸不怀好意地笑道：“兄弟，什么情况？”

迟蔚理都没理。

柯远也没指望这闷骚惯了的祖宗能说什么，自己在一旁单口相声讲得抑扬顿挫。

“可以的，今天我们迟校草的偶像剧男主绩效指标也顺利完成了。”

“啧，”他感叹一声，“可惜这姑娘还是单纯害羞了一点儿，不跑的话说不定就能引起校草的注意，从此谱写一段浪漫故事。”

迟蔚眉毛都没动一下：“你话很多？”

宋成飞也在一旁点头帮腔：“就是，柯远你没事干就去帮我把这周周记写了，别在这儿编故事。”

柯远无语：“你们懂不懂情趣，算了，本花季少男，跟你们这种一辈子也没和女生说过几句话的人没有共同语言！！”

踏入教学楼前，迟蔚突然开口道：“你说得挺多，看人倒是不怎么准。”

柯远：“……”

柯远：“？”

一整节英语课，除了听写单词的十分钟，乔茵都趴在桌子上发呆。

挑衅迟蔚的任务比她想象得要艰巨一些，也不知道能不能赶得及在两个月内搞定。

想到这里，她幽幽地叹了口气。

英语课的老师是九班班主任胡敏仪。

拜移居美国九年的经历所赐，英语算是乔茵为数不多成绩还差强人意的科目了。

第一天转学过来的时候，胡敏仪问过她想不想竞选英语课代表。但乔茵有充足的自知之明，忍痛拒绝了这个机会。

然而此刻她的垂头丧气，在胡敏仪看来就是另外一种意思了。

刚下课，乔茵就被叫去了办公室。

她还不知道自己到底犯了哪条校规校纪。托桂圆的福，她在篮球场上惊世骇俗的行为没被第三个人看见。

冥思苦想了一路，踏进办公室的一刹那，乔茵抬头冷不丁和昨晚刚进行过友好会晤的“红毛”校霸打了个照面。

虎背熊腰的一个大男生，此刻蔫了吧唧地低着头听人训话，就是眼神还不够安分，瞟来瞟去就瞟到她了。

乔茵手心微微攥紧，表面若无其事地转开脸，心里却警铃大作。

……不会是因为昨晚打架的事吧？

奥斯卡无冕之王的乔影后，头脑飞快转动，思索着待会儿要怎么把自己伪装成受害者。乔茵还没理出个演出步骤，就听见胡敏仪温和地问她：“来附中四天了吧，在这儿还习惯吗？”

“啊？”乔茵愣了一下，完全没想到对方会问这个，“……还、还好？”

胡敏仪轻轻叹了口气：“我知道你们这个年纪的小姑娘心里都很有自己的主意，老师也不想过多干涉，但老师还是希望你能在这个新环境里开开心心的，比起学习成绩，我更看重你们的心理健康。”

乔茵没想到上课走个神就牵扯到心理健康问题上了。

不过既然不是违纪被抓，她心里悬着的石头也就落了下来。

“谢谢胡老师，我和同学们相处得都很……”最后一个“好”字还没说出口，早上在操场吹风的报应就来了。

猝不及防，乔茵感觉鼻腔有一股酸意上涌，喷嚏没打出来，眼眶却不受控地憋红了。

好巧不巧，隔壁办公桌旁罚站的“红毛”正扬着嗓门叫屈：“李主任，我真的没跟人打架！我脸上的伤，那是……那是不小心摔的！”

乔茵不禁闻声望去，想看看大名鼎鼎的李主任到底长什么样。

结果李德田也正好余光瞥来，瞧见她还残存泪花的眼，手掌一拍桌子，对“红毛”呵斥道：“嚷嚷什么呢！你还有脸嚷嚷！都把人家小姑娘吓哭了！”

红毛：“……”这也能怪我？

乔茵：“……”我真的没有哭。

可能人倒霉起来，是没有限度可言的，连乔茵都不得不说他真的有点儿惨。

但这不妨碍她再雪中送炭……不是，火上浇油一波。

乔茵表情凝重地向他点头致意，接着给了他一个鼓励的眼神，然后在他还没反应过来的时候，在李德田眼皮子底下，默默低下了头，一脸明晃晃的“害怕”。

这下连胡敏仪都面露不满，更别提李德田了：

“吴松，看哪儿呢？还敢瞪人家是吧！我看你是想让我现在就把你家长叫来！”

“红毛”忍不住在心底骂了句脏话，在十几岁的年纪第一次理解了“越漂亮的女人越会说谎”是什么意思。

乔茵倒完全不怕他会主动把事情的真相说出来，凭她对他们这种校霸的了解，承认被一个女生按在地上锤，比被罚在主席台公开念十份检讨都难。

课间十分钟过得很快，胡敏仪没再拉着她多聊两句，乔茵出办公室的时候，“红毛”还在挨训，她隐约听见李德田的声音：“别以为学校监控拍不到就没事了，跟人打架、欺负同学，我看你除了上课什么都干，你还把这儿当学校吗……”

乔茵脚步一顿。

她刚刚没来得及细想，昨晚的事究竟是怎么闹到李德田那儿的。

当时在场的一共就三个人，桂圆胆子那么小，一看就不敢再去招惹校霸，而她向来巴不得离那些老师、主任之类的八百米远，那就只有迟蔚了。

他那会儿跟她互装不认识，还公事公办地把她的名字记了下来，最后却没有把她也一并供出去。

所以就是，迟蔚为民除害的同时慧眼如炬，发现了她的纯良本质，决定网开一面放她一马？

乔茵缓缓地抬起头，仿佛在天际看见了一道光。

是迟蔚身上散发的人性光辉。

她双手合十默念了一声“阿弥陀佛”。他们小管家虽然性格是冷了点儿、傲了点儿，但有一说一，人品真是没得挑。

遇见她，可惜了。

虽然“红毛”等人已经经受过一轮又一轮的惨痛教训，但乔茵还是有点儿不太放心，加上答应了要请桂圆喝奶茶，所以乔茵一放学就跟她一起去了学校的奶茶店。

同行的还有班上的三个女生。

其中齐刘海的是语文课代表，高马尾的是学习委员詹静，自然卷的和乔茵的座位就隔一条走道。

小姑娘们和桂圆关系不错，一开始在乔茵面前还有点儿拘谨，没说几句就开始叽叽喳喳、热热闹闹地聊起来了。

“呜呜呜，其实乔同学刚转来我们班的时候我就一直在偷偷看你，仙女竟在我身边！”

“我可以叫你茵茵吗？茵茵，你要是有什么学习上的问题都可以来问我，我们加个联系方式吧！”

“我也要，我也要！”

乔茵自然而然地掏出手机，挨个加了好友。

加到一半，乔茵才想起自己的微信名，结果小姑娘们纷纷表示不介意：“仙女就是要和普通人不一样才对！”

乔茵拜服，转头跟吧台点了五杯奶茶，眉梢微扬道：“那能请美少女们喝奶茶也是我的荣幸。”

不远处，正往奶茶店走的柯远，看见前方被簇拥着、姿态几乎可以用左拥右抱来形容的窈窕身影，表情近乎呆滞："是我跟不上时代了吗？现在的女孩子都这样了？"

迟蔚收回目光，淡淡开口道："单纯。"

柯远："啥？"

迟蔚："害羞。"

柯远："？？？"

迟蔚说："你早上对她的形容。"

柯远："……"

他迟了半分钟才反应过来迟蔚在说什么，表情如实反映出一个十七岁花季少男失去了梦想的样子。片刻后，柯远一拍脑袋："哎，不对！你怎么知道是她，而且一眼就从人群中认出人家了？迟蔚，你不对劲！！"

迟蔚没有半点儿被戳破的慌乱，平静道："你想知道？"

柯远兴致勃勃，伸手做了个"请"的姿势："愿闻其详。"

"因为我虽然不怎么和女生说话，"迟蔚顿了一下，"但是比你，眼神好一点儿。"

"……"柯远呆立两秒，"你就当我没问。"

省去了漂泊在外、四处溜达找灵感的时间，乔茵这次回家还没到八点，迟管家还在上晚自习，偌大的别墅里都泛着自由而快活的气息。

吃完饭，陪迟希小朋友一起看完少儿频道的亲子互动节目后，她就一溜烟爬上楼继续前一晚的激情创作了。

等写完第一段的最后一个音符，乔茵揉了揉肩膀，抬头看向桌上的小闹钟，刚过十点。

根据以往的惯例，这个点迟蔚应该已经在书房看书了。

乔茵双手撑着下巴，陷入了人生关键问题的思考：迟蔚这种性格冷淡到其他人眼神不好的话，都看不清他脸上有没有情绪波动的人，到底要怎么样才能把他惹生气。

看来还是要寻求一下专业人士的帮助。

乔茵拿起手机，点进了“宇宙超气人天团”群。

乔茵：“有没有人在？我有个问题。”

小光：“你好，客服 10086 号正在为你服务，请问这位顾客有什么问题？”

乔茵没理他的耍宝：“你们平时做什么，别人会生气？”

小光：“这题我会，考试总分加起来没到200的时候，我爸就很生气，直接给我扔了个行李箱和二十块钱让我出去。”

贝壳：“你爸还挺好，你要是我儿子，我就只给你扔条裤衩。”

阿元：“我连裤衩都不给。”

小光：“你们还是人吗？搁我这儿内卷是吧？”

乔茵：“……”

乔茵：“再见。”

她就多余来问这几个人。

乔茵翻了个白眼，退出微信，打开百度求助：“怎么惹人生气？”

输入问题的过程中，乔茵一直在犹疑地想：真的会有人搜索这么奇葩的问题吗？世界上遇到她这种困难境地的人应该没几个吧？

等页面跳转的瞬间——

百度头条为你推荐：惹怒一个人的一百种方法。

乔茵：“……”她还是太年轻了，这得是恨到什么程度啊！

乔茵肃然起敬，求知若渴地点了进去：“①无意识地否定；②强烈的控制欲；③说话含糊其词；④以自我为中心；⑤技巧压制。”

只有五条。原来是个标题党？

不过每条下面都附带了详细的实操方法，看着还挺像那么回事儿的，里面有几条看得乔茵拳头都硬了，迅速截图记录下来。

她一向是实干派，有了想法绝不拖延，当即就起身下楼泡了杯苦到一滴就能让人崩溃的咖啡，端到了书房门口。

乔茵意思意思地敲了两下门，没等里面传出动静，就自己拧动了门把手。

她在心里自我告解，她又不是来当感动中国十大人物的，要那么礼貌做什么？

强制侵犯私人领域，就是控制欲的第一步表现。

书房空间很大，四面书架上塞满了各种各样的书，中间有张四四方方的桌子，迟蔚就坐在角落。

乔茵管他叫机器人不是瞎叫的，在这种四下无人的环境，他都能保持着最标准的坐姿，怪不得在附中这种近视率高达80%的学校，他一个年级第一还能不戴眼镜。

听见动静，迟蔚只淡淡扫过来一眼，视线又落回书上了。

乔茵跟着看过去——《基本巴拿赫空间》。

好，看不懂。

乔茵伸长手臂，隔着大半张桌子把咖啡杯放到迟蔚跟前："小叔叔，喝咖啡？"

"谢谢。"迟蔚头也没抬，说，"不用。"

乔茵努力回顾刚刚看过的教程："说话的时候，要透露出一种霸道、凌驾于他人之上的意味，让对方觉得自己并没有被尊重。"

"这儿就我们两个人，"乔茵做出一副吊儿郎当的姿态，"别装了迟蔚，眼神是骗不了人的，你就是想喝。"

迟蔚这下抬头了，用目光表达了个问号。

乔茵继续道："你要是不喝，那我怎么好意思请教你学习上的问题呢？不会吧，这点儿面子都不给我？"

她现在已经融会贯通了惹怒秘籍的第三条，要以自我为中心。

"做人要讲信用，你早上怎么答应姑姑的？"

至于这波，叫道德压制。

一连这么几句砸下来，迟蔚终于给了点儿反应，黑眸沉静地看着她："你打算怎么学？"

"学习"这两个字简直离她隔了一个银河系，乔茵哪有什么规划，随口吹牛皮："就，先确立一个小目标，你帮我考到年级第一？这对你来说应该很简单吧？”

好欠揍。她这话说得真的好欠揍。

“行。”迟蔚答得很干脆，“我现在就帮你订个机票。”

乔茵：“？”

“去普陀山。”迟蔚说。

乔茵茫然：“……然后呢？”

迟蔚面无表情：“附近就是普济寺，那里许愿灵。”

“……”

大概是因为昨晚被噎过一次了，对迟蔚的脾气有了了解，乔茵竟然也没觉得特别生气。

如果是其他人对她说这种话，乔茵觉得自己应该已经撸起袖子跟对方开启一场星球大战了。但说话的人是迟蔚，她就转念一想：唉，能听见机器人小管家说个冷笑话也不容易。

哪怕是在损她。

损她就代表对她不满，四舍五入就是生气了，再四舍五入就是任务完成。

没等她回话，安静的空气里突然传来了手机振动的声音。

是迟蔚的手机。

学生会的群里大家在讨论工作，迟蔚时不时会看一眼，所以手机没锁屏，就这么放在桌上。

他微信和本人一样，透着一股子冷淡，看上去也不怎么跟人聊天，列表里就没几条聊天记录。

乔茵发誓她没有一丁点儿偷窥迟蔚隐私的意思，怪就怪她视力太好，无意识的一瞥就看见了自己的头像——一块明黄色、眼睛大大、笑得露出两颗门牙、看起来傻兮兮的大海绵。以及旁边今天早上新鲜出炉的，迟蔚给她的备注：麻烦精。

第二乐章

乔茵大魔王

来N市的第一个周末，乔茵起了个大早。

人就是这么奇怪，平时不给睡觉的时候她困得每天起床都像渡劫，好不容易能睡个懒觉了，生物钟倒背叛她开始偷偷工作。

窗外的天还没怎么亮，太阳也躲懒没出来，只有勤劳的小乔一个鲤鱼打挺从床上站了起来。

她早就计划好了周末要干什么。

从A市过来，她带的东西少得可怜，就几件衣服和她爸转来的生活费。大概是怕她问姑姑要钱，生活费给得还很多，够她当个二世祖花天酒地挥霍一年的。

但钱给得再多，她在A市的宝贝架子鼓也没能带来。

他们乐队一共四个人，每个人各司其职，乔茵是鼓手，兼带着搞搞创作。

女孩儿学打鼓的并不多，打得像乔茵这种水平的更是少之又少，换作别人都要被吹捧一声“飒”，可是看过乔茵打鼓的熟人，总是情不自禁地瑟瑟发抖。

“茵姐打鼓的样子是挺帅的，就是每次看，我都觉得自己浑身隐隐作痛，跟得了十年类风湿一样。”

“可能是把自己代入了鼓，想起了被按在地上狂揍的心酸往事吧。”

乔茵心平气和地觉得，他们这纯属还没被揍够。

她对鼓的要求很高，不管是鼓腔的木质还是鼓皮的材料，对音质的影响都很大，鼓棒的手感也决定着她能否发挥出最好的水平。

因此乔茵物色一架适合自己的鼓花费了不少时间。幸好那几天晚上都不是白在外面溜达的，乔茵在市中心的商圈发现了一家很大的乐器行，里面的镇店之宝正好和她家里的架子鼓是一个型号的。

只可惜老板不肯割爱，不然乔茵连夜就可以把它抬回姑姑家，也不用现在大冷的天起得比鸡还早，竟还要转两趟地铁过去。

七点半。

乔茵洗漱完毕，穿戴整齐，精神抖擞地推开门，才发现门口的地毯上放着什么东西。

挺厚的一沓，A4 纸大小。乔茵站定两秒，脑海里隐约冒出一个念头。

……不会吧？

她缓缓弯下腰，定睛一看，最上面是一张彩色风景图，青山绿水，景色宜人，煞风景的是中间用黑色加粗宋体打了一行字：“普陀山风景区导览”。

什么玩意儿？

乔茵捡起这沓东西，翻了一页——函数与映射的概念主要知识梳理。

再随便翻了一页——匀速直线运动和匀变速直线运动的相关公式。

乔茵：“……”她懂了。

这些东西说陌生也陌生，说熟悉也有几分熟悉，毕竟一个多月前的期末考试试卷上刚跟她打过招呼。

全都是高一上学期必修但她没修的知识点。

东西是谁送来的，也就不言而喻了。

那天晚上迟蔚虽然嘴上话里有话地羞辱她与其在这儿做梦，不如去普陀山上炷香，没想到背地里还真的信守诺言地，给她这个“麻烦精”搞了份学习资料。

乔茵忍不住想象了一下，冷着一张严肃脸的迟蔚，在电脑前郑重其事地打下封面那行字的场景。

她忽然生出了一种冷萌的感觉。

行吧。好歹也是别人的心血，不能随便糟践。

乔茵抿了抿唇，然后深深地叹了口气，把这份“导览”放在书架最上面，好好供着。

乔茵刚下楼梯，蒸饺的香味就扑面而来。正在厨房忙活的赵姨听见动静转过头：“哎呀，茵茵怎么也起得这么早，我还寻思着好不容易周末，你们几个小孩儿都要睡个懒觉呢！”

乔茵跟她打了个招呼，走到餐桌旁，迟希小朋友正困得睡眼蒙眬，一边打瞌睡一边咬着蒸饺，看上去十分可怜。

没办法，现在都讲究素质教育，哪个小孩儿周末不报五六七八个兴趣班的，乔茵之前扫过一眼迟希的周末安排，从围棋到绘画，从奥数到书法，密密麻麻排满了一天。

一个字：惨。

乔茵揉了揉他的脑袋：“多吃点儿，不然待会儿没力气上课了。”

迟希被揉得眼泪汪汪：“茵茵姐姐，你小时候也要上兴趣班吗？”

乔茵像他这么大的时候还在加州沐浴阳光，别说什么兴趣班了，每天在学校待的时间也就四五个小时，但她怕这话说出来刺激到孩子，委婉道：“我不上兴趣班就只能待在家睡觉、看动漫、打游戏，时间长了就会觉得特别无聊，特别没意思。”

迟希：“呜呜呜，我也想这么无聊。”

毫无心理压力地欺负完小朋友后，乔茵很快吃完了早饭，全程餐桌上都只有她和迟希两个人。来N市以后还是第一次吃早餐时这么冷清，她有点儿不太习惯。

迟蔚看着不像会睡懒觉的样子，乔茵想到赵姨的话，难得泛起了点儿好奇心，状似随意地问迟希："你小叔叔呢？"

迟希眨眨眼，说："小叔叔出门干大事啦！"

乔茵也眨眨眼："什么大事儿啊？"

"小叔叔没说，但我猜是去拯救地球了！"迟希看向她放在椅子上的包，"茵茵姐姐，你要去哪儿呀？

"……你小叔叔一个人可能不太行，刚才飞鸽传书给我让我去帮帮他。"

周末的CBD十分热闹，九点钟，星巴克里就坐满了人手一台办公电脑的"气氛组"，旁边的肯德基里则是三五成群霸占桌子做作业的学生。

乐器行在三楼，老板是个性情中人，旁边的几家店铺早早开门迎客了，他还是贯彻着"我就是懒，有本事你来打我"的营业方针，九点后随机挑个时间上班。

真没愧对"半日闲"这个店名，这老板是挺闲的。

但人家也确实有任性的资本，店里面乐器性价比高，配备的乐器老师也经验丰富，所以乔茵到的时候，门口已经坐了一排来上课的小孩在认命地等着。

座位不多，此时已经坐得满满当当，乔茵也不想和一群小孩抢座位，懒懒散散地靠在栏杆上，直到有只手轻轻拉了拉她的衣角："姐姐，你坐我这儿吧！"

她低头看过去，是个白白胖胖像个奶油泡芙的小男孩儿，看上去比迟希大不了两岁。

乔茵对这种礼貌友好的小朋友一向态度温柔："谢谢啊，姐姐锻炼身体呢，你坐吧！"

"奶油泡芙"很坚持："不行的。"

"我哥哥说，男孩子要有绅士风度，看到女生一定要主动让座。"他皱着小脸想词，"不然以后就找不到女朋友。"

乔茵：“……”你哥哥应该就是传说中的妇女之友吧。

拗不过小朋友，乔茵只好坐下。

“奶油泡芙”开心了，又掏出了口袋里的小本子，嘴里不停念着“do re mi”。

见乔茵看过来，他挠挠头，有点儿害羞地解释：“我、我有点儿笨，一直都不会视奏，所以要把谱子多背两遍，不然弹不好。”

乔茵了然。她自己学习不怎么样，天赋全在乐感上了，学过的乐器也不止架子鼓一样，听他念的那几句就大致判断出是一首挺有名的适合初学者的钢琴曲。

对钢琴初学者来说，视奏是一项重要技能，考察反应力和熟练度，除了反复练习也没有特别好的提升方法。不过“奶油泡芙”小朋友心态好又肯努力，练好指日可待。

乔茵：“加油哟！”

话音刚落，有开锁的声音传来，顶着鸡窝头、趿着拖鞋、外形挺像个颓废艺术家的老板终于姗姗来迟，门口的小萝卜丁们有秩序地鱼贯而入。

店里窗明几净，场地很宽敞，大厅里摆着几种热门乐器，两侧的走廊旁边是一间间练习室，其中数钢琴和吉他练习室最多，至于架子鼓这种“杀伤力”比较大的乐器，被安排在走廊尽头。

“奶油泡芙”看着性格就软绵绵的，不争不抢，其他小朋友早早抢好了练习室，他慢吞吞地等别人都挑完后才进了最后一间。

乔茵就在他隔壁。

第一天来这儿的时候，老板还很骄傲地和她说这鼓认主人，普通人驾驭不了。

乔茵“哦”了一声，也没说什么，就是当场试验了一把。

当时门外挤了一圈人看热闹，看到最后都心悦诚服了，还有人问她是跟谁学的鼓，能不能请她上个私教课。

老板在旁边安静半晌，笑了："成，看来它和你是挺有缘的，以后每周六它都归你了。"

架子鼓是最容易发泄感情的一种乐器。

乔茵第一次摸到鼓棒是在五岁那年。

乔茵的妈妈在乐团有演出，怕她一个人在家饿着，就把她也一并带过去了。但是乔茵的妈妈忙起来的时候根本顾不上管她，乔茵自己找了个地儿趴着睡觉，醒来的时候天都黑了，偌大的后台一个人也没有。

那时她还没成长成一代宇宙级别的大魔王，是个单独在陌生的地方会害怕的普通小姑娘。

妈妈让她乖乖地不要乱跑，她就不敢一个人出去。可是外面一直隐隐约约有脚步声和人影乱晃，她吓得全身发抖，强忍着没哭，不经意间就拿起了桌上的鼓棒。

一有脚步声，她就敲两下鼓，既算是笨拙地跟外面的人示威，也当给自己壮胆。

再后来，这样的场景发生得多了，她不再需要敲鼓来给自己壮胆，可架子鼓已经成为她生命里不能割舍的一部分。

一曲敲完，乔茵热得浑身冒汗，准备出去找瓶冰水喝，结果刚推开门就听见外边一阵吵闹。

"起开，小胖子，就你也配占间练习室？"

说话的人大概没过变声期，嗓音粗哑。

"可是，是我先来的……"这道声音乔茵耳熟，是"奶油泡芙"的。

"你先来又怎么样，来得再早还不是又笨又没天赋。没天赋就别练了，省得在这儿浪费资源，反正再给你一百年也弹不好。"

乔茵怀疑这人才是正经学了拱火秘籍的，每句话都让人觉得不教他做人都对不起他这么狂。

她水也顾不上喝了，两步走到旁边的钢琴室，门口有几个探头探脑想看看发生了什么的人，看见乔茵过来都自动让开了道。

房间是玻璃门，里面发生了什么都一览无余。

“奶油泡芙”坐在琴凳上，羽绒服的领口被一个“西瓜头”男生揪着，对方貌似是企图把他从凳子上揪起来，但明显力道不够，揪了半天揪不动，就形成了一种很滑稽的局面。

乔茵推开门进去的时候，“西瓜头”还在嚷嚷：“你别不知好歹啊，我这也是为你好，你弹成什么样自己心里没数？别浪费生命了……”

“浪费生命是吧，”乔茵打断他，“我看你活着就挺浪费生命的，你不也活着呢吗？”

“还没天赋就别练了？你那么有天赋怎么不见贝多芬、肖邦从坟墓里爬出来给你鼓个掌？”

她嘴皮子十分利索，骂人角度清奇，语速又快，“西瓜头”硬是没找到插嘴的空间。

“噗……”外面围观的人群传来一阵笑声。

“西瓜头”被下了面子，狠狠瞪过来：“你谁啊？我警告你少在这儿多管闲事。”

乔茵打量了他一眼，这“西瓜头”身高和她差不多，应该是个初中生，九年制义务教育好歹也完成一半了，怎么还跟个心智未开化的野人似的。

“你可以尊称我为路过的好心人，”她歪了一下脑袋，“义务劳动，帮你爸妈给你上一课。”

“你神经病吧，上你……”“西瓜头”嘴里刚要冒出一句脏话，蓦地看见乔茵弯下了腰，他警惕地往后挪了一步，闭上了嘴，然后就眼睁睁地看着这貌似弱不禁风的女生，没怎么费力地单手轻轻一抬，沉甸甸的钢琴就被抬起来一角。她还顺势捡起了刚刚争执中散落了一地被压在钢琴下的琴谱。

“西瓜头”：“……”

乔茵掸了掸上面的灰尘，发出了“嗒嗒”的声响。

“看到这几张纸没有！虽然很软，”她笑得非常温柔，非常和蔼可亲，

“但是呢，我能用它给你这比西瓜硬不了多少的脑袋开个瓢。”

“西瓜头”脸色一下变得无比苍白，却还强撑着：“吓唬谁呢你……”

乔茵“啊”了一声，十分配合：“那来试试？”

话刚说完，门口传来一道成熟的男声：“搞什么呢？309又空出一间钢琴房，先到先得。”

“西瓜头”闻言赶紧顺着台阶往下爬，灰溜溜地推开外面的围观人群一路狂奔而去。

来人是店老板，估计也是怕店里闹出什么争端，过来调解的。

乔茵看见他，脸上露出假笑：“你来得真是时候。”

老板不傻，是什么情况心里也清楚得很，叹了口气道：“刚刚在打游戏，没注意这边的情况，给你俩道个歉。今天，不是，未来一个月来这儿的消费都给你们包了，成不？”

乔茵低头看向“奶油泡芙”，小男孩儿才从刚刚的战役中缓过神来，连忙说：“叔叔，我没事，姐姐一直在帮我说话。”

当事人都说没关系，乔茵也没越俎代庖的打算，朝外抬了抬下巴：“他怎么处理？”

“我先联系他家长，”老板无奈地耸耸肩，“不一定管用，实在不行我会考虑劝退的。”

好像也没有更好的处理办法了，乔茵勉强同意。

转过身，她犹豫了一下，对“奶油泡芙”说：“刚刚那个人说的话你一句都不用听，有没有天赋不是他说了算的，况且对大多数人来说，努力远比天赋重要多了。只要努力了，就一定有收获。”

苍天可鉴，这是乔茵第一次给别人正儿八经地灌心灵鸡汤，业务完全不娴熟，“奶油泡芙”却非常给面子地点头：“姐姐说得对！我记住啦！”

小朋友还挺会自我开解：“我爸爸妈妈都说白白胖胖，充满希望，当个胖子没什么不好的。”

乔茵没忍住，笑了，觉得N市的风水也挺奇妙的，能养出一堆人㞞还非要挑事的小同学，也能养出这么单纯的小朋友。

桂圆算一个，“奶油泡芙”又算一个。

乔茵给他竖了个大拇指。

兜兜转转一圈，乔茵喝完水再回去打了两小时鼓，差不多就到了吃午饭的时间。

上了整整一个星期的课，好不容易出门放松一趟，乔茵没打算这么早回家，她在找个地方睡一觉和找个地方打打游戏之间摇摆不定，最后找了一家火锅 KTV，吃喝玩乐都不耽误，还在“宇宙超气人天团”群里开了个演唱会直播，被抓去上补习班的小光和贝壳在课桌底下执手相看泪眼。

乔茵吃累了，又顺便刷了刷朋友圈。

本来承诺过要给迟蔚点赞，结果这人朋友圈设置的半年可见，然后最近半年里一条新动态都没发过。

不愧是你。

新加的几个九班小姑娘的朋友圈倒是挺热闹，有自拍，也有拍花花草草的，乔茵心情愉悦地挨个点了赞。

打鼓耗费了不少力气，又是大清早就起了床，没过多久乔茵就躺在豪华包厢的长沙发上睡着了。再一睁开眼睛，外边的天空只剩下一抹余晖。

这 KTV 附近就是一家“新西方”兴趣班，乔茵没想到刚出门就又和“奶油泡芙”打了个照面。

小朋友才刚上完兴趣课，看见乔茵后眼睛亮晶晶的，蹦蹦跳跳跑过来：“姐姐，好巧啊！我请你吃糖葫芦！”

买单是不可能让小孩子买单的，乔茵挑了一根水果味的糖葫芦给“奶油泡芙”，一个糯米的给自己，正要掏出手机付钱，结果一看，手机被她下午放肆直播弄得没电后自动关机了。

乔茵只得木然地看着“奶油泡芙”用自己的小天才电话手表买了单。

还没等乔茵说点儿什么缓和一下尴尬的气氛，一道公鸭嗓横空插进来：“哥，就是他俩欺负我！”

“西瓜头”今早吃了个旷世大亏。

他平时嚣张跋扈惯了，靠一张嘴横行于世，又极有眼力见儿，专挑软柿子捏，这还是第一次被人打了脸。

起初他心里满是对脑袋开瓢的恐惧，等恐惧渐渐退去后，“西瓜头”开始觉得非常没面子，他怎么能被一个女生吓成这样呢？她不就力气大了点儿，真论打架不一定谁输谁赢。

话是这么说，但让他去跟那个女生单挑，他还是有点儿怵，于是马不停蹄地跑到他那个高中辍学后混社会的表哥那里告了个状。

原本是打算下个星期在乐器行附近埋伏着给那两个人一个教训，结果竟然这么巧，晚上又遇见了。

从某种程度上来说，他们三个也真的挺有缘的。

听见这熟悉的自带拉仇恨特效的嗓音时，乔茵刚把冰糖葫芦最外面一层的糯米纸撕掉。她闻声看过去，早上还灰头土脸的“西瓜头”此时像灌了一整箱功能性饮料，浑身上下写满了趾高气扬，下巴昂得比天还高。

他旁边站着一个高他一个头、身材魁梧健硕，就是瞧着内里略有几分虚的皮夹克小青年。

“皮夹克”被“西瓜头”带着往这儿走，距离还有两三米的时候停下了脚步，目光扫过乔茵的脸时，停驻了一两秒，表情出现了一些迷茫。

他叱咤N市步行街这么久，较量过的对手太多了。有的左臂青龙文身、右臂白虎文身；还有的背后文着个“精忠报国”；也有的不喜欢文身，却一边耳朵能打十几个耳钉。

虽说花样不同，但总归都带点儿社会气质。

就是没见过这样长得干干净净、漂漂亮亮，跟个小仙女似的小姑娘。

“皮夹克”一时有些无从下手，丢掉手里的烟头，吐出一口烟雾：“今天早上就是你们欺负我弟的吧？怎么着，现在是挨个磕头道歉，还是挨个道歉磕头？”

“……”这有什么区别。

乔茵虚心求教：“如果既不想磕头，又不想道歉呢？”

“皮夹克”眯了眯眼：“你胆儿挺肥啊，混哪个区的？打狗也要看主人，不懂？”

乔茵心想：你们一家这文化水平都挺让人叹为观止的。

“西瓜头”反应得快，扯扯皮夹克的衣袖：“哥，你骂我干吗？”

“皮夹克”装模作样装得正上头，不耐烦地说：“哪儿骂你了，少废话！不然先揍你！一个女的和一个小孩都能骑到你头上，别出去说我是你哥，真给我丢人！”

乔茵情不自禁地想鼓掌了：真是感天动地、可歌可泣的兄弟情。

他俩内讧没多久，因为“西瓜头”根本不敢和他哥吵架，生怕一不小心就真拿他开刀了。

“皮夹克”耐心也有限，他们这行的潜规则是不打女人，所以他的目的也很简单，让人道个歉、表个态，给他这不争气的小表弟挣回场子就算完了。

“喂，我数三声，别让我催啊！”

乔茵又不是被吓大的，一挑四她前几天刚干过，这儿又是市中心，没隔几米的十字路口还有交警在巡逻。“皮夹克”闹出点儿风吹草动，立马就会被人发现，他话里还是虚张声势的成分比较大。

可今天这事儿如果不处理出个结果，她自己是不怕这种威胁，但还是会给“奶油泡芙”小朋友未来的生活带来点儿麻烦。

“磕头有点儿不太好吧，”她声音低低的，含着苦恼，“这里太多人看着了，只下个跪行不行？”

“皮夹克”勉为其难地高抬贵手：“那就这样，麻溜点儿跪……”

话没说完，他就目瞪口呆地看着面前这细胳膊细腿的小姑娘上前两步，对着他的膝盖快、准、狠地踹了一脚。他整个人不受控制地双膝一软，原地跪下了。

“皮夹克”脑袋都麻了，勉强站起来的第一时间，脑海里就一个念头：谁定的潜规则说不打女人！

他刚要动手，乔茵却早已预判好了他的下一步动作。

她一只手拿着糖葫芦，另一只手接住“皮夹克”砸下来的拳头，用巧劲儿轻轻一扭。

空气里还回荡着“咯嘣”一声的清脆声响。

“皮夹克”刚站起来没两秒，又痛不欲生地跪下了。这片儿地上的雪刚被扫净，还又湿又滑，他一个滑铲硬生生地滑出了五米远，直到不由自主地把“西瓜头”也拽得一起跪下才刹住闸。

旁边的路人以为他俩是街头表演艺术工作者，见到这一幕纷纷鼓起了掌，还有人掏了掏口袋，翻出五毛钱的硬币慷慨地丢在他们面前。

“皮夹克”：“……”

“西瓜头”：“……”

乔茵心满意足地咬了一口糖葫芦：“我这人很好说话的，你自己说的，下跪就行，那既然做到了，我就原谅你们了。”

她一字一顿道：“不过，这种错误以后千万记得，不、要、再、犯。”

别说再犯，丢了这么大脸面的“皮夹克”现在只想连夜收拾包袱逃离这个星球。

“再见了妈妈，今晚我就要去远航。”

一街之隔。

有栋民用住房挤在几栋商业楼中间，二楼某间房内，柯远瘫倒在沙发上，第一万次痛恨自己旺盛的好奇心。

起源只是他想喊迟蔚周末出来打个球，最好能顺便带上做好的作业，造福一起打球的兄弟们，然后大家晚上再聚个餐，抚慰一下刚从快乐寒假过渡到开学的悲惨心情。

没想到被迟蔚一口拒绝。

柯远跟他做了快五年的同学，也算是比较了解迟蔚这个人。

他这兄弟乍一看，性子是挺难接近的，但绝不是那种只埋头苦学、不问世事的类型，平时打个球、吃个饭啊，喊他出来的话他都很少拒绝。这个年纪的男生大多争强好胜，但对迟蔚心服口服的却不少。

平时不光打球，遇到迟蔚有空，带他们五排上个大分也是常有的事儿。

“迟蔚，说实话，你是不是要抛下兄弟，周末去会一会金屋藏娇的小女朋友？”没影儿的事被他说得像真的一样，语气哀转久绝，“我懂的，从来只闻新人笑，哪里见得旧人哭。”

迟蔚客观点评：“你想象力挺丰富的。”

柯远还在假哭：“那我有机会去金屋见一见阿娇娘娘吗？”

他就是习惯性地忍不住嘴贫下，没想到迟蔚思索了两秒，还真同意了。

于是周六早上六点整，他正在梦中的峡谷里自由翱翔，手起刀落拿下三杀，还没多兴奋两秒时，就接到了迟蔚的催命电话。

那可是六点啊！

他上学都是卡着点到教室的，六点连他妈妈都叫不醒他起床。

但是迟蔚可以。

等他睡眼惺忪、神志模糊地跟随迟蔚到达目的地时，才发现金屋没有，陈阿娇也没有，等着他干的活儿倒是一堆。

迟蔚高一参加全国物理奥林匹克竞赛就拿了一等奖，N 大有个物理教授从竞赛开始就关注他，看过他写的几篇论文后对他更加欣赏，特地把自己空置的一个套间借给他做实验用，让他可以为今年七月的物理竞赛做准备。

这次迟蔚就是去搬实验器材的。

柯远单知道他兄弟厉害，没想到他兄弟竟然能这么厉害。

……但厉害也不是把他弄来这儿当一天苦力的理由。

搬了一天，两个人总算把东西搬了个齐全。柯远计划着要怎么敲诈迟蔚一顿大餐，一扭头就看见街对面的路灯下站着几个气氛怪异的人。

其中一个女生，还有几分面熟。

柯远觉得自己这双慧眼，就是为发掘漂亮妹妹而生的。他没怎么使劲，就想起这个漂亮妹妹还是他人生首度识人不清的对象。他以为人家是个单纯小白花，结果妹妹左拥右抱的姿势比渣男还熟练。

他敏锐地察觉到迟蔚和这妹妹的关系非同一般，但迟蔚不想说的事儿，他就算问一万遍也问不出个结果，索性放弃了。

这会儿他脑筋一转："迟蔚，看那儿，是不是你的熟人？"

他 200 度近视都能看清对面的人，迟蔚这个 5.3 视力的人就更不用说了。

"哎，不会是撞见人家约会现场了吧……等等，我怎么看着像是要动手啊？"

柯远蓦地睁大眼睛："她旁边那个小孩儿是我弟！！"

等两人赶到时，一场战役已经彻底结束。

硝烟四散，战败方的两个人早已跑得不见踪影，乔茵和大名柯星星、小名"奶油泡芙"小朋友两个人，正并排坐在公交站牌的长椅上吃糖葫芦。

柯星星一眼就在人群中看见了他哥："哥哥！"

乔茵本来想见识一下传说中的"妇女之友"长什么样，结果扭头第一眼看见的是这位"妇女之友"身旁的迟蔚。

乔茵还是第一次看他穿大衣的样子。

身材好的人穿什么都好看，这句话在迟蔚身上尤其适用。

少年肤色很白，像冷玉的质地，眉骨生得格外优越，英俊得无与伦比。鼻梁右侧偏偏长了颗红褐色的小痣，于是在这股逼人的英俊中又加了一抹秀气。

乔茵悄咪咪地欣赏了一圈以后，才后知后觉——

她怎么又在刚打完架的时候遇见迟蔚了？

"孽缘"这个词就是为他俩而造的吧。

一旁的柯星星正绘声绘色地跟他哥描述这一天的奇遇，小朋友的话里难免加入了许多夸张的色彩，柯远听得神色不断变换，从迷蒙到气愤再到震惊，最后是六个大字——“这竟然也可以”。

他扭头看乔茵的表情充满了无法言表的敬畏：“那个，这位同学，我在学校好像见过你，你应该是附中的吧？我叫柯远，在附中念高二，我代表我全家向你表示郑重的感谢，今天照顾这小孩儿辛苦了。”

乔茵：“……只是举手之劳，你全家不用这么客气。”

柯远摸摸后脑勺：“对了同学，你叫什么名字？”

“乔茵。”

“乔同学，你这名儿一听就是美少女的名字。”柯远长得一副讨喜小帅哥的模样，在女生堆里混迹久了，夸人的话根本不用过脑子就往外冒，饶是乔茵这种平时被吹捧得多的，也听得浑身爬满鸡皮疙瘩。

好在没说几句，柯远就慢半拍地意识到什么，对她道：“我旁边这位你应该认识吧？”

乔茵光明正大地看过去，好像这会儿才发现他旁边还站了个人，目光在迟蔚脸上停驻两秒，慢悠悠地点头。

“哎，那感情好！”柯远侧身对迟蔚说，“兄弟，那我先带我弟回家，今天就不让你请我吃人均 1888 元的海鲜大餐了，你帮我把咱们这位校友妹妹送回家。”

换作平时，有这种和漂亮妹妹近距离接触的机会，他一向是一马当先、当仁不让的。

但谁叫迟蔚是他兄弟呢！

为兄弟，赴汤蹈火。

柯远在心里给自己颁发了一个“感动附中十大人物”奖，并衷心希望迟蔚明白他的一片良苦用心。

迟蔚没懂。

不光没懂，他上来就是一句有点儿火药味的话：“很喜欢打架？”

柯远已经带着“奶油泡芙”坐车走了，乔茵本来还有点儿小纠结，不知道怎么做开场白，没想到迟蔚今天对她的第一句问候就是这个。

迟管家真是爱岗敬业。

她偷偷翻了个白眼，振振有词：“上次是友好切磋，这次是助人为乐，怎么看都是做好事，哪里打架了？”

迟蔚平静地移开视线，没和她争执，点了点头，一句话没说就往前走了。

走就走。乔茵双手插兜，并不在意。

……等一下。

她摸到了右边口袋里冰冷的、已经关机了的手机。

这要怎么回家?

市中心离山水丽园十几千米远，她要是靠一双勤劳的腿走回去，等到家了，120 救护车也该来了。

眼看迟蔚要走到路边的出租车停靠点，乔茵十分能屈能伸地三两步赶了上去。

“小叔叔……”她清了清嗓子，“你觉不觉得你一个人打车有点儿浪费呢？”

迟蔚很冷漠：“不觉得。”

乔茵再接再厉地劝他：“迟蔚，做好事是会有福报的！”

迟蔚：“我只相信科学。”

乔茵大为震撼：“你明明之前还叫我去普陀山拜拜！”

迟蔚好像也想到了这一点，脸上却没有半点儿羞赧之色，顿了顿，顺势说：“之前也是骗你的。”

乔茵：“……”这人怎么这样啊！！

“可是，你兄弟不是都让你把我送回家吗？”她垂死挣扎。

迟蔚低眸，面前的女孩子仰头瞪着他，明亮清澈的一双眼，此刻熊熊燃烧着渴望之光，让人看着于心不忍，好像拒绝她是一件罪大恶极的事情。

迟蔚沉吟半晌："他也可以不是我兄弟。"

乔茵是真的服了。一时之间她不知道该可怜自己，还是该可怜"奶油泡芙"他哥。

下辈子交朋友长点心吧！

话都说到这个份儿上了，乔茵也是个有骨气的人，争取不来的东西她就不要了。

她今天就算是走到鞋底磨破、走到当街休克，也不会再求迟蔚半个字。她用幽怨的眼神盯着迟蔚——反正你要是真那么冷血无情你就走！！！

迟蔚真的上车了。

迟蔚关上了车门。

乔茵呆呆地站在原地，看着那辆橙色的小出租车喷出一行尾气，一个猛子扎进车流中，飞快地消失在她的视线范围。

夜幕降临，整座城市的霓虹灯都亮起了，周末的晚上，四处都是不属于她的欢声笑语。

乔茵仰着头，这城市雾霾严重，没有几颗星星，月亮也看不着，天空像一块巨大的灰蒙蒙的深色绸缎，密不透风地罩在城市上空，压得人有点儿难以呼吸。

明明身处喧嚣的闹市区，乔茵却好像第一次那么清晰地认识到：

在这个陌生的城市，她是孤独的一个人。

伤春悲秋的情绪酝酿到第三秒，早就消失的那辆橙色出租车又从马路的另一边绕了回来，不偏不倚地停在了她面前。

司机"嘀嘀叭叭"按了两下车喇叭，然后摇下副驾驶的车窗，探过头来："妹妹，上车啊！"

乔茵愣了一下，透过降下的窗户往里看，迟蔚正坐在后座上。

贫者不受嗟来之食，更何况这跟耍人玩儿有什么区别？

但那是贫者的事，跟她乔茵没有任何关系。

在副驾驶座上坐定后，乔茵乖巧地扣好了安全带，不过还是没忍住问了身后人一句：“你怎么又回来了？”

迟蔚声音有些嗓，淡淡地回道：“有东西丢了。”

“噢。”她干巴巴地说，“那东西找到了吗？”

“不想找了。”

您老人家还挺任性。乔茵无言以对。

但东西丢了又跟让她上车有什么关系呢？

乔茵管住了自己的嘴，用掌心捂了捂，生怕多说一句迟蔚就改变主意，把她从车上扔下去。

司机是个中年发福的胖大叔，这个年纪的人有事儿没事儿就喜欢找人唠两句，更别说干的还是出租车司机这种尤其能言善道的职业。他趁着等红灯的间隙，转过头来问乔茵：“看你俩应该是兄妹吧，这是怎么了？在闹别扭啊？”

乔茵没想到“闹别扭”这么小女生的词这辈子还有用在她身上的一天。

迟蔚没说话。

乔茵斟酌着，毕竟现在还蹭着迟蔚的车，说话要谨慎，最后选了一个折中的说法，顺着司机的话道：“没闹别扭，就是我跟我哥说，我想锻炼身体自己走回家，我哥没同意。”

乔茵余光感应到，在她说出“我哥”两个字的时候，迟蔚好像看了她一眼。

她正襟危坐，假装什么都没看见。

司机：“哎呀，你哥哥是对的，你一个柔柔弱弱的小姑娘大晚上在外面不安全的。现在坏人这么多，你哥哥肯定是担心你，兄妹俩还是要多互相理解、好好相处。”

司机一边说一边还伸手调了下音乐电台。

“……因为我们是一家人，相亲相爱的一家人！”男歌手嗓音激情澎湃，“有缘才能相聚，有心才会珍惜，何必让满天乌云遮住眼睛……”

乔茵：“……”

有这种放歌水平，这位大叔只当个出租车司机真是屈才了，要是去酒吧，怎么着也能混个金牌DJ吧！

乔茵听着歌，靠在椅背上又不知不觉睡了一觉，三十分钟后，出租车稳稳地停在山水丽园住宅区门口。

乔茵伸了个懒腰，等迟蔚付完车钱后，跟司机打了个招呼准备下车。拉开车门的时候，她轻轻地甩了甩手腕，动作有几分别扭。

迟蔚在她身后，目光落在她手上，微微一顿。

力的作用是相互的。

这好像是初中物理就学过的内容，但此时此刻乔茵才真切地领会到这句话是什么意思。

那会儿她以一个帅气的姿势折了“皮夹克”的手腕，但没想到用力过猛，一部分的力量反噬到了自己的手上，再加上有段时间没打鼓了，今天突然开始训练，手一时之间还没适应这种高强度的负荷。

这种种行为导致的结果，就是乔茵的右手手腕略微有些肿了。

不碰还行，一碰……乔茵用左手的手指尝试性地轻轻戳了一下，又麻又酸。但这点儿小伤也没必要大张旗鼓去趟医院，她还没有虚弱到这种地步。

从小时候算起，她大大小小的伤也受过不少，现在这种随便撂倒一个肌肉大汉的身手也不是天生就有的，而是在一场又一场的“血泪”中磨炼出来的。

好好睡一觉，明早起来应该就好得差不多了。

乔茵计划完毕，将就着单手洗完了澡，刚换好睡衣从卫生间出来，就听见一阵敲门声。

她抬头看了眼墙上的挂钟，九点过半，这个时间只可能是赵姨过来送夜宵了。她朝外面喊了一声：“赵姨，你把东西放地上吧，我待会儿出去拿。谢谢赵姨！”

但乔茵的话说完后，门外却没有传来赵姨的声音，也没有东西放下的动静。乔茵有点儿疑惑，还是过去打开了门，然后就猝不及防地差点儿一头撞到刚要转身离开的迟蔚怀里。

乔茵被吓了一跳："你怎么在这儿？想偷袭本大侠？"

迟蔚站定在原地，声音里带着几分轻嘲："你的想象力比柯远还丰富。"

虽然不知道柯远做了什么，竟让迟蔚给出这种评价，但乔茵能听出这话应该不是在夸她。正准备杠回去，她一扭头，瞥见了门边上放着的一个小药箱。

"……那是你送来的？"乔茵拿手指了指。

"不是。"迟蔚说，"它是地上自己长出来的，我是来偷袭你的。"

乔茵："……"机器人怎么还有了别扭模式，说起话来奇奇怪怪的。

不过她冤枉了人家小管家，是她理亏，嚣张的气焰也被一把浇灭。乔茵低下高贵的头颅："我错了，我错了，我狗咬吕洞宾，我不识好人心，我应该用一生铭记小叔叔的大恩大德……"

她头发还没吹干，扎了个松松的丸子头在后脑勺上，迟蔚看着那个凌乱的小鬏鬏在自己眼前活泼地一晃一晃，不由自主地捻了捻手指。

他避开乔茵的视线，语气不咸不淡："不用。"

"哦……不过小叔叔怎么知道我的手受伤了啊？"乔茵歪了歪脑袋。

迟蔚说："不知道。"

乔茵眨了眨眼："那怎么……"

迟蔚："怕你借口身体不舒服逃避学习，提前防患于未然。"

"……"你很了解我吗？就这样以小人之心度君子之腹！

虽然你说得确实很对。

乔茵无言半晌，撇了撇嘴道："那你现在知道了，小叔叔要帮人帮到底吧？我手腕好痛啊，但是我自己单手不方便上药。"

"所以？"

乔茵清晰地看见迟蔚脸上写着一行字："给你送药来就不错了，别得寸进尺。"她选择视而不见。

“所以既然我们小叔叔这么诚心地想要帮我，那我必须给你一个机会。”

也给自己一个折腾迟蔚的机会。

迟蔚用一种奇怪又惊异的眼神看着她，但是下一秒就被手腕很痛、单手不方便的乔茵推进了卧室。

他从未进过女生的房间，身体僵硬了一瞬，在乔茵察觉到之前又很快恢复了正常。

严格来说，这个房间并不是那么的女孩子气。虽然乔静安在得知乔茵要过来时，精心地布置了一个童话浪漫公主风的房间，连墙纸都连夜找人来重新贴了粉红泡泡花的那种，但这也经受不住乔茵一住进来就在墙上贴满了“彪形大汉”们的海报。

都是她喜欢的摇滚乐队。

迟蔚没有四处打量，眼帘微垂，视线范围内只有乔茵一张表情纠结的脸。

医药箱被拎进来放在桌上，箱子不大，里面的常用药品倒是一应俱全。

“我这算跌打损伤吗？……好像也不算啊！”乔茵挨个翻看药瓶，“扭伤？这种药不知道效果好不好……”

大概是受不了她的碎碎念，迟蔚径直取出纱布和一个红色的药瓶。

第一次和迟蔚保持这么近的距离，连他又长又密的睫毛都能看得清清楚楚，乔茵莫名觉得耳郭发烫，还有点儿痒。都怪暖气效果太好，把她整个人都炙烤得像八分熟的牛排。

“切磋身手”的时候也没少跟人有过肢体接触，这区区的上药行为算什么。

乔茵一脸无所谓地伸出手。

迟蔚打开药剂喷雾往乔茵的手腕上喷了两下。女生的手腕纤细、小巧，完全看不出会有那么大的力气，皮肤本来就偏瓷白色，自带一种脆弱感，肿起来就更加触目惊心。他皱了皱眉，手上的动作却没停。

“迟蔚，你轻、轻、轻一点儿——！”乔茵紧张地盯着他的动作，“我这只手可太重要了！”

迟蔚低着头，将纱布系好后，说出的话里听不出情绪：“这么重要的手，确实适合打架。”

乔茵闷声道：“说了不是打架……”

迟蔚将药盒收好：“我管不着你，我说的话你也不用听。”

话音落下，他便准备起身走出去。

按照惹怒迟蔚的计划，乔茵此时应该点头说“确实，你凭什么教我做事”，但仅存不多的良心在隐隐作痛，不允许她做出这种恩将仇报的事情。

“好了，好了，以后除非遇到十万火急的情况，本大侠绝对、绝对不会轻易出手，一定安安分分，不给小叔叔的管家事业增添一丝麻烦！”那也是不太可能的。

心里这么想，表面上乔茵却举起包着纱布的手严肃地敬了个礼。

迟蔚：“……”

他轻嗤一声，像是被她逗笑了，又像是无语，没有说话。

乔茵摸了摸下巴，发出感叹，尾音拖得好长：“不过，小叔叔，还是要谢谢你这么关心我哟，我超感动的。”

迟蔚的表情一秒就冷了下来，快步走出去，从外面“嘭”的一声关上了门。

等脚步声消失，乔茵才忍不住笑得双肩颤抖，觉得自己刚刚活脱脱就是一个调戏良家妇女的恶霸。

二月二十七日。晴。

来N市的第一周，乔茵同学发现了新大陆。

——原来惹怒迟蔚的最好方法是调戏。

可惜这个最好的方法也没有奏效太久。

可能是她的调戏行为变本加厉，超出阈值了，从被清晨的第一缕阳光唤醒，见到迟蔚的第一眼起，她就报以深情凝望，一个周末还没过完，就硬生生地把迟蔚弄到面无表情地脱敏了。

餐桌上，乔静安甚至露出了欣慰的笑容："茵茵过来之前，我还担心家里这么多孩子会免不了闹矛盾，现在看你们关系处得那么好，我也就放心了。"

乔茵心想，是挺好的，如果忽略迟蔚想要将她暗杀的眼神的话。

姑父出差了，姑姑不需要再陪着出去应酬，这一天都待在家里，有充足的时间看着迟蔚给她补习功课。乔茵给自己戴上了一张痛苦面具。

幸好书房够大，乔茵和迟蔚呈对角线坐在书桌的两端，可以互不打扰……才怪。

迟蔚一看就是在班上也经常被人请教问题的类型，讲解题目时有条不紊，更何况乔茵的那些问题对他而言，可能和小学数学题也没有太大的区别。

给乔茵讲完例题的知识点后，迟蔚就把她打发了，让她自己做练习题。

乔茵下巴抵在笔的末端，睁大眼睛看着手上那份"普陀山风景区导览"，里面的内容却过目即忘。

她有罪。

如果不是当初她想不开，挑衅迟蔚，这大好的时间都够她把新谱好的曲子再理个七八遍，然后录个小样了，哪至于在这里虚度光阴。

数学题大概是自带良好的催眠功效，乔茵看得实在犯困，没忍住打了个哈欠。

然而就这么点儿小动静都能被迟蔚第一时间察觉，她严重怀疑迟蔚在她身上装了探测仪。

迟蔚静静扫过来一眼，开口道："半个小时。"

乔茵的脑子还是蒙的："……什么？"

迟蔚下巴微抬，示意她看钟表："这道题，我教迟希半个小时，他也能做出来了。"

“……”羞辱人你可真有一套。

乔茵鼓了鼓腮帮子，辩解道：“那可能仙女的领悟力就是和常人有所区别的。而且我的手还没好透呢，现在隐隐约约还是有点儿疼，写字慢很正常吧！”

她这番不怎么要脸的言论并没有引起丝毫波澜。

迟蔚表情一丝未变，问她：“你是不是真的不想学？”

乔茵倏地精神一振，以为他接下来的台词十有八九应该是“那就不要浪费彼此的时间了”，她正准备好点头鼓掌以示赞同，结果下一刻，迟蔚接着说：

“那正好，我就喜欢强人所难。”

乔茵：“……”

她怀疑迟蔚被她气到整个人都升华了。

她也快反被迟蔚气到灵魂出窍了。

乔茵其实并不笨。

有她爸乔逢安这曾经高考状元的天才基因在，怎么也不至于连高中最基础的题目都不会做，她就是单纯地排斥学习这件事。

也没别的原因，她的叛逆属性都用在跟她爸作对上了。乔逢安让她做的事儿，她一律不做。既然乔逢安效仿孟母三迁把她丢到N市来，她就要用实际行动向乔逢安证明什么叫作“我命由我不由天”。

——这也许就叫成也萧何，败也萧何吧。

乔茵一句“你死心吧，我是不会学的”还卡在嗓子眼儿，就听见一阵敲门声。

“小叔叔！茵茵姐姐！我来给你们送点心啦！今天有超级好吃的小熊饼干哟！”

清脆的童稚嗓音传来，乔茵酝酿的情绪被搅和没了。屋子里原本一触即发的火药味就这么一下子烟消云散了。

乔茵过去开了门，迟希小朋友一蹦一跳地抱着点心盒子进来，探头探脑的，像个进入案发场地寻找线索的小侦探。

他把盒子放下，张望了一眼：“妈妈让我过来看看茵茵姐姐学得怎么样啦！”

乔茵眼疾手快地把空白一片的习题册合上，睁着眼说瞎话：“学得很好、特别好，过不了多久就可以站上诺贝尔领奖台的那种，让你妈妈放心吧！”

说完她赶紧给迟蔚使了个眼色，迟蔚却压根没往她的方向看。

所幸她虽然和迟蔚之间的默契值为零，但迟蔚目前还没有落井下石的打算，他放下手里的书，提溜着还想继续询问的迟希小朋友往外走：“八点了，明天周一，再不睡觉的话，你早上起不了床，上学又要迟到了。”

小豆丁明显很听他的话，悻悻地扁了扁嘴，悲壮地朝他们挥了挥手：“小叔叔晚安，茵茵姐姐晚安。”

乔茵：“……晚安。”人类的悲欢并不相通，她这个想睡觉的人此时却要睁着一双假装渴望学习的大眼睛。

乔茵虽然不是特别会处理人情世故的人，但她某些方面非常拎得清，就算刻意针对，也只针对她爸一个人。起码来姑姑家寄住，不惹麻烦是最基本的条件。

就算是不良少女，也不能给人家家里闹得鸡飞狗跳，那多没素质啊！

所以一直以来，她才会把目标定在迟蔚身上，哪怕是挑衅也要套着和平外皮，客客气气、礼貌地挑衅，不能做出让姑姑太为难的事。

这个习，目前看来是非学不可了。

她深深地、忧郁地叹了口气，抓了块饼干丢进嘴巴里。等送小朋友回房间的迟蔚重新在书桌前坐下时，乔茵抬起头，壮士断腕般沉痛地对他说：“迟蔚，你说个数。”

迟蔚抬眸。

她胸口憋着股气，硬邦邦地问：“要学到什么程度你才满意？”

“我记得你自己说过，”迟蔚眉梢扬起，轻描淡写道，“先定一个小目标，考到年级第一。”

乔茵：“？”

乔茵："……"

懂了。

迟蔚这就是明目张胆地报复她。

她连夜坐飞机逃回 A 市不被乔逢安发现的概率，都比她考年级第一大。

乔茵面无表情："迟蔚，想杀我你就直说。"

迟蔚漆黑的双眸迎上她的目光，不紧不慢地说："我暂时没有承担刑事责任的打算。"

"……"

行。我今天就把恶霸大魔王的名号过继给你！！

第三乐章

没见过仙女

乔茵曾经听说过，有一种心理变态的临床表现，就是以折磨别人为乐。

小光他们背后是这么偷偷说她的，她听到以后变本加厉地折磨了他们一番。现在，天道好轮回，苍天饶过谁，被折磨的人变成她了。

迟蔚的报复行动从一开始就没有叫停的机会。一连好几天晚上经历非人的待遇，乔茵现在连做梦的内容都改了。

以前不是动作片，就是音乐剧，现在全成了惊悚片。

第一天晚上，乔茵梦到数学题一个个都化为巨型怪兽，追在她身后，一道题没做对就一口吞了她。第二天晚上，乔茵梦到自己被困在一间密室里，氧气逐渐稀薄，她想开门逃出去，密码锁的密码竟是配平一道化学方程式。

第三天就更绝了，迟蔚竟然出现在了她的梦里，她则成了一只怕水的小鸭子，被迟蔚往水里赶，一边赶还一边训斥她：“万有引力定律公式都不记得，还好意思当鸭子？”

……都什么乱七八糟的。

醒来的时候才凌晨四点半，乔茵被噩梦吓得一脑门都是汗，心有余悸地喘了半天，从枕头边上摸到手机，点进迟蔚的微信对话框，激情控诉。

我买几个橘子去：“迟蔚，在睡觉吗？真羡慕你可以睡得这么好，而我就不一样了，只要一想到那个小目标，鸡都没醒就已经开始以泪洗面了。”

她本以为迟蔚怎么着也得早上六点左右醒来吧，准备卡在两分钟内撤回消息好过把瘾。

不料没到一分钟，她就收到了迟蔚的回复。

迟：“？”

迟：“精力这么旺盛，今晚题量翻倍。”

乔茵：“……”你是猫头鹰吗？！晚上都不需要睡觉的吗？

我买几个橘子去：“梦游中，不是本人。”

被迟蔚当鸭子赶的后劲太大，乔茵这一整天都没什么精神，除了几个课间被桂圆她们拉着一起去上厕所，完成高中女生必做的社交活动外，连上课期间都蔫不唧地趴在课桌上休养生息。

开学两周，各任课老师也都将班上的学生认得差不多了，上课点名叫人回答问题的次数也直线上升，班上人人自危，气氛紧张，乔茵却浑然不觉，我睡故我在。

或许是她运气好，之前一直没有被点到过，直到这节物理课。

九班的物理老师是个三十多岁的男老师，戴一副斯文的金丝边框眼镜，讲课耐心又风趣幽默，素来最受欢迎，平时提个问都一堆人抢着回答，他却反其道而行，特别喜欢从那些沉默逃避的学生里挑人起来回答问题。

这次也不例外。

物理老师在班里扫视了一圈，转到右边的时候，视线范围内出现了一颗不断往下垂的脑袋。午后阳光正好，一缕光线透过玻璃窗照进来，打在这小姑娘的侧脸上，忽略时间、场合来看，还是一幅挺和谐的景象。

物理老师从来没见过可以在他的课上睡得这么旁若无人的学生。他看笑了，心里倒没有多生气，从讲台上拿起座位表，找到对应的名字：

“第四组倒数第三排——欸，乔茵同学是吧？醒醒觉，来看看这道题能不能做出来？”

多年上课补觉的经验锻炼出乔茵可以屏蔽一切杂音，独独锁定自己名字的特异功能，她在被点名的第一时间就醒了过来，一脸茫然地对上了男老师慈祥的笑脸。

前桌的桂圆赶忙转过头来给她打手势：“老师让你做黑板上那道题，我刚做了一点儿没做完，你要不看一下……”

话没说完，就被另一道声音盖了过去：“真不知道问她干什么，本来就是花瓶一个，肯定做不出来啊，要不就是抄旁边人的。”

花瓶？乔茵揉眼睛的手微微一顿。

好新鲜啊，还是头一回听人用这个词形容她。

她不光没觉得生气，心底还隐隐有点儿小开心，起码也要认同她的美貌才能这么叫她，以前别人对她的形容都是“这种武力值的女生怎么就配了这样的长相”。

乔茵扭头想认识一下究竟是谁这么有眼光，结果就看见了一张慌乱别开视线的脸。

说话的人大概自以为很小声，完全没料到乔茵这个当事人会听见，看她转过头来先自乱了阵脚。

乔茵对她露出一个友善的微笑。

耽搁了十秒钟，物理老师见她没反应，又叫了一声：“乔茵同学？”

乔茵向后推开椅子站起身，礼貌地征求意见：“老师，那我上去做？”

物理老师都做好她说自己不会的准备了，乍一听她这么回答，有点儿惊讶，又很快笑道：“来吧，我的位置让给你。”

但凡再早一天，乔茵都要自觉罚站，可是好巧不巧，这道题的题型是迟蔚昨晚刚给她讲过的，还掐着表规定她在三分钟内把题目做出来，迟一秒多罚一道，以此累计，什么时候做完什么时候睡。

当时乔茵腹诽“打倒霸权主义”，没想到原来迟蔚的教学内容这么快就可以派上用场。

她在学习方面的优点没几个，写字好看算是其中最出挑的一项，在黑板上写下最终答案的时候，下边还有不少同学没做完这道题。

乔茵搁下粉笔，一身轻松地回到座位上。

物理老师抬头看着黑板满意地笑笑，调侃道："做得很好，怪不得这么有底气在我的课上睡觉。"

话音一落，讲台下此起彼伏的笑声响起，饶是乔茵这种脸皮刀枪不入的顽固分子，都不由产生了一些不太好意思的情绪。她揉揉鼻子，露出一个乖巧讨好的笑。

物理老师勉强放过她了，只是最后还留了句："看来我也得再继续努努力，让咱们在课上睡觉的同学觉得上我的课有点儿价值。"

乔茵："……"

她觉得自己真是罪孽深重。

下课铃声刚打响，乔茵就从桌洞里掏出手机，给迟蔚发消息。

我买几个橘子去："今天也是赞美小叔叔的一天！小叔叔千秋万代，万寿无疆！"

他们上一段对话还停留在她早上的那句"梦游中，不是本人"，乔茵越看越觉得尴尬，又点开了跪地朝拜的表情图，一连发过去好几个，把那条消息刷出视线范围才算完。

但是发着发着，她突然意识到了哪里不太对劲。

迟蔚是学生会会长，他们学生会应该也会管风纪这块，学校不允许学生带手机，他要是看到了消息，不会借此把她的手机没收了吧。

乔茵心存警惕，刚要把发出的消息撤回，又紧接着想到哪怕撤回，迟蔚那边依然会收到消息提示。

迟蔚不光在她身上装了探测仪，可能还装了降智设备，让她一遇到跟他有关的事儿，脑子就不太清楚。

乔茵深吸一口气，只好继续自欺欺人。

我买几个橘子去："好好学习中，依然不是本人。"

乔茵的消息刚发完，桂圆和詹静就一起拿着课本到她座位旁边等她一块儿出发。

“茵茵，走啦，下节课是音乐课，要去艺体楼上的。”

附中讲究素质教育，像音、体、美这些副课都参照大学的选修课模式，开了好几种类型的课程，上周是开学第一周，暂时在教室上，让学生们自由选择自己想上的内容。

乔茵一个外来人口，对这方面没什么经验，就都由桂圆帮她一手包办了。美术选的剪纸，体育选的健美操，音乐选的唱歌，据说都是最轻松的课。

下楼梯的时候，桂圆还有点儿义愤填膺：“唐心月怎么能这样说话啊？茵茵和她没仇没怨的，竟然说茵茵是花瓶，太过分了！”

乔茵心里“哦”了一声，原来物理课上偷偷说她是花瓶被她当场抓包的那个姑娘叫唐心月，名字还挺好听，就是把她给听饿了，想吃溏心荷包蛋。

詹静和她们的座位隔得远，没听见当时发生了什么，不过显然也是知道这位唐小姐平时是什么作风：“班上也没几个她能看得顺眼的人。以前不是有男生说她是我们班的班花嘛，结果茵茵一来，那群男生又改口了，可能就是因为这个，她才会针对茵茵。但是要怪也应该去怪那群无聊的男生吧。”

“反正跟茵茵你没关系，你又漂亮人又好，而且今天也用实际行动证明自己才不是她说的那样，以后不用理她！”

乔茵点头：“再夸两句。”

桂圆：“？”

詹静：“？”

担心用在乔茵身上实属多余，她俩就没见过心理素质这么好的人。

三个人没说多久，在下一个台阶转弯处，乔茵一抬眼就看见了一个眼熟的马尾辫。唐心月和身边的小姐妹落了东西，匆匆要赶回教室去拿。

眼看就要撞上，桂圆和詹静两个本身胆子都不大的小姑娘都毅然决然地挡在她身前，乔茵觉得她俩像护崽子一样，感动之余又觉得有点儿好笑。

唐心月望见乔茵时，愣了一下，脸上表情微僵，眼神带着点儿攻击性，但只是一瞬间，又转过头去当没看见。

乔茵却主动往旁边跨了一步，挡住她的去路。

唐心月有点儿恼羞成怒："你想干什么？"

"哦，就是跟你解释一下，"乔茵笑眯眯地说，"我这个人，虽然成绩不怎么样，但是不抄作业也不作弊，因为觉得没什么意思。不知道你为什么对我好像有点儿意见，我是不太在乎的，但你下次偷偷议论的时候记得音量要小一点儿哟——"

"要是遇到脾气不好的，挨一顿揍把脸蛋伤着了，那就不好了。你说是不是？"

说完，乔茵心里还生出几分唏嘘。这姑娘名字好听，长得也挺好看的，怎么就看自己不顺眼呢？

唐心月闻言心里颤了一下，色厉内荏地看着她："你威胁我？"

乔茵摇头，非常真诚："只是同学一场，作为一个花瓶，对你的小小建议。"

唐心月："……"

她没说话，旁边听见这段对话的人都忍不住笑出声来。

唐心月咬了咬唇，拉着身边的小姐妹快速离开，身影消失得比风还快。

然而这消失也是短暂的。

因为她们很快又在音乐课上碰到了，在教室里撞见唐心月的那一刻，乔茵清楚地看见对方的身体抖了一抖。

她也没有这么吓人吧……

音乐课是高一年级三个班一起上，选唱歌的人不少，一间大教室里乌泱泱挤了六十多个人，没规定同班级的要坐在一起，于是唐心月和她的小姐妹坐在了离乔茵她们最远的位置。

上课的老师非常符合乔茵对音乐老师的期待，年轻、漂亮，浑身充满着文艺气质，讲话也温温柔柔的。

课程内容很简单，前二十分钟，老师逐字逐句地教一首新歌，剩下的时间全班大合唱。

乔茵坐在第三排，教室中间，是最好浑水摸鱼的位置。

尤其是四周都是嗓门洪亮的男生，她夹在中间哪怕只做口型不发出声音都不会被发现。

第一节课的歌并不难学，离下课还有十分钟的时间，课就上完了，老师见底下不少人是带着作业和主科课本来的，也没强求，非常通情达理地让他们自习了。

乔茵问桂圆借了纸笔，在纸上胡乱记录着新曲的作词灵感，忽然听到一阵骚动，一抬头，原先坐在最后一排的唐心月不知怎么就站起身，顶着重重目光走到了音乐老师面前。

她低头小声跟老师说了什么，老师面露几分惊讶，然后笑着点点头，对台下正议论纷纷的众人道："你们安静一点儿，做自己的事。"

话是这么说，但这世上哪有不爱看热闹的人。底下的人都一边假装在忙，一边竖起耳朵暗中观察。

唐心月把手里的谱子递给老师，然后在众人意想不到的时刻，清了清嗓子，开始独唱。

唱的是首通俗流行的小甜歌，当着这么多人的面，她也没有紧张，气息很稳。

乔茵靠在椅背上欣赏，不花钱就能听美女唱歌，这么好的机会不要白不要。

周围的议论声渐渐大起来。

"我记得唐心月是声乐艺术生来着，唱歌确实挺好听的。"

"那当然了，我们月月多才多'花瓶'好吗？"

这话似乎意有所指，乔茵耳尖莫名痒了一下，伸手挠了挠。

有人夸自然就有人撑。

“就算是来向老师请教的，也没必要上课时间在这么多人面前唱吧，谁知道她心里是什么打算呢？”

“这歌本来就挺好唱的，既然是来向老师请教的，那挑首难的才有请教的价值啊！”

一旁的桂圆见乔茵听得认真，小声问：“茵茵，你会唱歌吗？”

“嗯？”乔茵随口道，“一般般。”

像是响应她的话似的，在老师给出点评之后，唐心月说了声“谢谢老师”，然后朝乔茵所在的方向望了一眼。

乔茵眼皮子一跳。

而后就听见唐心月语气谦虚地说：“其实我们班的乔茵同学唱歌比我好听多了。”

乔茵：“？”

我是上辈子欠了你八百万还是怎么的，要被你这么针对？

她开始怀疑这位姓唐的小姐姐是属金鱼的，记忆只有七秒。明明上课前还怕她怕得想哭，才过去不久，就又主动给她找事了。

偏偏音乐老师还是个察觉不到诡异气氛的单纯美女，笑呵呵地问乔茵：“那乔茵同学愿不愿意也上来唱一首试试？”

几十双眼睛锁定在乔茵身上，其中唐心月的那道最为炙热。

唐心月不是完全没被乔茵那番话吓到，但是一来借这次音乐课重新巩固自己在班上的地位，是她一早就决定好的，二来她不信乔茵在声乐特长上还能压自己一头。

不管乔茵是推辞，还是硬着头皮唱，最后的胜者都会是她。

乔茵看着脸上赤裸裸写着“大仇得报”四个字的唐心月，心情十分复杂，她还是第一次在生活中见到……这么傻这么直接的“反派”。

本来想拒绝的，但是看到唐心月巴不得她拒绝的样子，乔茵顿了一下，弯起唇角，说：“好的。”

区区几十个人，唐心月都不会怯场，乔茵就更不会了。

他们乐队去参加比赛的时候，台下的人比现在的十倍还要多。至于她说的“一般般”，参照物是他们乐队的主唱小光。

比起其他业余选手，她还是没在怕的。

乔茵唱的是首英文老歌《Yesterday Once More》（《昨日重现》）。

她在美国待了九年，标准流利的美式发音自不用说，她唱歌的声音和平时说话的声音也有些区别。不似唐心月那种甜美系，乔茵嗓音偏低，音质很特别，像是天生就自带老式唱片机的清冷慵懒调，非常抓人耳朵。

唐心月唱歌的时候，底下还有议论声，乔茵一开口，除了开始有几声不可思议的惊呼，底下安静得连呼吸声都小了下来。

众人的目光在她和唐心月之间来回打转，意味明显。

于是众目睽睽之下，唐心月的脸青了，白了，黑了，最终定格成一种羞耻的红。

客观来说，她唱得不是不好听，只是在乔茵的衬托之下，一下子就显得过分甜腻了。

也算是求仁得仁，印证了她自己说的那句话。

后排有男生悄悄举起手机，录下全过程，上传到了附中的贴吧。

当天晚上，迟蔚回到房间，刚拿起手机就有无数条新消息蹦跶过来。

最新的消息是柯远发来的，他划了过去，看到了下面乔茵的八条消息，眉心微蹙着点了进去，看清内容后，他轻轻扯了扯唇角。

迟：“本人什么时候上线？”

回完消息退出去，才又点进了与柯远的对话框。

木可不可：“迟蔚！有好东西！要不要兄弟分享给你？”

迟：“不。”

木可不可：“就知道你口是心非，链接发你了啊！”

迟蔚直接只回了个句号。

木可不可：“不看后悔一年！！”

大概是料到了迟蔚的无动于衷，柯远又连忙爆出终极杀招。

木可不可：“里面有咱们妹妹！”

柯远口中的“咱们妹妹”，指的就是乔茵。自从上个周末见过乔茵一次后，他就一直念念不忘，反复在迟蔚面前提起。

那会儿迟蔚懒得和柯远解释他和乔茵之间复杂的关系，默认了“妹妹”这个称呼，柯远却激动地像是搞到了什么惊天动地的大新闻，从此变本加厉地妹妹长、妹妹短。

迟蔚头疼得想让他俩去拜个把子。

而此刻看到柯远发来的消息，迟蔚的第一反应是，乔茵又“行侠仗义”“跟人友好切磋”去了。

手才好了几天。

他垂下眼，抿了抿唇。

迟蔚正要按下锁屏键眼不见为净，手指却停驻了两秒，最后还是点开了柯远发来的链接。

链接内容是附中贴吧的一个热帖，楼主深谙营销的起名技巧，标题写得像某种不良小广告——“家长不在家，一个人没事做？点击看美少女世纪之战！（劲爆）（有料）”

迟蔚：“……”

楼主：“那是一个北风萧萧的下午，当事人 T 女侠和当事人 Q 女侠，分别立于紫禁之巅，这是古往今来江湖人士决战的最佳场所。只见 T 女侠先发制人，使出一招九阴白骨爪直逼 Q 女侠命门，说时迟那时快，Q 女侠不慌不忙，一个乾坤大挪移瞬间扭转局势！”

……什么东西。

迟蔚捏了捏眉心，略过这一大堆像在写武侠小说的废话，直接点进了下面的视频。

视频画面里跳出了音乐教室的场景。迟蔚眉头微微舒展，既然是在课上，那动手的可能性就不大。

前半段是个陌生的女生在唱歌，迟蔚没耐心听，把进度条往后拉，直到乔茵出现在画面里，才开始正常播放。

视频的拍摄角度极其刁钻，镜头也有点儿晃，但女孩子唇红齿白的一张脸还是格外打眼。她表情懒懒散散的，整个人的姿态都很放松，明明脸上带着笑，可给人的感觉却没有那么柔和。

乔茵身上自带一股拽拽的、不低头也不服输的劲儿。

迟蔚的唇角无意识地掀起了一点儿弧度，莫名地想到那天乔茵在他面前立正敬礼发誓的样子。

她确实是挺听话的。

不动手，改动嘴了。

柯远不愧为附中时间管理大师，掐准了迟蔚看完视频的点，又发来新消息。

木可不可："没想到咱们妹妹歌唱得这么好听，下次可以叫妹妹一起去 KTV 玩儿呀！"

木可不可："不过咱们妹妹这唱歌的声音有点儿耳熟啊，我好像在哪里听过。"

迟蔚拉平唇角，回道："梦里。"

等他去洗了个澡再出来，平时看着手机不离身的乔茵好似终于看到了他发的消息，小心翼翼地回了三条过来。

麻烦精："腰腿酸痛、精神不振，好像身体被掏空，是肾透支的感觉。小叔叔，科学研究表明，人经常熬夜是会生大病的。"

麻烦精："不如今晚就让我们都早点儿休息吧，良好的睡眠是成功的一半，你觉得呢？"

迟："两周后月考。"

迟："有信心考第一了？"

麻烦精："啊？如果我说我有，是不是就可以去睡了？"

迟蔚用手指敲了敲桌面，很轻地笑了一声。

迟："那你还挺膨胀。"

页面上端变成了纠结的"对方正在输入……"，眼看输入半天也没发过来一言半语，迟蔚好心帮她做了决定。

迟："十分钟内到书房报到。"

麻烦精："……哦。"

想到之前她还在小光他们面前信誓旦旦地扬言用不了多久就能让迟蔚发火叫她离开，乔茵只觉得一阵脸疼。

她还是太年轻了。

十六岁的人生不应该经历这些风雨。

之后两个星期，乔茵在漫长的折磨中，逐渐完成了对自己的心理建设。

其实迟蔚给她制订的学习计划很有条理，并不是真的要每天都熬到很晚才能完成。只是她一开始打心底不愿意接受，所以各种拖延，最后害得自己的睡觉时间也跟着往后延。

等她认命地接受事实后，也渐渐能在十一点之前就完成任务。

回去后她也没有第一时间就睡觉，而是在百忙中硬挤出一点儿时间，把新歌连词带曲都整理完，给乐队群里发了一份。

新歌名叫《夜莺》。

起名字的时候刚好是深夜，乔茵趴在书桌上耷拉着眼皮，和一道函数题鏖战，窗外突然飞过一只不知名的鸟，发出了一声清脆的鸣叫。

乔茵眨了眨眼，第一个念头是，唉，连鸟都比她有精神。

然后才是灵感倏然而至。

她整首歌都是在夜间创作的，起这个名儿正好应景。

小光他们动作也很快，在附中月考的前一天，就把初步成品给她发了过来。

因为要布置考场，考试前一天，高一、高二的晚自习统一都没上。

从山水丽园到附中的交通很方便，以往上下学，乔茵和迟蔚都拒绝了司机的接送，自己搭地铁。因为第二天就要考试了，所以乔静安不由分说给他俩安排了车，让他们好好养精蓄锐，以最好的面貌迎接考试。

乔茵恍惚了一下，以为自己要参加的不是一场小小月考，而是高考。

出于某种她自己也说不上来的缘故，她不太想让人知道她和迟蔚的关系。于是放学后她找了个借口让桂圆她们先走，自己在教室里左三圈右三圈地磨蹭了十来分钟，磨蹭到来检查考场的老师都一脸狐疑地看着她，以为她要留下什么特殊作弊记号，她这才背起书包往外走。

校园里只有几道孤零零的身影，她左右环顾一圈，见没人注意，趁机悄悄地钻进了车后座。

看她一副做贼似的怕被人发现的样子，迟蔚的心情忽然有一点儿不爽。

他微微拧眉："你是乌龟？"

乔茵："？"

"还是被人上了发条，走一步就要拧一下？"

乔茵："？？"

迟蔚声嗓冷淡："放学已经二十分钟了，跑得快的人可以绕学校八圈了。"

乔茵："……"那也是不可能的好吧！

乔茵感到莫名其妙，根本不知道哪里惹到他了，不过鉴于已经很久没看见迟蔚生气的样子了，她心里竟然还油然生出了一丝感动。

乔茵绞尽脑汁地想了想，唯一的可能就是耽误了迟蔚回家复习功课的时间。

乔茵爽快地认错："我错了，等我考完这场试就去跟博尔特拜个师，学习怎么十秒内跑一百米。"

她头微微垂着，嘴唇紧抿，一副真的在好好反省的模样。再加上她插科打诨的本事一流，让人有脾气也发不出来。

迟蔚移开眼，望向窗外："还是先完成你的小目标吧。"

又是小目标。

乔茵的肩膀塌了下去。

车子开到红绿灯路口停了下来，乔茵忽然想到什么，屁股朝迟蔚那边挪了挪。

"迟蔚，如果我考得很差……"

女孩子刻意软下了嗓音，配合着落寞的表情，可怜兮兮的。

听到前半句，迟蔚表情刚回温了一点点，就听见乔茵一字一句慢吞吞地说完后半句："你会不会生气啊？气到想把我驱逐出这个家，对我怒喝'考不到年级第一就可以滚了'的那种。"

他抬起眼，乔茵那双明亮澄澈的眼睛里，此时满满的都是……期待？

迟蔚一顿，不可思议道："你很想让我生气？"

"……"糟糕。

坦白，还是不坦白，这是一个严峻的问题。

想了想坦白了以后，后续剧情可能都没法走了，乔茵肃容道："怎么可能！小叔叔是我最敬重的长辈之一，我只想好好孝敬你，让你长命百岁、寿终正寝。"

迟蔚一脸的冷漠。

乔茵叹气。

"好难过。"

"好伤心。"

"小叔叔竟然这样误会我！"

乔茵熟练地进行了倒打一耙的操作，直到迟蔚斜来一眼，警告她适可而止。

她清了清嗓子，又小声说："好吧，那或许我可以在考前沾沾我们小叔叔的学霸灵气吗？"

迟蔚一动不动，眉眼低垂："怎么沾？"

车内空间宽敞，即便是乔茵从座位的一边挪到中间，和迟蔚之间也还隔着几十厘米的距离。她又不动声色地蹭了过去。

随着挪动的动作，她身上浅浅的、草莓润肤乳的味道，在密闭的空间内好像被无限放大，萦绕在迟蔚的鼻尖，就算屏息也挥之不去。

和那天晚上给她手腕上药时的味道一样。

迟蔚身体不自觉地一点儿一点儿变得僵硬，心跳有一下错了频率。

有一种捉摸不定的危险感蔓延过来，他转过头正要开口，女生瘦弱的肩膀轻轻在他手臂上撞了一下，她低着头，嘴里念念有词地像在说着什么神秘咒语。

再抬起头时，少女近在咫尺的脸上满是明晃晃的得意。乔茵望着他的眼睛，煞有介事地说："这样就沾到啦！"

扑通。

丢失的那一拍心跳刹那间归位。

大概是雀跃的情绪会传染，另一边的车窗映出了迟蔚的身影，他在上面看见了自己不知何时弯起的唇角。

回到家，赵姨准备了一大桌子丰盛的菜肴。

乔茵捧场地吃得肚子圆滚滚，差点儿走不动路了，疯狂输出一箩筐的赞美。

她夸人也不厚此薄彼，先夸赵姨手艺好，再夸姑姑温柔细致，没有长辈不喜欢嘴甜的小朋友。

乔静安笑着说："等你们考完试，你姑父应该也谈好生意回来了。我们一家还没怎么好好在一起吃个饭呢，到时候我订个餐厅，庆祝我们茵茵来N市一个月了。"

乔茵鼓了鼓脸颊，在心底偷偷说，比起欢迎宴，她其实更想吃践行酒。

她今天一整天都没怎么玩手机，因为考试时间和平时上课时间不一样，正打算重新设置一下明早起床的闹钟时，才发现小光他们已经把《夜莺》的成品发到了群里。

乔茵："不错，没有了为父的关照，孩儿们还是效率如此之高，为父甚是欣慰。"

小光："茵姐听了没有？有什么想法吗？"

贝壳："我觉得副歌有一段还可以加点儿电音效果，茵姐觉得呢？"

乔茵："明后天月考，等我考完再说。"

小光："什么？考试？那对茵姐来说跟放假有区别吗？名字一填就

可以交卷走人，出去耍了。”

乔茵：“……”

她以前是这么放肆的吗？

乔茵：“少诽谤我！我现在也是年级第一宝座的有力竞争者了，懂？”

小光大惊失色：“茵姐！不是说好头可断、血可流，作弊不可求的吗？”

乔茵：“谁作弊？我，三分天注定、七分靠打拼，再加上过人的才智，创造辉煌不就是有手就行？”

小光：“历史三十分的辉煌？”

贝壳：“胡说，我以前和茵姐在一个考场待过，语文考试时茵姐还是在好好写到打铃的，虽然800字的作文《伟大的梦想》写的是在学校门口卖烤冷面的创业心得。”

阿元：“祝福茵姐这次化学成绩可以突破59分大关！”

乔茵面无表情：“突然不认识字了，你们要不再发一遍？”

“小光”撤回了一条消息。

“贝壳”撤回了一条消息。

“阿元”撤回了一条消息。

小光：“除了茵姐，没有人配得上年级第一。茵姐绝配、顶配、天仙配！”

乔茵倒也没有自信到那个地步，还是有着最基本的自知之明。

如果仅凭她这不到一个月的努力，就轻轻松松考了第一，那对其他正儿八经好好学习的同学来说也太不公平了。

她是不怎么在乎成绩，但是在乎自己的付出有没有得到应有的回报。

也有点儿想跟迟蔚证明，她没有那么笨，他的那份“普陀山风景区导览”不是一点儿用处都没有的。

翌日，晴空万里，是最近难得的好天气。

司机把车开到学校附近时，乔茵借口要去文具店买东西，距离校门还有两百米的位置就下车了。

这个时间，文具店的人还挺多。

畅销单品除了2B铅笔和黑色水笔，还有一小本小黄鸭外形的便利贴。每一张上面的内容都不一样，摆在最上面的是“逢考必过鸭”。

乔茵心想，附中好歹也是一所重点高中，怎么学生一个个都这么迷信，然后自己将架子上最后一本小黄鸭便利贴收进了口袋。

考场是按上学期的期末考试成绩排的，乔茵作为刚转学过来的学生，自动归入最后一个考场，因此和桂圆她们隔得都很远。

不过进校门的时候，她还是遇到了一个熟人。

唐心月。

上次音乐课被当众处刑后，唐心月安分了许久，看见乔茵都低眉顺眼地自觉绕道。

今天这姑娘穿了身喜庆的红衣服，整个人都喜气洋洋的，本来想讨个好兆头，结果一扭头就看到乔茵，脸上的血色立刻褪去，直挺挺地站在原地，被路过没注意到她的男生撞了一下，手上拿着的文具袋都掉在了地上。

还正巧掉在乔茵面前。

她连过来捡都不太敢。

乔茵看她这样只觉得好笑又无奈，弯腰帮她捡起东西，交到她手里，语重心长地说道：“不用那么紧张，好好考试。”

唐心月僵了几秒，一脸见了鬼似的跑开了。

高一最后一个考场和高二第一考场相邻。

乔茵爬了半天的楼梯，好不容易爬到六楼，就和迟蔚打了个照面。

少年眉眼淡淡，看见她也当陌生人，把书包放到走廊两侧的置物架上，就准备转身进考场。

在学校装不熟是他俩心照不宣的事情，乔茵也一直觉得这是她和迟蔚之间仅存的一样默契，但不知怎的，她今天的触觉好像敏锐了许多，隐隐能感觉到，迟蔚的心情不是很好。

心里又有道声音叽叽喳喳地跑出来说，他哪天不是这个表情，少脑补那么多有的没的！

乔茵望着前方那道清瘦颀长的身影，眼睛一眨不眨。

算了。

不管是不是她多心……

乔茵眨了两下眼睛，从口袋里掏出小黄鸭便利贴，撕下最上面的一张，在下一个爬楼梯的人上来之前，飞快地两步跑上前，一把拉住迟蔚的胳膊，在他的衣服上贴上那只小鸭子。

她弯起眼睛笑眯眯的，用只有两个人能听见的音量说："我们迟蔚小同学今天也要加油鸭（呀）！"

乔茵说完，趁迟蔚还没反应过来，就一溜烟地逃进了隔壁的教室。

占完便宜就跑，真刺激。

考试时发下来的语文试卷更刺激。大概是为了让学生都收收心，这次的题量特别大，乔茵一边做一边觉得迟蔚很神奇。

她本来以为这种典型的理科型学霸，语文成绩一般都不怎么样，结果没想到迟蔚给她押的古诗文题目一押一个准，甚至连作文的主题都大差不差地猜到了。

乔茵以前也不是故意要在作文里写烤冷面创业史的，实在是因为高中作文都是议论文，虽然她现实中跟人吵架没输过，但要写作文议论个什么东西，对她来说可太难了。

她回到中文的环境里满打满算也没几年。

迟蔚给她进行作文特训的时候，让她按格式列提纲，每次写小论点的论据部分，乔茵都要绞尽脑汁把她记住的为数不多的几个历史名人往上套。

最后迟蔚实在看不下去了，直接收掉了她手里的笔："司马迁还要在你的作文里受几次宫刑？”

乔茵摸摸鼻子：“那我今晚托梦跟他说声——辛苦啦？”

迟蔚：“……”

被她无语到的迟管家，转天就给她整理了份名人典故大礼包。

她从里面挑了几条有意思的背了，正好都可以用在这次的作文题里。

大刀阔斧地写完了语文，后面几场考试的难度都适中，不管正确率怎么样，好歹她是满满当当地都给做完了。

最后一场物理考试结束的时候，乔茵还观察了一下附中学子们的考场环境。

附中学风好她不是第一天才知道，但还是略感震惊，哪怕是在最后一个考场，也没有学生提前交卷，大家都坚持做到了收卷铃声响起。

和她在A市的学校简直是天壤之别。

转学来N市这么久，她好像一直在潜移默化地感受着这些……世界的参差。

她曾经以为自己早就习惯了虚度光阴，没什么太大的目标，也从来不需要为一件事努力。

可是，她发现，自己原来也没有那么排斥这种努力的感觉。

周五下午五点半，高一考试结束。

高二少考三门，上午就已经考完了。乔茵从考场出来的时候，夕阳正浓烈，天际像打翻了一瓶粉紫色的荧光墨水，一道深一道浅地染在云端，散漫地铺在教学楼上空。

乔茵不想跟人挤，打算等大部队都走完了再下楼，背着书包懒懒地趴在窗台上。

从窗户往下望去，操场上围了一堆人在打球，应该都是高二的学生。

她的视线漫无目的地四处飘着，等她回过神来时，已经不自觉地定格在了一道熟悉的身影上。

底下传来一道挑衅的男声：“迟蔚！有本事再投一个三分，我就叫你爸爸！”

他们小管家这究竟是什么体质，除了她以外，还能吸引这么多想挑衅他的人。

神奇。

乔茵托着腮，看着迟蔚轻松一跃，球沿着完美的抛物线轨迹“哐当”一声撞到篮板，接着从篮圈中坠落。

连上帝都格外青睐英俊的少年，天光倾泻，沿着他修长的身躯镀了层瑰丽的光影。

“……你开挂了吧！这也能投中？！”

三月末的风还有点儿冷，吹得乔茵缩了缩脖子，隐隐约约听见迟蔚带着一点儿少年傲气和松散笑意的声音：“愿赌服输。”

原来机器人也是会跟人说笑的。

——这是乔茵脑海里浮现的第一个念头。

她扯了扯热乎乎的耳垂，忽然觉得这一幕好像漫画里的场景。

而迟蔚就是受尽万千宠爱，出场都自带背景音乐的少女漫画男主角。

小卖部就在篮球场边不远处，乔茵从教学楼出来突然觉得口渴，进去给自己买了瓶果汁，结账的时候，手一顿，又从架子上取了瓶功能饮料。

她看男生打篮球的次数不多。一是之前的学校里打网球和棒球的比较多；二是以前总觉得看一群野猴子一样的男生撞来撞去为了抢一颗球，也没什么意思。

但，乔茵不得不承认，迟蔚打球确实是挺好看的。

看台上已经陆陆续续坐着刚考完试的高一小学妹们。乔茵混在人堆里，小口小口地喝了半瓶果汁，脑海里天马行空地在想：会有人给迟蔚送水吗？

肯定有吧。

校园故事里一般都会有一个漂亮、单纯又害羞，像朵栀子花一样的女主角。

搭配迟蔚正合适。

不知道李主任还会不会来抓人。

她皱着张脸开始发愁，愁了没两秒又暗骂自己神经病，关她什么事。

迟蔚被抓，她放个999响的鞭炮庆祝，以报这一个月来被压榨之仇，才比较合理。

只是头脑发热买的那瓶功能饮料还沉甸甸地装在书包里，乔茵觉得这个重量不是她这种瘦弱小女孩可以承受得了的。

打篮球的男生大都把外套随手扔在了篮球场旁边的草坪上，但迟蔚这个有重度洁癖的人自然做不到。

乔茵早上刚见过人，一眼就看见迟蔚那件深蓝色的冲锋衣孤零零地挂在铁丝网上。

她眼睛转了一圈，发现那里被树挡着，视角比较隐蔽，大家都专注地盯着球场，也没什么人往那儿看。乔茵心念一动，手腕一撑，轻松地从看台上跳了下去。

当着那么多人送水被围观的事她干不出来，但偷摸地送总没问题吧。

乔茵蹑手蹑脚地潜过去，从包里把那瓶功能饮料拿了出来，正要随手放进迟蔚衣服的大口袋里，身后突然伸过来一只手，一把将衣服拽了下来。

恰在此时，路灯毫无预兆地亮起，乔茵的心重重一跳，有种在光源之下无处遁形的无措感。

她僵着身子转过头，鼻尖差点儿撞上来人，缓缓抬起头，正对上迟蔚平静的双眼。

这人走路都没声音的吗？

乔茵退后一步，背靠着铁丝网，强装镇定："你怎么……"过来了。

"换人上场了，下来休息，"少年声嗓微沉，目光如炬地看着她，"顺便来捉贼。"

乔茵："……"

乔茵被呛了一下："什、什么贼啊，我怎么没看见？这儿只有一个高瞻远瞩，提前为打完球口渴的小叔叔准备了爱心饮料的体贴大侄女。"

迟蔚垂着眼看着“大侄女”，明明是平平常常的眼神，却把乔茵看出了一阵没来由的心虚。

她不由分说地直接把功能饮料塞进迟蔚的手里，打算快点儿离开这个是非之地。

不料迟蔚一把拉住了她的书包带，乔茵跟着后退回来，听见他的声音在耳后响起：“今天没有口号要喊了？”

乔茵一愣，第二秒才想起当初她惊天撼地的那一句——“迟蔚！加油啊！！妈妈爱你！！！”

“……原来你知道。”

她一直以为迟蔚根本不知道那个人是她，毕竟他也从来没有提起过，当时她一心搞事，不在乎丢这点儿小脸，但是现在情况不一样了，她还是挺要面子的。

乔茵的心脏不规律地怦怦跳起来。

没想到迟蔚竟然是这种君子报仇、十年不晚的人。

她张了张嘴，从喉咙里挤出一句：“你要是想听的话，那我，也不是不能再来一次。”

说干就干，乔茵板着张漂亮的脸蛋，开始进行机械朗诵：

“小迟、小迟，附中最直，冲出宇宙，更待何时！”

迟蔚：“……”

迟蔚几不可察地勾了勾唇角，拧开饮料的瓶盖，仰起头灌了几口。

乔茵小心翼翼地抬眼，看着迟蔚凸起的爱心形状的喉结上下滚动着。

怎么会有男生连喉结都长得这么精致，女娲造人的时候捏他至少得比别人多捏了七七四十九个小时。

不过迟蔚喝了她的饮料，应该就是不会再找她算账了的意思吧。

“小叔叔，你继续打球，我先走了哟？”她试探地问，“不打扰你进行健康向上的体育活动！”

迟蔚说：“还没问。”

“嗯？”

女孩子正双手拉着卫衣帽子的两根抽绳玩。有时她看着什么都懂，像个可靠的大人，有时又幼稚得像和迟希差不多大。

没必要刚考完试就说破坏心情的话。

迟蔚沉默半晌，微微叹了口气："算了。"

乔茵侧过脑袋。

虽然迟蔚没把话说完，但乔茵大致能猜到，他是想问她这次考试考得怎么样。

"报告长官，我觉得虽然小目标还不太行，但是小小目标——比如考个及格分什么的，应该问题不是很大。"

她面朝篮球场比了个动感超人的标准姿势："现在长官可以放心地去打球了！"

晚上回到家，乔茵收到了一个意想不到的好友申请。

——来自"糖心甜甜圈"。

申请人头像是个粉粉的美少女战士，添加好友的方式显示的是通过班级群添加，备注栏留了三个字：唐心月。

乔茵："？"

虽然不知道这姑娘要干什么，但乔茵一向很少拒绝女孩子的好友申请。

唐心月好像一直抱着手机在等回应，乔茵这边刚通过，她的消息就发过来了。

唐心月："对不起。"

乔茵："啊？？"

唐心月："之前对你做的那些事是我不对，我跟你道歉。"

乔茵有点儿蒙。

而唐心月却是受精神折磨了好多天。她本身并没有恶毒到处处给人使绊子，只是从小就是人群中最受关注的那一个，也习惯了被人众星捧月，所以当熟悉的环境里闯进一个比她更有"女主角光环"的人，一时之间难以接受这种落差。

她心思一走偏，就冲动地做出了自己都无法理解的事情。

她早就有道歉的打算，但是又放不下身段，直到考试第一天上午乔茵帮她捡起文具袋。

唐心月:“反正你要是想骂我就骂吧,我不会还嘴的,也不会说出去。”

乔茵：“我骂你干吗？打字还挺累的。”

唐心月：“？”

乔茵：“虽然我之前是怀疑过，自己是不是在不知道的情况下欠了你一大笔钱，但仔细想想我好像挺有钱的，不至于沦落到跟人借钱的地步。”

唐心月：“……”我在道歉，你却在炫富？

乔茵能想象得到唐心月被噎到失语的表情，忍不住笑了。

乔茵：“那天我说的话都是真心的，我是真的没在意。如果是个男生的话，我可能就不太乐意惯着了。漂亮的小姑娘嘛，只要不做太大的坏事儿，我都没关系。”

唐心月这次是真的无言了。

不光无言，还有点儿脸红，怎么……怎么会有这种人啊，你不是女孩子吗？为什么可以对另一个女孩子说这样的话！

唐心月：“那你是原谅我了吗？”

乔茵发过去一个点头的表情图。

乔茵以为事情到此就结束了，万万没想到，一分钟后，唐心月给她发来了新消息。

唐心月：“下个月月底是学校校庆，到时候有文艺会演，我和文艺委员之前定了个节目想报名，还缺个人，你愿意参加吗？”

乔茵：“……”

你这个小脑袋，转得还挺快的啊？

乔茵心里仍然怀揣着一丝下个月就能回 A 市的幻想，因而没有第一时间答应。

唐心月却显然误会了，纠结了许久，咬牙跟她许诺："我可以把节目最重要的位置让给你！"

乔茵："……"看得出是非常巨大的牺牲了。

乔茵："没有要跟你抢位置的意思，等下个星期出成绩了再说。"

周六。

上个周末因为要准备考试，乔茵周末便没去"半日闲"，老板这会儿看到她，调侃道："哟，总算记得来看你的'小老婆'了。"

"小老婆"指的自然是店里那台镇店之宝架子鼓，至于"大老婆"，则是乔茵在 A 市家里的那一台。

名分被乔茵安排得明明白白。

乔茵跟着老板演戏，皱着眉叹息："朕有要务在身，多日未曾踏入后宫，不知鼓爱妃近来身体如何？"

老板好笑道："给陛下照看着呢！"

柯星星小朋友半个月没见到她了，这次揣了一口袋的牛奶糖过来跟她分享。

乔茵塞了一颗进嘴里："你怎么知道这个星期我会过来？"

"哥哥说你们这周就考完啦！"

哦，差点儿忘了他哥就是那个和迟蔚很熟的"妇女之友"。

"对了，姐姐，"柯星星有些不好意思地摸摸后脑勺，"我哥哥问你愿不愿意加他好友，然后跟他组个联盟。"

乔茵不解："什么联盟？"

柯星星也记不太清那个很长的名字，从口袋里掏出字条，一个字一个字地念：

"'打倒迟蔚君主专制制度创造社会公平与正义'联盟。"

乔茵闻言笑得不行，顺手在那张字条上留下了自己的微信号："回去让你哥哥加我吧！"

乔茵的姑父今天的飞机回N市，姑姑订好了晚上的餐厅，把地址发给了乔茵。餐厅离乐器行距离很近，乔茵索性又在店里待了一下午。

桂圆之前把她拉进了一个聊天小群，群里都是乔茵熟悉的班上的女生。

这会儿大家正热火朝天地讨论着八卦。

八卦主题是今日附中贴吧热帖："报！迟蔚与神秘女子在操场旁秘密接头！图片见内，在线收留心碎女孩。"

看到这个标题，乔茵就隐隐有一种不太好的预感，点进去一看，果然是昨天她给迟蔚偷偷送水的时候被人拍下的照片。

幸好距离远，根本没拍清她的正脸。

——楼主有点儿东西，这么糊的照片还拍得挺唯美，光影、构图都不错。

——楼主是用座机拍的吧？我连这女生脸上长了几只眼睛、几张嘴都看不清楚，说不定不是个女生呢（大胆猜测）。

——哎，有一说一，我觉得这个身高差还挺萌的耶！

乔茵："……"你们贴吧能不能聊点儿正能量的东西啊！

怎么连她和迟蔚之间纯洁、友好、无杂质的友情都看不出来！

虽说一个八卦帖子不至于让她产生太大的心理波动，但晚上去餐厅的时候，乔茵还是下意识地选了个离迟蔚最远的座位坐下。

乔茵全程低头默默吃饭，能不说话就不说话。

姑姑和姑父都没发现她的异常，还以为她是真的饿了，又叫来服务生加了好几道菜。

乔茵含泪吃到最后。

饭后，迟希小朋友拉着爸爸妈妈要去旁边的游乐园坐旋转木马，乔静安本来想叫司机送乔茵和迟蔚先回家，但乔茵撑得胃难受，估摸着自己要是再坐车的话，保不齐要吐一路。

为了安全着想，乔茵决定还是先散散步，再坐地铁回去。

迟蔚也意外地没上车。

刚从暖气十足的室内出来，憋了几个小时，吹吹清冷的夜风反而觉得很舒适。乔茵的心态也慢慢地恢复了正常。没什么乱七八糟的关系，小管家对她来说，就是恪守程序的学习辅导型机器人。

除了效果更好一点儿，和步步高点读机也没什么太大差别。

人不能总是受外界的影响。

要坚定自我！

乔茵做了个深呼吸，而后又顺利切换回了话痨模式。

她双手背在身后，在迟蔚身侧晃来晃去："小叔叔放着车不坐，是不是怕我一个人在外面有危险？"

迟蔚瞥了她一眼，语气淡淡："我怕其他人不安全。"

要这么说的话，也确实没毛病。

乔茵翻了个白眼，抱拳回敬他："你真有公德心。"

两个人你来我往，还是以乔茵挑衅为主地说了半天，路过 CBD 街角那家她常吃的糖葫芦店时，乔茵又挪不开眼了。

明明刚刚还饱得这辈子都不想吃饭了，但是看见裹着糖霜的山楂，胃好像又腾出了一点儿位置。

结果还没等她下定决心要不要买，身旁的人已经三两步走过去，把店里仅剩的两根糖葫芦买走了。

一根糯米山楂，一根冰糖草莓，都是她喜欢的口味。

乔茵："？"

虽然她和迟蔚最近是好像变熟了那么一点点，但似乎也没有到这种他会主动给她买小零食的熟悉程度。

她一句"这多不好意思"还没说出口，就见迟蔚拎着包装袋目不斜视地从她身边经过，丝毫没有递给她的意思，甚至还把袋子换到了离她更远的那只手。

乔茵："？？？"

快到九点，卖完这最后两根糖葫芦，老板就笑呵呵地收拾东西准备打烊了。

如果说本来只有六十分想吃的欲望，在看到迟蔚中途截和以后，乔茵的欲望就膨胀到了一百分。

她气沉丹田，徐徐开口："小叔叔，这么晚了，吃这么多甜的对身体不太好吧？"

迟蔚面上八风不动："是吗？"

乔茵忍不住瞪他。

你不知道才有鬼吧。

到底是在觊觎人家的东西，乔茵不好抬杠，只得好言相劝："我不忍心小叔叔一个人在深夜饱受葡萄糖的折磨。"

迟蔚终于有了动静，抬起眼皮："你之前说谎了？"

乔茵一蒙："啊？"

"把麦芽糖认成葡萄糖，"乔茵从迟蔚平淡的语气中听出了一点儿怀疑，"这样生物也能及格？"

"……"

她这辈子就没见过比迟蔚更难沟通的人。

乔茵告诉自己不要生气，不要和机器人一般见识。

她充耳不闻，继续昧着良心直奔目标："你看这颗草莓！看上去又大又红，这么妖艳，一看就不是什么正经草莓，说不定是放了色素添加剂之类的东西，多不健康啊！"

"没事，"迟蔚轻描淡写地说道，"我不吃。"

他自己不吃，那就只能是买给迟希的了。

乔茵立刻找到了理由："迟希就更不能吃了！他现在换牙，姑姑也不让他吃甜的。"

迟蔚脚步一停，状似醒悟："这么说，就只能丢了？"

乔茵张开双臂拦在他面前，大义凛然道："丢了多浪费，我们仙女自带超凡的消化系统，和别人不一样，我愿意牺牲小我，帮小叔叔排忧解难！"

迟蔚似乎认真考虑了一下，然后说：“我要问问它的主人同不同意。”

这下乔茵是真的愣住了。

她虽然知道迟蔚八成是作为管家的责任感，怕她出点什么事儿，才屈尊降贵地跟她一起回去，但完全没想过可能还会有这样的可能：他是要去和别的女生约会。

周末的晚上，风清月明，的确挺适合约会的。

心底莫名有碳酸味的气泡汩汩地冒出来，乔茵一个一个戳破，用嫉妒的眼神看着迟蔚。

有的人，可以潇洒快活地去和他的女主角花前月下，而有的人不仅回不了自己的家，还孤苦伶仃地连糖葫芦都吃不上。

她一时没控制住内心的义愤之情，语气不自觉就有点儿冲：“你买给谁啊？”

迟蔚转过头，目光落在她脸上。

“买给某个半小时前说胃不舒服，两分钟前又说自带超凡消化系统的……”他停顿一下，补上最后两个字，“仙女。”

乔茵眨巴眨巴眼，呆了两秒。

情绪反应比大脑转动来得更快一些，她终于将迟蔚口中的人跟自己对上号的时候，才发现嘴角早就扬起了一个灿烂的笑容。

正大光明地从迟蔚手上接过袋子的时候，乔茵听见他说：“还你昨天的饮料。”

怪不得。

他们小管家就是这样投桃报李，不欠人半点儿恩惠的道德模范。

“那我赚了。”乔茵严肃地说。

迟蔚静静地看着她。

“那瓶饮料只要五块钱，而你买的两根糖葫芦，加起来二十块！”乔茵伸出两根手指，一脸满足，“四舍五入，我赚了一个亿！”

“……”

迟蔚眉梢微抬：“你是一直这么喜怒无常吗？”

今天刚见面的时候恨不得脸上刻上一行大字“生人勿近”，和他保持一个光年的距离，多一个字都不想说，这会儿又嘚啵个不停，什么话都能说了。

小姑娘正快乐地咯嘣咯嘣咬着冰糖草莓，整天吃些乱七八糟的东西，牙齿倒是长得洁白又整齐。她吃得津津有味，也就没听清楚他刚才的问题，含含糊糊地抬头问他：“你说什么？”

迟蔚垂下眼。

胸腔里莫名有一股无力感慢慢地传到四肢百骸。

不应该这样。

不该过多在意别人的情绪，不该那么多次，都被她的小情绪连带着影响到了自己的思绪，更不该因为看出了她心情不好，不由自主就想哄这个麻烦精开心。

可是人和机器的区别就在于，再理性的人也无法完全掌控所有的情感去向。

乔茵这种时时刻刻张牙舞爪，霸道地要占据他人全部视线的人，猝不及防、不讲道理地闯进他的生活里，强行将一池平静的湖水搅个天翻地覆。

逃也逃不了。

闯了祸的当事人却一无所觉，睁着一双漂亮的眼睛天真无邪地看着他。

让人觉得，生出一点儿其他的想法，都是罪无可赦。

口袋里的手机忽然振动了一下，迟蔚掏出来看了一眼，是柯远发来的消息。

木可不可：“迟蔚！有重大发现！”

木可不可：“我说怎么这么耳熟！原来咱们妹妹是搞乐队的啊！”

第四乐章

心跳在升温

柯远时常觉得，凭自己这无与伦比的观察力和敏锐的嗅觉，以后假如找不到工作，开个侦探事务所，还不是轻轻松松月入百万。

而目前，一个普普通通的学生身份已经满足不了他了，怎么都得加个前缀，叫“福尔摩·柯”。

虽然名义上他是实验班的体育课代表，但实际上他也是一个狂热的音乐爱好者，以前也经常去听线下演出，对许多乐队都有一定的了解。

有段时间，他那在上大学的哥哥为情所困，找他出主意。他想了三天，给人制订了一个绝佳的表白计划。为了提高表白的成功率，还用了一个乐队的小情歌作为背景音乐。

那首歌又甜又清新，被表白的姑娘听了果然很喜欢，在浪漫的氛围里自然而然地答应了表白。

……然而事情却没有到此为止。

在一起后，他哥哥的女朋友又去找了好多创作“定情曲”的那支乐队的歌来听。好巧不巧，这个乐队除了那首小情歌，其他歌曲都是走丧系路线的，一首比一首致郁，直接让人丧失恋爱欲望，只想一心皈依佛门。

这姑娘也不例外，听完直接痛斥他哥“世上没一个好男人”，接着马不停蹄地提出了分手。

初恋消失得比龙卷风还快的哥哥找他哭了一夜，咬牙切齿地让他一定要给这乐队打个一星差评。

柯远觉得两边都挺冤枉，嘴上哄着哥哥，手上把这个名叫“末日极光”的乐队加进了关注列表。

乐队一共四个人，大家年纪都不大，还在上中学。主唱是一个声音十分清爽带少年气的男生，副歌部分则经常会加入一个介于少女和御姐之间的女声合唱。

乐队的微博是他们自己在管理，除了不定期地发发新歌和线下演出行程，都是一些日常生活的小段子。

“今天乐队聚餐去吃海底捞，点了三份肥牛，老大一个人吃了两份半，贴心地给我们一人留了一片，今天也是爱老大的一天。”

“不得了，我们学校竟然还有人不清楚老大的真面目，敢拦在路上跟她要电话号码，好担心十分钟后这兄弟是不是还活着。”

“今日份的团建是鬼屋探险，我们三个在后面瑟瑟发抖，老大一个人冲在前面，主动掀开NPC（非玩家角色）的棺材，还问人家怎么用的翻盖的，是经费不够买不了滑盖的吗？NPC：多损哪！”

他们粉丝虽然不是很多，只有六七万，评论区却很活跃，整齐划一地“哈哈哈哈哈”，偶尔有两条不一样的，都是在说：“老大明明看长相就是柔弱美少女的样子，怎么整天做这种搞笑的事？”

柯远没去看过他们的现场，只是听过他们的歌，因此也没关注过他们几个人实际长什么样子。

乐队的微博一直保持着一周一到两条的营业频率，直到最近一个月才沉寂下来，最近一条内容是：

“老大丢下我们离家出走了，微博暂时不更新，一起等老大回来吧。”

柯远之前在首页刷到过这条微博，但是没有放在心上，可今天加了乔茵的微信后，他习惯性地点进朋友圈，想给漂亮妹妹的最近动态点点赞以示敬意，就发现了她朋友圈背景的单词：

Doomsday Aurora。

“末日极光”。

连图形都是“末日极光”的logo（标志）。

他几乎是一瞬间就想起了究竟为什么会觉得乔茵唱歌的声音很耳熟。

为了确保自己的判断无误，柯远还特地搜索了“末日极光”线下演出的照片。虽然找到的图片不多，仅有的几张上面，女生还化着夸张的舞台妆，但凭借他这双火眼金睛，还是能看出这个乐队的核心人物，队友们口中的老大，就是乔茵。

“末日极光”的微博定位都在A市，据他了解，乔茵也是这学期刚转来N市附中的。

柯远点开最近那条微博底下的评论，发现博主不久之前刚在底下回了一条：

“好消息、好消息！老大说她过不了多久就会回来啦！”

柯远给迟蔚发完一长串的事情经过后，心里还有些惋惜。

木可不可：“咱们妹妹是不是马上就要走了啊？可惜了，还想和她一起出去玩一次呢！”

迟蔚没有回消息。

他一目十行地把那些一时之间难以消化的东西看完。

过去种种无法理解、觉得匪夷所思的细节，在看完的那一刻都串联成了一条线。

为什么乔茵感觉像有两个人格，一个张扬外放，偶尔又可以随机应变伪装乖巧，讨喜得像是所有人都拒绝不了的雨露阳光。

另一个只出现在他面前的，像只浑身包满硬刺的刺猬，看见他就没头没脑地横冲直撞过来，哪怕会是两败俱伤的结局，也在所不惜。

那天她说他是不是要把她赶出这个家时，语气中的兴奋也并不是他的错觉。

她是真的，在想尽一切办法，离开这里。

离开这个对她而言，大约是囚笼一样的地方。

迟蔚把手机收进口袋里。

前方不远处，穿姜黄色连帽衫的女孩子背对着他，手里举着冰糖葫芦，歪歪扭扭地走着，连背影都能看出女孩雀跃的心情。

地铁站就在前面，食物不好带进去，乔茵索性停住脚步，两口解决完了最后一颗冰糖葫芦，站在地铁口等迟蔚。

“小叔叔，你走得好慢啊！”乔茵跳下一级台阶，蹦到他面前，“腿这么长，怎么走得却这么慢？唉，你才十七岁就这样，那等三十岁的时候，我都要花钱给你打造一副金拐杖了。”

三十岁。

遥远的十三年后，她会出现在哪里都不一定。

“以后不要这么叫我了。”他嗓音很淡，“我不算是你的小叔叔。”

乔茵没从他的语气里听出什么非同寻常的意味，从他的左边转到右边，声音带着好奇：“那叫你什么？迟蔚、迟学长、迟学霸、迟管家、迟大人，你喜欢哪个？哎呀，别这么见外嘛，我们是相亲相爱的一家人！”

迟蔚转过身，就这么对上她的眼睛，语速很慢地问：“时刻想着回A市、一直跟我作对、恨不得我明天就把你赶走的，相亲相爱的一家人？”

毫无征兆地听到这番话，乔茵一下怔住了，脸上的笑意僵在那里，唇角一点点耷拉下来。

迟蔚说得这么清楚，她也不可能再装没听见了。

这一个月的时间里，她其实是有想过要不干脆把事情跟迟蔚说明白，然后让他配合自己表演出一山不容二虎的效果。

但迟蔚这种性格，先不说根本就没可能答应配合她演戏，就算演也容易被识破，姑姑一来调解，他就直接倒戈了。要达到最自然的效果，就只能让他在不知情的情况下被激怒。

可是现下，她再不坦白就等同于把迟蔚当傻瓜。

她蜷了蜷手指，开口："你怎么什么都知道了……"

话音落下才反应过来，她这缴械投降得也太快了，别人还没"严刑逼供"，甚至连"刑具"都没搬出来，她就不打自招了。

迟蔚没说话。空气里弥漫着让人倍觉尴尬的沉默。

乔茵抿了抿唇，心想，管他什么原因，可能他们天才就是连读心术这种特异功能都有，既然决定要坦白了，那也不差这一星半点。

"迟蔚，对不起。"她说。

道歉的语气比以往的每一次都真诚。

迟蔚站在她所在位置的下一级台阶上，漆黑的眼眸就这么平视着她。

乔茵绷着张脸，立正站好，像个认错的小学生："你等一下，我想想该从哪里说。"

这一想就差点儿想到宇宙大爆炸、盘古开天辟地。

眼见迟蔚快忍不下去了，她才开始说："最开始被我爸送来N市的时候，我觉得天都塌了。在A市，我爸整天出差，我跟他一个月都见不了几面，没人管我，我来乐得自在。来N市寄人篱下不说，还有……"

她悄咪咪地掀开眼帘，看了迟蔚一眼："还有个人随时随地要管着我，刚见面就给我一个下马威，还给我打了那么长那么多的家规！哇，可能我穿越到古代在皇宫里当个太监伺候皇上都没这么多规矩！"

乔茵说着说着就变成了控诉，迟蔚的眼神沉了下来。

乔茵敏锐地发觉他面色不对，赶紧咳嗽了两声，若无其事地回到正题："而且我在A市和朋友也组了个小乐队，大家约好了要在三年内闯出个名堂来，总不能放他们鸽子。所以我得想办法让我爸同意我回去。"

"姑姑那么温柔，脾气那么好，又是长辈，我不好从她那里下手……”

“所以就选中了我。”迟蔚说。

乔茵顿了两秒，点头。

“我想，如果我们俩起争执闹得不可开交，姑姑也很为难的话，我就可以顺理成章地离开这儿了。”

“我记得你给我的备注是‘麻烦精’对吧？还挺精准的，我来这儿没多久，确实是给你惹了挺多麻烦的。”

担心会给迟蔚留下什么心理阴影，她赶忙道：“小叔……不是，迟蔚，一切都是我的错，跟你没什么关系，你是个好人。”

突然被发了好人卡的迟蔚：“……”

乔茵说完也觉得这句话怪怪的，改口道：“就那个意思，你懂了就行。如果是其他情况下我们遇到，我还……”

“我还挺开心有你这么一个小叔叔的，虽然你不让我这么叫了。”

“……”

她剖白了这么多心路历程，迟蔚只说了三个字：“为什么？”

乔茵抬眼瞅他：“嗯？”

“为什么觉得跟我比起来，你会是被放弃的那个？”

乔茵愣了一下，接着一脸无所谓地笑道：“那当然是因为我有经验啊！”

“反正我总是被放弃的那一个，我习惯了。”

三岁那年被乔逢安放弃，十二岁那年又被亲妈放弃。后来乔逢安又把她送到N市，说是为了她的成绩着想，但无非是腾不出手管她罢了。

这个世界上总是有比她更重要的东西。

她明白的，也早就接受了。

在面对选择题的时候，她一直都是那个，被舍弃的选项。

乔茵竖起三根手指：“我可都说实话了。”

地铁到站，源源不断的人流从他们身旁经过，有人好奇地探来打量的目光。乔茵觉得自己这个姿势有点儿像渣男在发誓说“这辈子我只爱你一个人”。

她被看得耳尖泛红，又默默地把手放了下来。

迟蔚“嗯”了一声，脸上看不出情绪。

反正事已至此，乔茵破罐子破摔，跳下台阶，凑到迟蔚旁边，问他：“听完了可怜小女孩的悲惨故事，你没什么想说的吗？”

迟蔚不为所动：“你想让我说什么？”

乔茵来劲了：“比如，你觉得我好可怜，决定帮我实现回家的梦想。”

迟蔚点了点头：“确实是梦想。”

“那梦想也总有实现的时候啊！”乔茵小声嘟囔，“人没有梦想的话，那和咸鱼有什么区别。”

“现在好像也没什么区别。”

“迟蔚，”乔茵提醒他，“你已经不是我的小叔叔了。”

迟蔚：“？”

乔茵和颜悦色地说道：“那我们就要明算账了，骂我一句收费十块。”

“……”

关于帮她回家这件事，迟蔚虽然没有直接拒绝，但态度已经很明确。

就差把“少痴心妄想”五个字写在脸上了。

乔茵心里发愁，她失去了最后一个潜在的盟友，之前的种种努力也都化为泡影，回家之路越发任重而道远。

她叹了口气，给自己鼓劲。

勇敢小乔，不怕困难！

附中批卷效率高，周日的晚上，月考成绩就下来了。成绩是直接发布在学校官网的学生系统里的，学生可以凭学号和密码登录查询。

乔茵已经记不清自己上一次这么在乎一场考试的成绩是什么时候了，因为在 A 市念的高中是初中部直升上去的，所以连中考成绩她都没有在意过。

微信群里，桂圆她们在吐槽这次的数学卷子批得好严格，比预估的低了好多分。

乔茵想了一下自己预估的……好像本来也没几分。

一时之间连饭都有点儿吃不太下去了。

赵姨还以为是今晚的饭菜不合她的胃口：“茵茵不喜欢吃这个，要不我再做一份你喜欢吃的？皮蛋瘦肉粥行吗？”

乔茵连忙摆手：“没事的赵姨，我在减肥呢！最近吃你做的饭，我脸都胖了一圈啦！”

餐桌对面的迟蔚抬起眼，看着她那张还没有巴掌大的脸，发出一声几不可闻的嗤笑。

但还是被乔茵第一时间捕捉到了。

她发现开诚布公地谈过以后，迟蔚好像真的更喜欢撺她了。

以前是冷淡得不太愿意搭理她的废话，现在搭理是搭理了，就是态度不太好。

——哪怕她说了骂她是要收费的。

赵姨在一旁念叨着：“哪儿胖呀？都瘦成什么样了还胖，你们这些小姑娘哟，一个个身上没二两肉还喊着减肥……”

乔茵没办法，只好端起碗把一碗炒饭硬生生地往肚子里塞。

最后一口咽进嗓子里的时候，她听见迟蔚说：“你的小小目标完成了。”

乔茵：“……什么？”

“每科都及格，”迟蔚整理好碗筷起身，“你的小小目标。”

惊喜来得太突然，乔茵赶紧放下碗，跑到他面前，仰头看着他：“我都还没查分，你从哪里看的？”

“学生会负责每次考试成绩的存档录入。”

“……”学生会会长就是了不起。

乔茵一脸惊慌：“那岂不是我的隐私都暴露在你面前了？”

迟蔚低头，告诉她一个噩耗：“明天卷子发下去，还会有更多人知道你数学考了92分的隐私。”

不料这句话没对乔茵造成任何打击，她兴奋地一把拉住他的衣角：“真的吗？我数学竟然考了92分！我好厉害！短短一个月就有这么大的进步，我其实是个数学天才吧？”

迟蔚眉心一跳，难以想象她以前究竟是什么样的水平。

乔茵仍在继续：“当然了，这次取得这么卓越的成绩，也离不开迟老师的耐心教导……”

迟蔚看她这像站在菲尔兹奖领奖台做获奖感言的姿态，唇角抽了抽。

“……荣誉怎么说，也要分迟老师一半的。”乔茵慷慨激昂地做完了总结陈词。

迟老师面无表情：“不用了，说出去砸我招牌。”

乔茵热泪盈眶：“迟蔚，你好凶，你以前不是这样子的。”

“你以前的感觉可能有问题。”

乔茵迅速抹了抹不存在的眼泪：“恩断义绝吧，迟蔚。”

即便迟蔚拒绝了分享她92分数学成绩的荣誉，也丝毫没有影响乔茵的好心情。

第二天上学，卷子发下来以后，乔茵还特地偷偷掏出手机拍了个照，发到“宇宙超气人天团”群里。

乔茵：“原来考个及格分这么容易。”

小光：“？”

贝壳：“？？”

阿元：“？？？”

小光：“茵姐，你来真的啊？N市也太可怕了吧！直接大变活人？”

乔茵：“你把话说清楚。”

贝壳：“他的意思应该是，N市竟然能治好茵姐这种拿到数学题就偏头痛发作的毛病，真是妙手回春。”

阿元：“茵姐还会回来吗？下次我们见到你不会是两年后的高考状元新闻采访上吧？”

乔茵被这波浮夸的尬吹取悦到了：“回啊，我这叫学习、事业两不误，一个优秀成熟男人的标志就是能双管齐下。”

小光：“……谢谢茵姐，受教了。”

班上一个月换一次座位，这次换完座，乔茵旁边变成了一个戴黑框眼镜每天埋头疯狂刷题的男学霸。

男学霸是这次月考的班级第一，也是年级第一。

在乔茵刚转学过来的时候，他也产生了一丝危机感，毕竟校园故事里百分之九十的转学生都深藏不露，因此这次的月考他准备得格外充分。

成绩出来后他松了口气，觉得自己的地位应该还算稳固，但是现在看到新同学竟然这么认真地对待考卷，他顿觉自己做得可能还不够多。

三人行，必有我师焉，虽然新同学的成绩和他的暂时还有一定的差距，但是乔茵有这种好学的精神，追上他或许指日可待，他必须要再接再厉、加倍努力才行。

乔茵完全不知道自己无意中给一个陌生的可怜男孩儿带来了这么大的精神压力。

她沉浸在自己的美好分数中，一整天快乐得连走路都带风。

乔静安从乔茵她爸那里听说过乔茵原本的成绩是什么样的，对乔茵一直没抱多大期望，只要乔茵能在这儿过得开开心心就够了。所以，这次乔静安看到乔茵的成绩后也很惊喜，觉得迟蔚的补习非常有效果，一脸慈爱地让她再接再厉，多向迟蔚请教。

乔茵长叹一口气，看来她这条漫长的学习之路是没法再回头了。

吃完饭，乔静安还给乔茵她爸打了个电话报喜。

不出乔茵所料，她爸又在律所忙着什么九位数的大额要案，没说几句就挂了。

电话挂后一分钟，手机提示铃响起，乔茵掏出手机，发现支付宝到账一万元。

这就是她爸对她成绩进步的所有表示，没有鼓励，没有慰问，只有金钱。

非常的朴实无华且枯燥乏味。

乔茵本来也没指望能有什么，她连自己主动跟乔逢安说一声的念头都没有，现在能得到一笔天降横财，其实挺开心的。

做人要知恩图报。乔茵心里盘算着要给迟蔚发个红包，一百元太少了，没诚意；五百元太多了，又显得生分。她想了想，二百五十元刚刚好。

结果迟蔚一直没有收，也没有任何回应。

乔茵洗完澡，和小光他们把《夜莺》的编曲又商量了一遍，接着无所事事地打了会儿游戏，最后已经无聊到把今天布置的作业都拿出来写了一大半，迟蔚还是没给她发消息，而且也没有让她赶紧去做题。

她严重怀疑自己现在已经患上了斯德哥尔摩综合征，一天不被迟蔚压迫就觉得难受的那种。

尽管共处同一屋檐下，但今天一整天，她还没跟迟蔚见过一面。

周一学生会执勤，迟蔚一大早就出门了，他俩放学的时间点又差一个多小时，除了刚来那几天她晚上在外面游荡到很晚才回家，赵姨都是做两次晚饭的，她吃完自己的就乖乖回房等到十点再被迟蔚召唤到书房去。

乔茵又看了眼时间，十点二十分了。

心里莫名涌上一股无所适从的烦闷，她倒在床上，翻来覆去滚了两圈，最后还是举起手机开始主动骚扰迟蔚。

我买几个橘子去：“哈喽，今天是休息吗？”

我买几个橘子去：“那我睡觉了？”

我买几个橘子去："我真的睡了？你再怎么威胁也叫不醒我的那种。"

她盯着手机屏幕半天，觉得自己像个迟蔚的狂热追求者，把两个人的交流界面搞得只显示她一个人聊天的对话框。

而迟蔚就是不回消息的冷漠负心汉。

说是要睡觉，但此时她一点儿睡意都没有。乔茵在心里数到第十下，一鼓作气从床上爬起来，推开卧室门走了出去。

书房的门一反常态地开着，里面漆黑一片，没人。

乔茵脚步没停，一路走到迟蔚的房门前，门缝里透出隐约的光亮，说明他人在，她松了口气。

没多犹豫，她敲了敲门："咚咚咚，社区送温暖。"

屋内很安静，片刻后，才有声响传来。

门刚打开，乔茵就听见迟蔚比往常要哑很多的嗓音："什么温暖？"

灯光像从牢笼里释放出来，明亮得有些刺眼，乔茵没忍住眯了下眼睛，再睁开时，入目的是迟蔚一张面色冷淡却带着病态的苍白的脸。

他原本的肤色就比一般女孩子的还要白一些，所以现在看上去就像个弱不禁风的病美人。

他那轮廓狭长的漂亮眼睛里含了点点水汽，润湿了浓密的睫毛。

"你生病了？"乔茵问他。

迟蔚："没有。"

声音都哑成这样了还说没有。果然男生不管表面什么样，本质都是死要面子。

乔茵无语地看着他泛白的嘴唇："迟希都知道生病了要吃药。"

这句是回敬他当初那句"我教迟希半个小时，他也能做出来了"。

迟蔚垂眼看她，睫毛长长的，影子扫下来，仿佛在眼睑下烙了一层疲惫的黑眼圈。

自己的身体自己清楚，迟蔚是那种一年下来都难能生一次病的体质。

但大概是这两天心情起伏变化得太大，超过了平时的阈值，连带身体都被迫产生了连锁反应。

回家之后，他昏昏沉沉倒头就睡，梦里光怪陆离，捞不起一个具体的情节，只有一个机场的场景，乔茵左手拿着冰糖草莓，右手拉着行李箱，脸上表情决绝，说她这辈子再也不会来N市了。

然后，他就被梦里的人叫醒。

他头脑昏沉地打开门，梦里的人出现在了面前。

一颗被攥紧的心又慢慢地放松下来。

原本就没彻底压抑下去的情绪，找到了可乘之机，在肆无忌惮地彰显存在感。

迟蔚蹙了蹙眉，似在忍耐。

乔茵已经趁他没注意，伸手贴上了他的额头，一边摸一边点头："不错，迟蔚，你再不吃药，等烧到明早我就能直接用你的额头煎个荷包蛋吃了。"

"节能又环保，赵姨看了都说好。"

迟蔚："……"

嘴上这样说，乔茵还是马不停蹄地下楼烧了热水。知道按迟蔚的作风，生个病也要偷偷的，不惊动任何人，于是乔茵自己摸索了半天才找到感冒药和退烧药，一并端上楼来。

迟蔚还抵在门前。

乔茵愣了一下，而后凶巴巴地说："不给进吗？"

"我的房间你都进过了，结果不让我进你的房间。迟蔚，你这个人怎么这么双标！"

迟蔚淡淡地问："我为什么会进你的房间？"

"那还不是……"乔茵不假思索地蹦出四个字，然后立刻想到，迟蔚当时也是被她强拉进去的。

她息声了。

两秒后。

“不进就不进。”乔茵鼓了鼓脸颊，自动退让，“你把药吃了，我举得手都酸了。”

小乔同学要大度，不跟病人一般见识。

迟蔚看了她一眼。

女孩子今天穿了一身和她气质十分不搭的兔子睡衣，扣子也没好好扣，大概是怕热，露出了修长的脖颈和有脆弱感的明显的锁骨。

这会儿仰着头安安静静地等他，整个人难得透露出一股温软无害。

迟蔚接过药一口咽了。

乔茵任务完成，正要收了杯子走人，迟蔚忽然叫住她，重复了一遍之前的问题：“你要来送什么温暖？”

生病就会变成较真的小朋友是什么奇奇怪怪的设定。

“嗯……”乔茵挑了挑眉，“仙女的祝福？”

她语气凝重：“迟蔚，你知道你为什么生病吗？这就是你过去不尊重仙女要遭受的天谴。”

迟蔚闻言扯了扯唇角，正要说话。

乔茵抢在他前面说道：“但是现在仙女原谅你了。”

迟蔚一怔，喉结无意识地上下滚动。

面前人琉璃珠子一样黑白分明的眼睛认认真真地看着他，认认真真地，在祈愿。

“上天保佑，我们迟管家快快好起来吧！”

上天显然不怎么听乔茵的话。

迟蔚这场小感冒不仅没有很快好起来，反而愈演愈烈，一路烧到了四月初。

清明假期的前一天，九班的课很轻松，下午体育课后再接两节自习，班主任就宣布放假了。

健美操班女生占大多数，偶尔有几个男生，他们都是先报的别的项目，但是那个班上的人满了不得不被调剂到健美操班来的。

一开始这些男生个个消极怠工、如丧考妣，几个星期下来，渐渐发现健不健美操的无所谓，主要是周围都是长得漂亮、身材又好的小姐姐们。

什么叫人间天堂，这就是了。

乔茵在这堂课之前，也是这么想的。

一来她有多年与人交手的经验，身体协调能力很强，健美操的这些动作对她来说简单得和广播体操差不多，练个两次就可以夹在人群中偷懒了。

二来……她也喜欢看漂亮小姐姐。

但是班上毕竟还有些身体没那么灵活的学生，小半个学期的课上下来，有的人第一节操都没学会。于是这堂课，体育老师就从班上的学生里找了两个跳得最好的做示范教学。

乔茵就是其中一个。

痛失摸鱼的机会，乔茵十分难过。

旁边的桂圆倒是兴奋地给她鼓劲儿，小手握拳给她加油："我们茵茵就是健美操之神！"

乔茵："……"她原来也有招架不住吹捧的一天。

不过她虽然心里抗拒，身体还是没有消极怠工，随着音乐的节奏韵律，每一个动作都做得恰到好处，既有美感又有力度，看得一旁的老师连连点头。

少女身材比例好，细腰长腿，普普通通的姿势被她一做都极具观赏性。

尽管她自己并不知情，嘴里机械地默念着"一二三四"。

一同在室内体育馆上课的其他班上的学生都渐渐被吸引过来，远远近近地围了一圈。

柯远搂着宋成飞的脖子从体育馆门口经过的时候，正好撞见了这一幕。

他的好兄弟、附中的学生会会长迟蔚同学，最近两天高烧请了假没来上学，这还是自打他们认识以来，他第一次看见劳模请假。

学校会最近正在筹备校庆文艺会演的事儿，迟蔚不在，他和宋成飞两个人自然要替兄弟分忧。开了差不多半节课的会出来，就看见体育馆里好像出了什么状况。

“凑热闹”三个字刻进DNA里的柯远凑过去一看——

那不是迟蔚家的妹妹吗？

体育课一向管得不严，带着手机来上课的人不少，围观人群里陆陆续续有人掏出手机在拍照，柯远也跟着拍了两张，充耳不闻身旁宋成飞的嘲笑。

木可不可：“兄弟，在？出来看美女，给你补充补充元气，说不定马上病就好了。”

迟蔚虽然没来上学，但是一直在学生会的群里跟进他们的会议内容，所以这会儿刚好在线，消息发出去没两秒，柯远就收到了言简意赅的三个字和两个标点符号。

迟：“不看，滚。”

宋成飞在边上看着，立马幸灾乐祸地笑出了鹅叫。

柯远摸了摸鼻子，不禁感叹，这怎么生个病，人都变凶了。

然而他也不是被迟蔚一句话就能劝退的人，不管不顾地把刚拍的两张“美少女跳操图”发了过去。

宋成飞：“你给迟蔚发这个跟发给和尚有什么区别？死心吧，咱们会长眼里根本没有妹妹的，你发篇物理论文他还感兴趣些。”

柯远幽幽地看了他一眼，心想：你懂什么！

这妹妹能是普通的妹妹吗？

但他心里有分寸，这种秘密还是不能往外说的。

这次柯远等啊等，三分钟过去了也没等来迟蔚的回应。他正纳闷，就被宋成飞拍了一下肩膀，他茫然抬头，对上对方同情的表情：“柯狗，节哀。”

柯远：“？”

他退出和迟蔚的对话界面，发现这个不回他消息的人，刚刚在学生会群发了一条公告。

迟：“正值校庆的重要时刻，最近学校严抓校风校纪，上课期间除特殊情况外，禁止使用手机等电子产品，辛苦纪律部的同学组织检查一下。”

下面还附带了检查的关键地点，最上面的一个就是室内体育馆。

柯远看傻了，不敢置信地睁大了眼。

迟蔚，当代过河拆桥、恩将仇报第一人，十分钟前还让他把开会内容都发到群里，十分钟后把他当反面典型要“抓捕归案”。

不只是他，今天体育课上拍了照的人一个都别想跑了。

那边凄风苦雨，乔茵这儿却一派轻松。

放学后，桂圆和詹静约乔茵一起出去玩，行程安排得很好，先逛逛街，再吃个火锅，最后去新开的网红甜品店打卡，作为庆祝假期到来的小小仪式。

换作平时，乔茵肯定二话不说就同意了，但是现在，她心里浮现了一点儿，没来由的罪恶感。

有人还在家高烧三十九摄氏度，她出去快乐地吃喝玩乐，是不是不太合适？

虽然迟蔚生病和她没什么关系，但乔茵脑海里还是不由自主地浮现“孤寡老人卧病在床，不肖子孙漠不关心”的社会新闻。

乔茵揉揉脸，叹了口气：“你们去玩吧，下次我请你们吃火锅。今天不行，家里长辈生病了，我得回去照顾一下。”

桂圆她们自动脑补的是个行将就木的老人在家里躺着，也不敢再劝，安慰地拍了拍乔茵的手。

三个人走到校门口的时候，好巧不巧，又跟唐心月和她的小姐妹撞上了。

这个配置和一个月前音乐课那次一模一样。

桂圆警惕地拉着乔茵往旁边撤了一步，唐心月却直直走了过来，脚步停在乔茵面前，耳朵泛着红晕，咬了咬嘴唇，问她："都这么久了，你考虑好了吗？"

乔茵："？"

桂圆和詹静："？？？"

乔茵在这个疑似告白的场景中迷失了三秒，终于反应过来，自己之前好像是答应了面前这姑娘，考虑加不加入她们的校庆文艺会演节目来着。

那时候她和迟蔚还没彻底摊牌，心态乐观地觉得总有一天她能搞定迟蔚，让他心甘情愿地加入她的阵营。

现在不是了。她已经深切感受到迟蔚的冷漠无情了。

她回 A 市起码也要等到暑假再说吧。

于是乔茵眨了眨眼，对唐心月说："那我，同意一下？"

她话说得犹豫，唐心月却选择性失聪地忽略了其他，只听到了"同意"两个字，紧张的情绪当即松懈下来，说话利索了很多："那我回头把你拉进群里，放假这几天你可以先在家练习一下。如果有什么想法，我们也可以再商量。"

乔茵比了个"OK"的手势，唐心月恢复了孔雀一样的骄傲本性，仰着脑袋居高临下地点点头，和小姐妹离开了。

乔茵觉得这有点儿公主病的大小姐还挺好玩的，刚想笑，结果一回头就看见满脸怀疑人生的桂圆和詹静。

桂圆："我穿越了吗？"

詹静一脸深沉："突然就从宫斗剧本变成了合家欢。"

乔茵虽然是因为记性不太好没跟她们说这件事儿，但毕竟也是隐瞒了，女孩子嘛，没把事情解释清楚总会有点儿小介意的。

她变魔术一样从口袋里掏出了两根兔子形状的棒棒糖，在一人手里放了一根："之前唐心月问我要不要参加她们的校庆节目，我说考虑一下，刚刚想了想好像是可以参加的，给我家两个美少女挣个面子，但是忘记跟美少女们说了。不要生气哟！”

一整套哄人程序做得行云流水。

小光曾经目睹过类似的场景并发出感慨：“跟着茵姐可以免费学习撩妹 108 招。”

阿元怜爱地说：“乖，人家小姑娘也是要看脸的哈！”

“不过为什么茵姐只对女生脾气这么好啊？不知道哪辈子能看到茵姐哄个男生！”

隔天就是清明节，姑姑和姑父提前准备好了祭品，要带着迟希小朋友回老家那边扫墓。

乔茵一个外人自然不好跟着一起去，乔逢安也没有接她回 A 市的打算，不出意外，清明节三天假她都要一个人过了。

哦，还有迟蔚。

事到如今，乔茵的心里才隐约浮起了那么一点点的好奇。

迟蔚会跟着一起去扫墓吗？

迟蔚到底是为什么才跟她一样寄住在这里的？她来这里这么些天了，也没见他和家里人联络过。

这种问题一不小心就会踩雷，她不至于傻得跑到当事人面前问。纠结了一会儿，饭后惯例地陪迟希一起看少儿频道的动画片时，乔茵剥着瓜子，假装不经意地问身旁的小豆丁：“后天就你跟爸爸妈妈一起吗，你小叔叔跟不跟你们一块儿去啊？”

“小叔叔每次都自己去扫墓的，”小豆丁绞尽脑汁地回忆，“是去给一个太爷爷扫墓。”

迟希的太爷爷，那按辈分来算，就是迟蔚的爷爷了。

她好像窥探到了秘密的冰山一角，理智让她适可而止，可是情感抑制不了追问下去的冲动。

“那你小叔叔来这儿多久了啊？”

“我记得是我上幼儿园的时候，小叔叔来我们家的，那时候小叔叔才上初一，跟茵茵姐姐你现在差不多高……”

本来是怀揣着一点儿复杂的情绪来打听消息的，但是听到这里，乔茵不由自主地在脑海里脑补了一个可可爱爱的缩小版迟蔚，唇角往上扬了扬。

“我听爸爸妈妈说，小叔叔就是被那个太爷爷送过来的，后来好像没过多久，太爷爷就去世了。”

乔茵剥瓜子的手一顿。她抿了抿唇，突然有点儿不太想接着问了。

小朋友不理解大人世界的人情世故、弯弯绕绕，迟希颠三倒四地把自己知道的事情倒豆子一般全说了出来。

乔茵大致理了理，迟蔚的身世不像她刚刚脑袋里冒出的想法那么凄惨，但是也好不到哪里去。

他的父母按迟希的话来说，就是“两个特别忙特别忙的科学家”，以至于迟蔚从小跟着爷爷长大。十二岁那年，迟蔚身边这唯一的亲人因病去世后，他就辗转来到了这个迟家，从此开始了寄人篱下的生活。

她和她爸是一个月难能见一面，迟蔚的父母却是真的，一年也不能回来一次。

说不上对与错，只是出生在这样的家庭，对一个孩子而言，实在不算幸运。

电视上的蓝猫追着小老鼠满屋子乱窜，和她交流完小叔叔的秘密的迟希，注意力被动画片吸引，笑得像个一米四的小傻瓜。

乔茵靠在沙发背上发呆，脑海里浮现出一砖一瓦、一草一木，慢慢搭建成一个小世界，像是计算机程序编码那样，生成了迟蔚的整个生长轨迹。

同样是“留守儿童”，既能长成她这样天不怕地不怕的，也能长成迟蔚这样冷淡寡言、优秀正直的——机器人。

一个常常把人气得咬牙切齿，又让人忍不住想撩拨他露出不同表情的机器人。

“茵茵姐姐！”迟希突然很严肃地叫了她一声。

乔茵被吓了一跳，从脑补的小世界里抽离出来，略带几分莫名心虚地问：“怎么了？”

小豆丁语出惊人：“我突然想到，你是不是想对小叔叔做坏事？”

乔茵：“……”

迟希摆出某个小学生侦探的架势，推了推鼻梁上不存在的眼镜：“我们班男孩子想捉弄女孩子的时候，就是你这样的表情。”

乔茵一口否认：“我哪有！”

“明明我想讨好你小叔叔还来不及。”

话音还没落地，楼梯处传来不轻不重的脚步声。

“是吗？”

乔茵后脑一麻，听见了少年低沉的声音。

“你想怎么讨好我？”

她僵硬地转过头。迟蔚跟她不一样，即便在家的时候，只要不在自己房间待着就不会穿睡衣。一身灰蓝色的棉质卫衣，衬得他此刻的皮肤更白了，眼神平静地注视着她。

就是额前微微长长了一些的碎发垂在眉眼上方，显得整个人气场没有那么凌厉，多了几分柔软的居家感。

虽说没有在背后说人坏话，但这比说坏话被当事人抓包还要尴尬。

“小叔叔！刚刚茵茵姐姐……”迟希不讲义气地要告状，被乔茵一把捂住嘴，在他耳边小声说：“嘘——大人说话，小孩别插嘴。”

然后她强装镇定，举起桌子上的玻璃杯，递到迟蔚面前，声音掐得乖巧：

“给我们生病还要操劳学校大事的迟学长，送上一杯精心调制的——红糖姜茶。”

她这两天生理期，虽然她一向体质良好，没什么特别的反应，肚子也不痛，但是脸色明显没有往日那样红润。赵姨在迟家当了十年的保姆阿姨，察言观色的水平没得说，一下就发现了，之后每天早晚都会给她准备一杯热腾腾的红糖姜茶。

乔茵这辈子没有怕过什么东西——生姜除外。

乔茵的演技在迟蔚面前就是负分水平，想法一眼就被看破。他轻哂一声："还挺会借花献佛。"

乔茵被戳破也不怵，顺势道："那你接不接我的'花'？"

"自己喝。"

"……你好无情。"

这茶越凉越难喝，乔茵索性捏着鼻子一口气灌完，红糖甜到发腻的味道和生姜的辛辣完美融合在舌尖，呛得她连忙吐舌头散味。

小狗一样。

迟蔚收回视线，去厨房跟赵姨要了个锅煮药。

他这也不算大病，只是身体一垮下来，长期以来积攒的压力都找到了宣泄口，挂了两天盐水后，又开了些清热去火的药材。

这药材闻着味儿都让人直皱眉，相比之下，红糖姜茶都算好的。

乔茵这才想起自己这么早回家的目的是要照顾病患来着。

她跟过去帮忙又递药包又递碗，殷勤得像迟蔚的小尾巴。锅里的汤药渐渐煮沸，她忽然想到什么，说："迟蔚，你这样不行。"

迟蔚侧过头看她。

乔茵把袖子撸上去，曲起手臂，想要挤出点儿肌肉的弧度，但是看起来，就是纤细的一把。

"看到没有？"她问。

迟蔚抬起眉梢，用眼神无声询问。

乔茵对他施行谆谆教诲："这是力量的证明！像我们这种壮汉，体质就特别好，不会一发烧就烧一个星期。"

迟蔚"哦"了一声。

"哦什么？你是不是在敷衍我？"乔茵有点儿不满，"迟蔚，你要不然来跟我一起健个身？"

迟蔚转过身把砂锅里煮好的汤药倒出来，声音散在烟雾里："跟你一起跳健美操？"

乔茵一愣，她不知道迟蔚是怎么知道她选了健美操课的，脑回路一下子跑偏，有点儿不可思议又小心翼翼地问："原来你还有这个兴趣爱好？"

"……"

"迟蔚，没关系的！我们班也有男生来跳操的，都21世纪了，我们要拒绝刻板印象、打破性别歧视！"

迟蔚把药喝完，抬起头，眼前这脑回路不知怎么长的小姑娘还在给他加油鼓劲，一张没他手大的脸，左边写着"别怕流言蜚语"，右边写着"勇敢坚持自己"。

"……"

迟蔚平静地把碗放进水池，问她："你要试试吗？"

乔茵困惑地眨了下眼睛："……试什么？"

"试试我的体力究竟好不好，"迟蔚语速缓慢，"就算生病，看能不能把你单手拎上三楼。"

乔茵："……"

生怕迟蔚付诸行动，乔茵仓皇逃窜回了房间。洗了个澡出来后，她才冷静下来。

迟蔚平时好像是经常打篮球的，虽然人瘦，但也是那种匀称好看的瘦，不是病弱的白斩鸡身材。是她想多了。

但她跑什么呢？她就应该挺胸抬头跟迟蔚对峙，说："那我能把你拎上三楼再拎下来，还能跑三个来回。"

然后他俩像相扑运动员一样，互相揪着对方的衣领，一步一蹭螃蟹似的爬上楼梯。

……神经病。

乔茵一边暗骂自己，一边脑补着那个荒谬的场面，耳边又是迟蔚那句"试试我的体力究竟好不好"。她双手摸了摸脸颊，热得她手指微微颤了一下。

心跳也有点儿不太对劲。

一定、一定是迟蔚把病传染给她了。

她倒在床上，关了灯，把被子拉过头顶，双眼紧闭屏住呼吸想：

睡一觉就没事了。

第二天一早，乔茵醒来的时候，偌大的别墅里就只剩下她一个人了。

赵姨也放了假，临走前给她准备了三天的饭，放微波炉热一下就行。乔茵早餐随便吃了点儿面包，单手拉开一罐旺仔牛奶，拿起手机点开了昨晚没来得及看的微信消息。

多如牛毛的群聊消息扑面而来，中间夹着唐心月拉她进的新群，群名起得非常浮夸且不要脸，叫“美少女的直播间”。

再往上，是迟蔚今天早上五点给她发的消息。

列表里显示的最后一条内容是“有什么问题，等我回来”。

乔茵：“？”

她舔了舔嘴角的奶渍，心里稀奇又莫名有点儿小感动。今天是个什么天，太阳也没打西边出来，迟管家怎么都知道要做个人，关心她这个孤独守家的小女孩儿了。

乔茵欣慰地点进了对话框，猝不及防地被上面的两条消息砸了脸。

迟：“假期作业在书房。”

迟：“三天的量，按时做完，微信发我。”

乔茵：“……”

原来是，这个“问题”。

你是魔鬼吧！！

乔茵有一瞬间，是动了杀心的，但最后迫于压力，还是蔫巴巴地爬上楼，愤愤地在书房桌子上拿起了迟蔚留给她的假期大礼包。

最上面还留了张作息参考表。

迟蔚大概是认清她是什么秉性了，做题时间从早上九点开始，到晚上六点结束，每做一个小时的题还“附赠”二十分钟的休息时间。

乍一看迟老师这套安排还挺人性化的。

乔茵一脸冷漠地想，附中真是何德何能，招来这么一位擅长时间管理的学生会会长。

距离九点还有半个小时，乔茵打开“美少女的直播间”，看了看关于校庆节目的事儿。

群里一共就三个人，她，唐心月，还有班上的文艺委员兼唐大小姐的小姐妹，一个名叫何梦蝶的女生。她不在线的半天的时间里，就她们两个人还能聊出几十条消息。

乔茵本来以为像校庆会演这种大型活动，节目都是以班级为单位组织的，没想到附中竟然不是。

附中是由学生个人筹备节目，然后统一上报上去，再由学校工会的老师和学生会一起选出二十个优秀节目，获得最终校庆会演上台表演的资格。

乔茵看得脑壳痛，怎么弄得和选秀似的。

但唐心月和何梦蝶都兴致勃勃，一副势在必得的样子，气氛搞得很燃、很热烈，让乔茵连一句拒绝的话都说不出口了。

唐心月是声乐特长生，自然定的是唱歌类节目，何梦蝶负责吉他伴奏。她俩在群里发了一打备选歌单，从《同桌的你》到《青春纪念册》，都是那种各大校园活动高频出现，挑不出错，但是对乔茵来说没什么意思的歌。

大概是见她一直没吭声，唐心月又在群里提醒了她一下。

唐心月：“乔茵，你是不是不喜欢这些歌？也可以选别的，反正时间来得及，新歌也能现学。”

乔茵从这大小姐的语气里看出了一点儿忍辱负重、委曲求全的味道来，她坐正身子回复：“来了，我都行，你们定吧！”

唐心月：“别以为我不知道，都行就是都不行的意思。大家现在是同一阵营的人，我不想有人委曲求全。”

没想到大小姐现在这么通情达理，乔茵还真有点儿刮目相看。

她想了想，点开“宇宙超气人天团”群，把问题抛过去，让那三个半专业人士帮忙选出首适合的歌来。

谁料这一问就问出了场小地震。

小光：“茵姐不回A市的理由找到了，原来是在N市有了新的家庭。心碎。”

小光：“而我们只是被无情抛弃的糟糠之妻罢了。”

贝壳：“你这就不对了，我们茵姐在美国长大的，哪知道糟糠之妻是什么意思。”

乔茵：“……你们能不能正常点儿？我只是跟班上的同学参加一下校庆节目，仅此！而已！”

阿元：“哇，第一次发现茵姐原来是这么有集体荣誉感的人。”

小光：“这都在N市参加校庆了，下一步不就是要在N市结婚生子？”

乔茵：“……”

她真想开扇任意门，穿越到这三人面前，一人给一记飞踹，治一治他们三天不打上房揭瓦的毛病。

玩笑归玩笑，在乔茵发了一排滴着鲜血的菜刀表情图后，群里终于恢复了正常。

乔茵：“歌挑有正能量的，那种深夜十二点自己一个人锁在小房间里一边听一边流泪的不要。”

酷爱抑郁曲风的阿元：“被冒犯到了。”

最后乔茵歌单里看了一圈，大多是知名乐队的歌，悲伤是不悲伤了，但都是硬核摇滚风。她勉强从里面找到了一首女孩儿能唱、歌名也是她喜欢的，发到了“美少女的直播间”。

乔茵：“不过这首歌不是很甜，你看看能不能唱？”

唐心月：“我也不是只会唱甜歌吧！那天音乐课只是碰巧！”

乔茵连忙安抚奓毛的大小姐，完了又问：“小何呢？”

何梦蝶：“我也没问题的！我以前弹过这首歌的，谱子还在。”

节目内容就这么定下来了，具体练习时间还要等假期结束回学校再说。

短暂的假期一晃而过。

清明这几天一直在下小雨，天阴沉沉的，压得人心情都觉得沉重。

乔茵觉得和天气可能也没有太大的关系，她坚韧的脊梁是硬生生被迟蔚的假期大礼包给压弯的。

这人还只许州官放火，不许百姓点灯，规定她每天要把完成情况发给他，结果一条消息都不回，态度比喜马拉雅山顶落了十年雪的石头还冷、还硬。

乔茵又忍不住对着沉寂的对话框翻了翻白眼。

姑姑给她打了电话，说高速路上有点儿堵，估计得晚上才能回来，赵姨也是差不多那个时间才能到，就只剩迟蔚下落不明。

她，一点儿，也不关心。

从N市到几十千米外的济柔镇，只有大巴这一种公共交通工具。

迟蔚中午从济柔出发，汽车颠簸地开了两个小时，三点多钟终于进入了N市市区内。他又辗转换了出租车，等回到山水丽园，已经是下午五点了。

雨还在下，所幸他也没有带很多行李，就背了个包，撑伞也很方便。

黄昏时分，整个世界笼罩在蒙蒙细雨中，N市每年这个时期，都是一模一样的天气，像复制粘贴的一样。

他去济柔的时候没带手机，也是这么多年来的惯例，不和外界交流，就简简单单地在那儿陪爷爷待三天。

济柔是迟蔚从小跟爷爷长大的地方。

迟爷爷是那个年代少有的读书人，却没有选择去大城市闯荡，留在济柔的厂里任文职，一干就是一辈子。

迟奶奶去世得早，迟爷爷一个人把迟蔚的爸爸带大。都说孩子是父母手里的风筝，他的孩子长大后飞得太远，只给他留下了一架小风筝。

迟蔚打小就是巷弄里最听话的孩子，知道爷爷也为难，从来不跟爷爷闹着问爸爸妈妈什么时候回家。只是每年冬天过年的时候，迟蔚都默不作声地往饺子里多塞两枚硬币。

迟蔚还是在祈祷，假如父母回来，能吃到他的心意和祝福。

迟爷爷在旁边看着，心疼得紧，却也没有任何办法。

更无奈的是，迟爷爷早年劳碌的病根慢慢显露了出来。迟蔚十岁那年，迟爷爷第一次生病晕倒，住进了医院。

那也是他第一次看见自己早慧的小孙子，脸上出现了应该在这个年纪出现的表情——有点儿慌，有点儿怕，却还努力克制着自己。

小迟蔚忍着哽咽问："爷爷会很快好起来吗？"

迟爷爷费力地点点头，笑着说："爷爷还要看着我们小蔚考上大学，再娶个漂漂亮亮的媳妇儿呢！"

可他还是食言了。

迟蔚的父母在西北那边的基地从事保密工作，饶是家人也很难联系得上他们。迟爷爷临终前只能把他唯一的牵挂交托给昔日故友的儿子。

同是济柔人，虽然算不得亲戚，但好歹是出自一宗，迟爷爷年轻时对故友有过大恩，从未求过什么回报，为了迟蔚，他生平头一回求人。

迟爷爷去世五年了，迟蔚也从小镇搬到N市五年了。

他一贯就是最谨慎不过的性格，哪怕迟希一家都对他十分关照，他也严格克制自己，绝不行差踏错一步。

如此五年，他一直都做得很好。

不犯错，是迟蔚唯一的、最重要的，人生信条。

绕过小池塘，推开别墅大门，刚走进院子里，迟蔚就顿住了脚步。

他仰起头，目光直直地看着不远处，二楼楼梯口的飘窗位置，有道身影像在表演高难度杂技。

乔茵正在背书。

为什么这个世界上，会有文言文这么拗口又难记的东西？

她的怪癖之二，就是遇到难题心情烦躁的时候满屋子乱蹿，还专往一些犄角旮旮的角落里钻。

三天的时间，这么大的别墅，所有的公共区域她都跑了个遍，最后一个未开发之地就是二楼的飘窗。

她背一句“长太息以掩涕兮，哀民生之多艰”翻个身，背一句“余虽好修姱以鞿羁兮，謇朝谇而夕替”再起个跳。

好不容易背完最后一段，她抬起头，正好隔着窗台和迟蔚打了个照面。

乔茵的脑子像超负荷一样，宕机了一下。

她也形容不出当时自己究竟是什么心理状态，总之，她伸手攀上窗台，一只手还拿着必背古诗文的小册子，另一只手一撑，就像这四月初的雨滴一样，轻飘飘地从二楼一跃而下。

迟蔚的心脏一瞬间停跳。

直到看见她安安稳稳地落在了地上，心跳才慢三秒地恢复了节拍。

雨也在这一刻停了。

蛰伏了好几天的日光终于挣脱云层，从天空的一角缓缓流泻下来，是很浓稠的蜜糖的颜色，沿着少女纤细的身形勾出一圈金边。

好似在闪闪发光。

乔茵一颗心也在怦怦直跳，一半是为自己刚刚抽风冲动的行为感到后怕，一半又觉得她这一套动作实在太帅了吧！

那种漫画或者偶像剧里，坏坏的校霸男主角都有这种类似翻墙的经典动作，女主角看了都要脸红的。

这儿没有漂亮女主角，倒是有个脸比女主角还漂亮的机器人。

勉勉强强，也能接受吧。

乔茵把手背在身后，踱着步子走到迟蔚面前，漂亮的眉眼带着点儿小得意和小炫耀，问他：“迟蔚，我刚才帅不帅？……不许骂我，我可是来接你回家的！”

“怎么不说话？”她抬起下巴，凑得更近一些，吊儿郎当地调戏人，“被我迷倒了？”

少女眼眸黑亮，闪着细碎粲然的笑意，仿佛黄昏时分降临人世，蛊惑人心的神明。

蛊惑着人，明知是错路，还不回头地，要往前走。

第五乐章

月亮偏爱你

空气安静了不到五秒钟，最先败下阵来的还是乔茵。

她知道自己说的话是有点儿不要脸，但迟蔚也没必要不理人吧！他不是很会撑她的吗？

算了。他刚扫墓回来，可能心情也不太好，这个时候还逗他玩是不太合适。

乔茵吐出一口气，把古诗文小册子塞进口袋里，撇了下嘴，悻悻地说："没迷倒的话，我就下次再努力。"

与此同时，面前的少年也开口，声音跟她的相撞："你应该感谢一层楼只有三米高。"

乔茵没太听清，眨巴眨巴眼睛："什么三米高？"

迟蔚也没重复，直接说完了后半句："不然我就要用轮椅推着你上学了。"

"……"

这还有什么不懂的。

她错了。

迟蔚的毒舌可能会迟到，但绝不会缺席。

“再说了，我的身手你又不是没见识过，三米算什么，再来个十米，那也——”她胡乱吹牛，正要说“那也不在话下”，瞥见迟蔚警告的眼神，想起不知道多久以前，她好像在他面前发了个誓，说以后要安安分分，不搞这种小动作。乔茵只能默默把话咽进嗓子里。

迟蔚收了伞，掏出钥匙打开门，似是随口道:“这几天我没带手机。”

“啊？”乔茵愣了一下，才反应过来这也许是迟蔚在主动跟她解释一直没回消息的原因。

胸口郁结许久的闷气消散了，她都没意识到自己的唇角悄悄弯起了一个弧度。

直到下一秒，听见迟蔚说：“待会儿才能去检查，你有没有按时发作业进度。”

乔茵唇线回直。果然，这样才是正常情况，她就不应该有什么不切实际的幻想。

毕竟指望机器人能对她温柔点儿，不如指望科学家早点儿研发出民用航空器材带她移民到火星。

“迟蔚，我好难过，我们之间竟然连这点儿信任都没有了吗？”她装模作样地吸吸鼻子，又生怕迟蔚要反问一句他们算什么关系，赶紧道，“那如果我都完成了，你是不是要给我点儿奖励？”

对乔茵来说，这个世界上就不应该有白做的功，每一份辛勤付出都应该取得应有的回报。

她也没有过分到强人所难，要迟蔚给她写封八百字的表扬信，她就是想到校庆节目的事儿，看唐心月她们那么在意，也想出份力，看看能不能走个后门打听点儿独家情报之类的。

少年脱下外套挂在玄关处，即便打了伞，还是有一滴雨水淋在了发梢，沿着眉毛末端滑过半张脸。

乔茵看着，觉得“一日不见，如隔三秋”这句话有点儿道理。

比如迟蔚就趁这三天时间，名义上是扫墓，实际是去整了个容，不然他怎么好像比之前更好看了。

是机器人界的颜霸。

她正发着呆，迟蔚的嗓音在她头顶响起：“可以。”

乔茵抬头，还在纳闷他怎么突然变得这么好说话，就听他问：“数学还是物理？”

乔茵：“？”

“奖励你一套新的习题。”他顿了顿，“两套也可以。”

乔茵想揍人了。

她做了个深呼吸，磨了下牙，按捺住动手的冲动，动之以情：“迟蔚，其实在我心里，真的把你当作家人了……”

迟蔚垂眸，静静地看着她演戏。

“……既然如此，你在总得照顾一下自家人对不对？比如告诉你亲爱的小侄子的表姐，你们校庆节目评选的要求是什么？

“唉，实在不行的话，我想想办法，再贿赂贿赂你。”

迟蔚伸手，从乔茵耳朵后面的发丝里，抽出一小片她刚刚跳下飘窗时，从旁边树梢上蹭到的叶子。

“不用。”他说。

乔茵被他手碰过的那只耳朵有点儿烫：“啊？”

迟蔚轻轻捻了捻手里的叶子，避开她直视过来的目光，喉头微动，嗓音低下来：

“我不接受贿赂。”

“……”

假期后，乔茵、唐心月和何梦蝶的三人表演小组就正式成立了。

某迟姓会长大人高风亮节，对她这同一屋檐下的“室友”也不假辞色，不给她任何走后门的机会。

一身傲骨铮铮的乔茵也没再强求，给自己找了个台阶下：“行吧，我也就是考验一下你的意志够不够坚定，怕你被别的不怀好意的人贿赂了，我这种水平的选手其实根本不需要靠歪门邪道。”

迟蔚："现在放心了？"

乔茵装模作样地咳了两声："继续保持，再接再厉，不要辜负我们的信任。"

"……"

除了参演选手，还有桂圆她们几个编外人员也混进了小分队里，说是要当第一批观众。私下一起去上厕所的时候，桂圆小软妹抱住乔茵的胳膊，未雨绸缪地说："有我们在，她俩就不敢抱团欺负你了！"

乔茵实在是很疑惑，不知道自己什么时候给这小朋友留下了需要保护的柔弱印象。

不过这种被人保护的感觉还挺好的，她笑眯眯地揉了揉桂圆的脑袋，说了声："谢谢我们桂圆同学，不过你们一直在旁边看着，我会害羞的，等我们排练完再叫你们来验收成果。"

练习的时间选在放学后，原本她们是打算在教室排练的，但是班上还有零星几个同学留下来看书，虽然同学们都很支持她们为班级争光，不介意一边做题一边听她们搞搞摇滚和说唱，但乔茵一向尊重学霸们，决定出去找个别的适合的地点。

教学楼不适合练习，从教学楼一楼出来，乔茵望见前面综合艺体楼隐约有灯亮着，问旁边人："要不去那里看看？"

何梦蝶点头："应该有空教室可以用的。"

刚迈进艺体楼的大门，乔茵就看见两个男生，一高一矮、一胖一瘦，在楼梯间那儿排练相声，主题围绕四讲五美。但两个男生很有喜剧天赋，夸张的语气加上灵活的肢体动作，眉飞色舞的样子让人看了就想笑。

见她们几个女生过来，他俩让出路来，还配合着尊老爱幼、女士优先的相声内容，临场发挥给她们敬了个礼。

唐心月和何梦蝶都忍不住笑了。乔茵觉得，附中这个地方真是藏龙卧虎。

艺体楼二楼的教室一共有四间，其中两间被表演大合唱的班级借用了，还有一间是舞蹈教室，透过玻璃窗能看到里面有几个身姿柔软曼妙的女孩儿在跳古典舞。

乔茵的美女雷达“嘀嘀嘀”响个不停，不由自主地停住脚步欣赏，直到被人一把拉走。

唐心月幽幽地问她：“要不要给你搬个板凳，再发个拍手器让你在这儿看一晚上？”

“这样不太好吧？”乔茵眼睛亮了一瞬，对上唐心月虎视眈眈的目光，立刻解释，“我只是犯了正常男人都会犯的错……”

“呵呵。”

排练第一天，由于内讧，组合解散。

……说出去好像有点儿丢人。

乔茵闭上了嘴。

何梦蝶默默地看着她俩拌嘴，不敢吭声，跟着唐心月进了最大的那间音乐室。

里边儿已经有不少人了，三五成堆，各自待在一个角落练自己的节目。各种音乐声远远近近地汇集在一起，凌乱中带着一丝和谐，教室最前面还摆了一架钢琴。

钢琴边上，第一排的位置，坐着个穿蓝色毛衣的女生，听见脚步声抬起眼皮，目光在她们三个身上扫了一圈，最后定在唐心月身上，眼神带着点儿嘲笑。

恶意很明显的那种。

接着，那个女生低下头摁着手机屏幕，像是在给谁发消息。

乔茵一开始以为是自己的错觉，直到发现身旁的唐心月双手紧握成拳，脸色也显而易见变得很差，才反应过来，这两个人应该是有过节的。

“大小姐，你仇人很多哟？”乔茵小声问，“那边那个不会是你的情敌吧？”

唐心月臭着张脸：“她也配？”

嘶——听上去还不是一般的过节。

乔茵转头跟何梦蝶对了下视线，后者朝她轻轻摇了摇头，是让她暂时不用管的意思。

不过唐大小姐虽然表面看着跟个火药桶似的，每时每刻都有爆炸的风险，但这会儿倒是硬生生忍下来了，没去找那个蓝毛衣女生。

何梦蝶的吉他送到乐器行调音，暂时还没取回来，她们今天原本的打算是用手机放纯伴奏合一遍歌，但在这儿看见了钢琴，乔茵觉得用现场的乐器更方便些。

她跟何梦蝶要了份简谱，朝钢琴那儿走了过去，刚把谱子夹上去，一旁的蓝毛衣女生就开口呵斥道："这钢琴是你们的吗？想弹就弹？你们是眼瞎看不见这儿有人？"

听见这明显找碴的话，乔茵脚步一顿。唐心月忍到现在已经是极限了，蓝毛衣女生一句话把她彻底点炸："于露，你有病吧……"

唐心月的话还没说完，就被乔茵拦在身后。

乔茵脸上没什么表情，很干脆利落地说："对不起。"

唐心月闻言脸色更难看了："你干吗拦着我，还跟这种人道歉？"

名叫于露的蓝毛衣女生倒是笑了，眼里满是得意，对唐心月说："哎，唐心月，你这朋友不光比你漂亮，还比你识相多了……"

这种阴阳怪气的夸奖乔茵权当没听见，打断道："不过，我也没看见这钢琴哪里写你的名字了。"她走到钢琴侧边，指了指钢琴身上的品牌 logo，满脸真诚地求教："请问，你是叫雅马哈吗？这名字还挺洋气。"

于露："……"

看着于露像吞了苍蝇一样的表情，唐心月的心情一下子就由阴转晴，正想跟着说两句，不料乔茵的发挥还远不止于此。

"还有啊，你是因为琴凳坐不下，才坐在这里的吗？这样弹琴多费劲啊！"女孩儿漂亮的脸上挂着单纯的疑问，还好心地以德报怨给人支了个着儿，"嗯……那边有大一点儿的凳子，可以去搬的。"

乔茵话音刚落，唐心月的笑声就绷不住了，看着于露道："不说这是学校，我还当这里是你家呢！学校的公共财物都能说得像是你私人的一样，没看出来啊于露，高铁霸座这种事儿平时没少干吧？那凳子你搬不动的话，我可以帮你，不用谢。”

乔茵她们人多势众，还一个比一个能说，于露气得呼吸急促，知道自己是说不过了，对她们狠狠翻了个白眼，又低头更加用力地戳着手机发消息。

乔茵伸手抽回谱子，心里觉得没意思，即便吵赢了架也不太想再碰这架钢琴了。

她对女孩子的容忍度一向很高，如果蓝毛衣女生能好好儿说是自己先来的，也要用钢琴，而不是上来就莫名其妙地开炮，那就不会有后面这些事儿了。

她只是脾气不错，又不是尿。

乔茵扬了扬眉，对唐心月说：“我们去那边吧。”

没走出两步，于露突然站起身，对着门口大声打招呼，像是故意要引人注意：“语冰，这里！快来！”

乔茵下意识扭头望过去，闯进视线里的是一道看上去弱不禁风的身影。

来人一头黑色长直发，五官算不上惊艳，但胜在有一双水润光泽的大眼睛，身上规规矩矩地穿着肥大的校服，更显得瘦弱，从头到脚仿佛都写着三个大字：好学生。

乔茵不知怎么就想到了迟蔚。

又莫名觉得，好像拿谁和他比，都是一种亵渎。

随着黑色长直发女生越走越近，乔茵发现唐心月越发不对劲。

如果说刚刚面对蓝毛衣女生的唐心月，还是一个蓄势待喷发的火山，现在看到这个“语冰”，脸上的情绪就更复杂了，不仅有厌恶，还夹杂着一抹逃避。

大小姐虽然平时是不太会讲话，也挺喜欢惹是生非的，但本性不坏，乔茵还是第一次看见，她对人抱有这么大的敌意。

沈语冰是收到于露的消息过来的。

明明是于露跟她打的招呼，但沈语冰径直走到了唐心月面前，脸上是很温柔的表情，语气有些为难：

“抱歉啊月月，这个教室是我跟教务老师借的，为了排练节目用，不过教室很大，大家想过来都是可以的。就是钢琴可能我们要先用一下，之前也是让露露来占了个位置，等我和露露用完就让给你们，好不好？”

口吻是商量的口吻，说的话也客客气气，但乔茵总觉得哪里怪怪的。

就好像这份温柔，只是一个面具，连带着笑容也没进到眼底。

好比她们本来也没有要抢的意思，先挑起事端的人是于露，但是从沈语冰嘴里说出来，她们就自动变成了无理取闹想要霸占钢琴的一方。

乔茵挑了下眉。

从小到大，她身边的朋友其实大多数都是男生。

女孩子普遍慢热且重感情，她这样四处漂泊的经历，还没等跟人家姑娘交个心，就要换个城市生活了。

而男生不太一样，不打不相识，往往吃顿饭就能约个时间一块儿游戏开黑，她就算转学离开了，那群崽子也只会表面惋惜，内心敲锣打鼓地欢送她到千里之外，分别时也没有什么难过的情绪。

这次来附中能认识桂圆和唐心月她们，纯属意外。

所以像沈语冰这种说话弯弯绕绕、绵里藏针，冷不丁就埋了颗雷的女生，她还真的是第一次遇到。

唐心月没回话，漠然着一张脸，拉着乔茵和何梦蝶往教室后面走。

于露感觉有人撑腰，底气又回来了，看着她们的背影嘲讽道：“语冰，你人也太好了，本来这些人就是沾你的光才有地方排练，还好意思耀武扬威。我要是她们，就夹着尾巴自己找个角落缩着了。”

“别这样说啊露露，帮学妹也是我应该做的嘛！”

“所以说你人好，要我看，那几个学妹根本不值得你这么善良以待……”

身后的声音渐渐消失，乔茵揉了揉耳朵，不光没被讽刺到，还想给蓝毛衣女生发二十块钱红包去买一盒润喉糖润润嗓子，而不要来荼毒她的耳朵了。

八卦之心，人皆有之，但该说什么、该问什么都要看场合。乔茵很有眼色地当无事发生，目光落在一声不吭的唐心月身上，轻咳两声："大小姐，还能唱吗？这么晚了，咱们干脆不练了，出去吃顿夜宵？"

唐心月唰地抬起头，仿佛一下子恢复了战斗力："你是不是没上过美少女的必修课？晚上六点以后吃东西是大忌，会长胖的！"

乔茵："？"

她不光吃，还吃很多，少一口赵姨都要跟她急。

唐大小姐还在义正词严地说着："怎么不练？来都来了，肯定要练啊！"

乔茵："……你是学过川剧变脸吧？"

她们最后定下的歌是五月天的《倔强》，论情怀有情怀，论正能量也很正能量，难度不高，高潮部分还适合全场一起合唱。

可就是这么一首振奋人心的歌，怎么从唐心月嘴里就唱出了不一样的味道。

"如果对自己说谎，即使别人原谅我也不能原谅。"

这句唱得像下一秒就要去暴揍渣男。

"我不怕千万人阻挡，只怕自己投降。"

这句就更不得了了，简直带着一股"壮士一去兮不复还"的悲凉。

练到第三遍的时候，乔茵主动喊停。

唐心月像是将情绪都发泄在了歌声里，表面"I am fine"，内心已经要跟这个世界同归于尽了。

"大小姐，虽然我不知道你和那边的两个人之前发生过什么，但是你现在这个样子，我觉得不太行。"

唐心月抿住唇，安静几秒，声音艰涩："对不……"

道歉的话还没说完，她就见乔茵一脸吊儿郎当的样子："我还以为这个学校能让你害怕的人只有我呢，你要是看到谁都害怕，那我岂不是很没面子？”

唐心月：“……”

何梦蝶：“？？？”

说完，乔茵单手拎起书包斜挎在肩膀上，往外走：“今晚先不练了。”

何梦蝶怕唐心月生气，打圆场道：“那我们去吃夜宵吗？今天大家这么累，吃一点儿也行。”说着轻轻碰了碰唐心月的胳膊。

“可以啊！”乔茵回过头，轻轻笑了一下，“不过走之前，先帮我们大小姐报个仇吧！”

在唐心月和何梦蝶不明所以的目光中，乔茵径直走到了距离钢琴旁边的位置，然后随意把包放下，状似在欣赏沈语冰弹琴。

沈语冰余光瞥见她的身影，挺直的脊背微僵，手下动作却没乱，缓缓地弹完了一整首曲子。

于露语气很冲地先开口：“都说了等语冰练完了就让你们用钢琴嘛，这么急是赶着去投胎？”

乔茵双眼微弯，笑得非常和煦：“想了想，白白占用了学姐借来的教室排练，挺不好意思的。”

沈语冰神情微窒，又很快恢复自然，温柔地说：“没关系，我和月月很熟的，如果早知道你们要过来，今天我就直接把钢琴让给你们了，但我和露露也是一早约好了今天要来排练。”

乔茵：“不用，学姐们的钢琴节目比较重要。”

于露“嘁”了一声，不屑道：“现在知道来抱大腿了？晚了。”

乔茵也不恼，看着沈语冰问：“学姐弹的这首曲子，是德彪西的《月光》吧？”

沈语冰心中忽地有一种不祥的预感。

她左手指甲微微嵌进掌心，面上还维持着笑意：“是啊，怎么了吗？”

乔茵摇了摇头。

谈起《月光》的曲名，大多数的人会想到贝多芬的《月光奏鸣曲》，只有对钢琴曲有些了解的人才会知道德彪西的这一首。相比之下，后者难度系数更高，而且小众往往意味着高格调。

然而作为在文艺会演上表演的曲目，格调够了，弹奏曲子的人，技术却不够。

“学姐从第二小段开始，音强的变化似乎出了点儿问题……”

边说话，她边伸手随意在钢琴上将沈语冰弹过的曲子复刻了一遍。

说复刻不准确。

四周听见钢琴声的人此刻都不由自主地在心里产生了比较：这也强太多了……

沈语冰的版本不是不好听，只是更多停留在流畅的层面，手法技巧看着华丽，实际却听不出什么情绪，但乔茵弹奏的这一小节，像是真的有清朗的月光从窗外流泻进来。

明明是一样的钢琴曲、一样的琴键，从她手里弹出来，就是截然不同的效果。

沈语冰的手攥得更紧了。

乔茵点到即止地收手，笑容带着腼腆：“刚巧这首曲子我之前练过，学姐要是不介意的话，我可以传授你一些经验，就当为我们占用了教室的报答。”

以其人之道还治其人之身嘛！

话里有话谁不会啊，只要不是在迟蔚面前，她的演技还没被戳穿过。

眼见情况不对，于露立刻插进来说：“要你教？语冰家里的钢琴老师比你专业多了，得意什么！”

却不知此话一出，也是间接承认，乔茵就是比沈语冰弹得好。

“谢谢学妹，不用了。”沈语冰目光里的温度降下去，唇边掀起一个笑，“学妹这么优秀，我也要向学妹好好学习才行。”

校门口小吃街的砂锅米线店里。

何梦蝶第一个打破沉默：“茵茵好强啊，唱歌好听，钢琴也弹得好好。”

乔茵捧起碗，喝了一口热乎乎的三鲜汤底，心满意足地眯了眯眼睛，听见何梦蝶的夸奖，心情更好了，还卖弄了一句文言文：“小事一桩，不足挂齿。”

情绪低落了一晚上的唐心月这会儿终于下定了决心，看向乔茵，开口道：“你帮我出了气，我也不想再瞒着你了。”

乔茵：“也、也不用？”

她话说得真情实意：“每个人都有不想告诉别人的事，我也没窥私癖。你要是想找个人倾诉我愿意听，如果说出来让自己很痛苦的话，就没必要为难自己了。”

“我不是不想说……”唐心月咬了咬牙，“就是有点儿丢脸。”

她之所以认识沈语冰和于露，是因为高一刚入学的时候，她加入了学校文艺部，而沈语冰是文艺部部长，于露和沈语冰关系好，两个人常常形影不离。

最初她也被沈语冰的外表迷惑，以为她是个温柔又善解人意的学姐。

直到第一次校内活动，她交上去的提案被沈语冰据为己有，她去找人当面对质，沈语冰脸上却是浑然天成的无辜表情：“交上来的提案实在太多了，月月你的那份我还真没看到，可能是我跟你撞了想法，不过大家都是为了文艺部好，这点儿小事就不用在意了吧？”

撞想法能撞到连标点符号都不差？

唐心月本来脾气又直又爆，就在要和沈语冰吵起来的当口儿，硬生生被人拦住。

拦住她的，还是和她打小一块儿长大的青梅竹马。

“竹马”比唐心月大一岁，是个长得不错、成绩也好，带着点儿男神光环的人。十几岁的小姑娘情窦初开，很难不对身边优秀的异性产生好感。

唐心月也一样。

她本来以为他是来给自己撑腰的，还感动了一刹：“严书齐，这事儿不用你管，我自己跟她要个说法……”

结果这人一句话就浇熄了她的感动：“心月，你太冲动了，沈同学不是这种人。”

她这才想起，她这位“竹马”和沈语冰是一个班的同学。他们认识十几年，竟不如人家同班一年的感情。唐心月直接被气笑了。

沈语冰难过地看了男生一眼，语气却十分通情达理：“严同学，我没事，就是和月月有点儿小误会。”

严书齐安慰她道：“我知道，我待会儿和她好好谈谈。”

谁要跟你谈。

说法也不要了，唐心月直截了当地退出文艺部，并当场把这两个人拉黑了。

她六十多岁酷爱喝茶的爷爷这辈子都没见过这么纯天然无污染的绿茶。

这之后，严书齐还来找过唐心月几次，想要跟她和好。

毕竟是曾经有好感的人，唐心月难免心软，结果两个人的关系每当要缓和一点儿时，沈语冰总会恰巧出现，再点一把火。严书齐这个傻直男智商都浇灌在数学题上了，根本看不透绿茶话里藏的机锋。

被这么来回挑拨离间几回，沈语冰没累，唐心月都累了。

真是绝配。

唐心月主动退出，给他俩锁了，祝他们百年好合、幸福美满。

一口气说完这么一长串事情，唐心月猛灌了一大杯白开水才缓过来：“说起来，前两天严书齐还来找过我，说他和沈语冰真的没什么，以后也不会再联系了。”

乔茵本来听故事听得津津有味，听到这里，小心翼翼地问：“你不会就这样原谅他了吧？”

唐大小姐冷笑一声：“我让他滚去照照镜子，看看自己是不是吴彦祖，竟然脸这么大。”

乔茵："……"

乔茵对她抱拳："那你今天见到沈语冰怎么还是那个反应？"

"我就是一朝被蛇咬，十年怕井绳，被她之前的操作搞怕了。"顿了顿，她瞥了乔茵一眼，"再说了，你这么喜欢看美女，跟男生也没什么区别，万一也被她迷惑了，那我岂不是连队友都没了？"

乔茵刚塞了一筷子米线进嘴里，差点儿被噎到，艰难把米线地咽下去后，为自己辩解："看美女只是我的一个小小爱好。"

唐心月一脸怀疑的表情："是吗？我怎么从来没见你对哪个男生感兴趣过？"

乔茵不假思索道："那还不是没见到过长得好看的……"说着说着，声音渐渐变弱。

她说谎了。

她见过好看的，还是人间绝色的那种好看。

好看到她只要想到，心脏就开始不正常地跳了。

跳得她握着筷子的手都有点儿麻。

乔茵蹩脚地转移话题："你之前是怎么知道你对那个'竹马'有好感的？"

"嗯？这还不简单，就是老想跟他见面、跟他说话，路上偶遇一次能开心大半天……当然，这都是过去的事了，我现在对他什么想法都没有了，凡人配不上仙女。"

唐心月说完，脸上浮起点儿八卦的神色："你怎么想到问这种问题？我刚刚说话的时候，你的脑海里如果一直在想一个人，那恭喜你，你确实是喜欢上他了。"

乔茵"啊"了一声："真的吗？"

唐心月："嗯？"

乔茵心驰神往："我刚才在想，做米线的师傅手艺真好，我还能再吃一碗。"

唐心月："……"

唐心月："吃你的米线吧，回去我就把你从'美少女的直播间'群里移除！"

不知道是被什么东西吓到了，回去之后，乔茵连着好几晚都没睡好觉。

第三天晚上，继月考前梦到迟蔚把她当鸭子赶以后，她久违得再一次梦见了他。

这一次的梦更夸张。

她不是鸭子了，但仍然不是人，她变成了一个青蛙公主，按照童话故事的法则，必须找到一个王子赐予她真爱之吻，她才能变回人类。

而不巧的是，整个世界只剩下迟蔚这一个王子了。

刻薄的迟蔚王子把她托在掌心，打量了几个来回："我看你一辈子当青蛙也挺好。"

乔茵着急地在他手上蹦跶，却只能从嘴里发出"呱呱"的叫声。

迟蔚王子用两只手指捏住了她的嘴："最好把嘴也缝上。"

醒来后的乔茵："……"

她为什么会做这种梦？

噩梦后遗症太大，乔茵连早饭都咽不下去，并时不时，偷偷用仇恨的目光扫迟蔚两眼。

她知道自己这是赤裸裸的迁怒，但她控制不了。

生怕自己忍不住做出什么过分的事，乔茵饭都没吃完就背起书包准备提早出门，不料迟蔚比她动作更快，先一步走到玄关，推开了门。

迟蔚从她身旁经过的时候，一盒牛奶从他的手里顺畅地掉进了她书包的侧袋。

乔茵眨了眨眼，再抬起头时，迟蔚已经走出了好远。

蟹壳青的天空逐渐明亮，太阳露出一角，清风不疾不徐地吹来，好似能把人的坏心情全部驱散。

第一天吃了瘪后，沈语冰这两天都没再来音乐教室。

不用见到讨厌的人，唐心月的排练热情高涨不少，再加上跟乔茵交了心，美少女三人组的感情亲密度突飞猛进，配合也多了几分默契。

本来就都是基础良好的选手，磨合了几遍后，表演效果越来越好。

上次还是乔茵偷偷趴在舞蹈教室的窗前看人家训练，这回隔壁舞蹈节目练完一轮，换成一群穿着舞蹈服的姑娘一个个在音乐教室门口探头探脑。

乔茵被人盯着看也不害羞，唱完一句，笑眯眯地给她们飞了个媚眼。

她不是标准的甜妹长相，只有装可怜的时候才故意显得柔弱，平时一般都扎个干脆利落的马尾，眉宇间英气十足，整个人又酷又飒。

和她熟一点儿的何梦蝶都禁不住被电了一下，更不用说门口那群女孩子了，有胆大的扬起嗓音喊了句："小姐姐好帅呀！！"

一旁的唐心月对这种场面已经习以为常："谢谢，知道'招蜂引蝶'这个词到底是什么意思了。"

高二理科实验班最后一节课是英语，老师放完英语听力后就按照惯例让大家上自习了。

又轮到迟蔚执勤巡逻校园，柯远在教室里憋得浑身难受，像是屁股上长了十个痔疮，根本坐不住，找了个名头拽着宋成飞，跟迟蔚一起出来放风。

这个时间，校园里一片寂静，绕过教学楼后的花坛，靠近艺体楼才隐隐有声响传过来。

柯远双手虚握架在眼前，假装望远镜："我听人说好多校庆节目都在艺体楼排练，下周就要评选了，要不去看看？"

宋成飞白了他一眼："别找借口了，柯狗，你就是想去看漂亮妹妹。"

迟蔚脚步微顿，无可无不可地应了一声。

为了不打扰这些同学排练，柯远只打算在楼下围观一圈，结果刚走近就听到了熟悉的嗓音。

“迟蔚！你听，是不是妹妹在唱歌？”

宋成飞有点儿蒙：“妹妹是谁？你俩有秘密瞒着我？孤立我是吧？”

柯远含糊地、半真半假地说道：“妹妹嘛，就是一个学妹，和我弟在一个乐器行学习的。我和迟蔚之前周末碰到过她一次，唱歌特别好听，就是这个唱《倔强》的！”

“欸，中间加的这段说唱是她们自己改的吧，还挺燃的。”

柯远转头看迟蔚：“我们会长大人怎么不点评一下？”

迟蔚没什么反应，淡声道：“你眼神不好，听力倒是不错。”

“我让你点评妹妹的节目，没让你点评我的听力……”柯远说到一半停下，意识到了什么，“啧”了一声，“夸个人还要拐弯抹角，觉得妹妹唱得好听你就直说呗，这么别扭。”

几米外，沈语冰正前往艺体楼取回前两天落下的东西，听见前面学生会的三个同事的对话，她定在原地，眼神微闪。

还是柯远先看到她的：“哎，沈语冰，你也在啊，我记得你也报了校庆节目是不是？过来练习的吧。”

沈语冰再抬起头时，脸上已经挂上了平时的笑容，跟面前三个人打了招呼，语气里带了点儿若有似无的烦恼：“对呀，周一的时候我跟教务老师借了音乐教室来练钢琴，但是没想到大家都想找地方排练节目。人一多就有点儿吵，练的效果不是特别好……”

她余光瞥见迟蔚微微皱起了眉头，正想继续说什么，就听他问：“很吵吗？”

沈语冰一愣，右手自然地捋了一下耳边的头发：“嗯，所以我这几天都没能练成……”

说完，沈语冰才发现迟蔚压根没在看她。

柯远没品出她话里的意思，马屁拍到了马腿上：“那你要好好加油哟，抓紧赶上进度。”

宋成飞也笑嘻嘻地跟她说了句“加油”。

沈语冰：“……”

别说加油了，她现在只想吸口氧。她脸色僵硬地点了点头，加快步子进了艺体楼。

等人走后，柯远还挺疑惑："我们刚刚说错话了吗，还是她们女生都这么奇怪的？"

宋成飞耸肩："连你这个'妇女之友'都不知道，我们怎么可能知道？"

"什么'妇女之友'，不要污蔑我！你的远哥是男神，OK？"

迟蔚没理他俩假模假样的打闹，微微仰头，望向二楼尽头处的音乐教室，若有所思。

周五的晚上，乔茵她们本来约好了趁第二天不上课多练一会儿，周末好好休息，走到音乐教室门口才发现门被锁上了。

生怕她们不知道原因似的，于露非常"巧合"地从旁边路过，张口就是嘲讽的话："有些人真是身在福中不知福，占了人家便宜还得寸进尺，现在没地方练了，开心了？自己找地方练去吧，真是活该！"

乔茵都要以为这人是不是开了半永久嘲讽模式。

楼梯口陆陆续续有之前一起在音乐教室排练的学生走过来，看到门没开都有点儿惊讶，你看看我，我看看你，悄悄在一边围观她们。

于露虽然不大聪明，但人竟然很讲义气，话里话外都没说出沈语冰的名字。

可其他人也不是傻瓜，沈语冰是文艺部部长，申请个教室的使用权很容易，其他学生就没这样的便利了。当时沈语冰大度地跟大家说可以都过来排练，卖了人情，结果连个招呼都不打，一声不吭又把教室关了，谁看了不迷糊。

明眼人心里都有了计较。

唐心月早就对沈语冰是什么人心知肚明，比于露更会嘲讽："怎么？今天沈语冰没来，就派你一个人出来传话啊？今年春晚双簧表演没你俩我可不看。"

于露咬牙：“唐心月，你不要太过分！”

“到底谁过分？倒打一耙这么熟练，当年在天上当天蓬元帅的时候没少练习吧？”

围观的人群里有人忍不住发出了笑声，尽管立刻捂住了嘴，还是被于露瞪了一眼。

于露转过头来对唐心月说：“有空在这儿跟我说，你们还是先给自己找地方排练吧！”

唐心月嘴角扯开笑容：“这就不劳你操心了，毕竟排练的地方总能找到，而某些人菜到抠脚的钢琴技术可不是一天两天能速成练好的。”

一句话彻底把于露打成了一颗哑炮。

话是这么说，但比学校音乐教室更合适的地点还真的不太好找。

乔茵在N市人生地不熟的，唐心月和何梦蝶就主动包揽了找场地的活儿。如果不是“半日闲”离学校太远，平时放学过去不太方便，那里倒是个好去处。

只是她怎么都想不到，有人解决问题的方式是这样鱼死网破、玉石俱焚，连面子都不装了。

事已至此，哪怕是万事不在意如乔茵，心里都憋了一团火。

被迟蔚拎去书房做题的时候，她整个人身上笼罩着一层烦闷，下巴磕在桌子上，右手在草稿纸上画了半天的圈圈，实则一个字都没看进眼睛里。

察觉到迟蔚投射过来的目光，她不仅没有收敛，反而抬起头跟他对视，憋了一晚上的话脱口而出：“迟蔚，你们学生会的人是不是玩不起啊？”

话音落下，乔茵才后知后觉，这句话好像有点儿地图炮，直接连坐到他头上了。

他又没做什么对不起她的事。

而且她跟迟蔚说这个，感觉就像是在学校受了欺负，委屈地回家找家长告状的小学生。

告状这种事，她是从来不屑做的。遇到的困难就自己去解决，靠告状能有什么用，治标不治本，能解决一次，不能解决每一次。

“没事，你别管我，我就是心情不好。”

小姑娘下唇包着上唇，脸颊鼓成了张包子脸，看上去就是只打架打输了，爹了一身毛自己生闷气的小柯基。

这副模样，让人不由自主，就想给她顺顺毛。

迟蔚：“伸手。”

“啊？”乔茵迷蒙的眼神中掺杂着一点儿警惕。

迟蔚不会因为她刚刚一句败坏他们学生会名誉的话，就要打她吧？

那她也不怕！

乔茵毅然决然地伸出了手，打算见势不妙就一把抓住迟蔚的手腕，跟他进行一场“男人”之间真正的力量对决。结果迟蔚甚至都没碰到她的手，乔茵只觉得掌心一凉，落下了什么冷冰冰的硬硬的东西，一抬眼，迟蔚已经重新坐了回去。

放在她手心的，是一把钥匙。

“学校综合楼三楼有间小办公室，里面存放了一些乐器，你们七点以后可以过去。”

乔茵看着钥匙定了三秒，才猛然回神。

她忍不住开心，笑了一声，眼睛弯成月牙形状。

迟蔚：“……”

钥匙是他昨天听沈语冰说了音乐教室太吵以后，今天抽空去借的。

他本以为乔茵要小小地推辞一下，可能还会装傻问他这是干什么的，没想到她会是这样一种反应。

“我以前都是跟人正面对抗的，第一次发现，走后门的感觉原来这么爽。”乔茵发出感慨，“我就说同在一个屋檐下，我和我们迟管家心连心，我一有难，你就来支援。”

迟蔚唇角微微扯了扯，不知道是被她话里的哪个词取悦到了。

乔茵话还没说完，满脸的诚挚和渴盼：“你怎么就不是我的小叔叔呢？”

见迟蔚面色不大对劲，她十分有求生欲地改口：“下辈子吧，下辈子我当你叔叔也行，放心吧迟蔚，我一定会对你好的！”

“……”

迟蔚冷淡道：“先把你的数学题做完再想下辈子吧。”

握着秘密之门的钥匙回到房间后，乔茵第一时间打开了微信群聊，点进“美少女的直播间”。

乔茵：“启禀两位公主！微臣有事要报！”

唐心月：“准奏。”

她拍了张钥匙的照片发到群里：“猜猜这是什么？”

唐心月：“你搬家了？”

乔茵：“你们周末不用辛苦去找地方啦，下周一我们直奔综合楼！”

何梦蝶：“咦？茵茵是从哪里拿到的综合楼钥匙啊？”

乔茵不好说出迟蔚的名字，发了个小狗甩头的表情图企图蒙混过关：“这事儿说来话长，你们就当作是有人替天行道，出来主持正义好了。”

何梦蝶：“？”

唐心月：“你说的这种鬼话也只有鬼能信了吧！”

乔茵觉得大小姐这句话还算客气的，鬼可能都不会相信。

没关系，管家大人的大恩大德，她一个人铭记在心就够了。

最近两周天气不错，气温逐日稳步上升，这两天尤其热，像是夏天提早发来预告。

又到了周一，附中学生一大半换上了夏季校服。升旗仪式结束后，乔茵陪桂圆去小卖部买水的时候，在人群中一眼看见了沈语冰。

她人如其名，大概是真的怕冷，这么热的天，还套着厚厚的秋冬校服外套，因此在一堆人中显得格外打眼。

一个周末的工夫，再大的气也消得差不多了。

乔茵一贯就是有仇当场就报，从不记仇到明天的人，再加上虽然硌硬她的行为，但于露有句话说得没错，教室是沈语冰借的，她想借就借，想还就还，严格来说也挑不出什么毛病。所以这会儿看见沈语冰，乔茵脸上也没什么特别的情绪。

沈语冰的目光扫过她身上，停顿了一秒，又若无其事地转开了。

乔茵低头付了水钱，走出小卖部的时候，那道身影就彻底消失在视线范围内。

沈语冰是去找教务老师的。

她平时常过来教务处办公室送些水果、零食，所以原来的老师都跟她关系挺熟，也挺喜欢这个会来事儿的小姑娘，规则允许范围内都会给她行个方便。但是最近办公室换了老师，新来的这个老师性子有点儿冷，不是那么容易亲近。

沈语冰特地买了东西来，对方却没收。她抿了下唇，还是笑着问："老师，您好，我想借一下综合楼 306 的办公室。"

教务老师头也没抬地翻了下表："那间办公室已经借出去了。"

沈语冰闻言心一跳，似是想到什么："老师，我可以问一下是谁借的吗？"

教务老师这才抬起头，看清她的样子，不由皱眉道："你这同学怎么这么奇怪，前几天说不用音乐教室的也是你吧，一会儿要这间，一会儿要那间，学校不是给你们闹着玩的地方。"

沈语冰脸"唰"地红了，咬了咬嘴唇，嗫嚅了一句"知道了老师"，低着头转身从教务处出去了。

知道迟蔚借办公室的人，除了两个当事人，就只有柯远了。

当时柯远看着拿了钥匙回来的迟蔚，没怎么动脑子就知道他想要干吗，摇了摇头，大着胆子吐槽了一句：“给妹妹的是吧，真想不到这世界上最后一片净土也会假公济私了。”

本以为按迟蔚的性格少不了要骂他一句，站在道德的制高点对他进行全方位批判，比起语言的艺术，他是拼不过会长的。

不料他却听到迟蔚“嗯”了一声。

“嗯”？

承认了？

柯远一愣，嘴巴半天都没合上。

迟蔚不仅承认了，还侧头乜了他一眼，语气淡然：“不让？”

柯远目瞪口呆，都要怀疑面前这人是不是被谁魂穿的程度。

他和迟蔚认识的这五年，优秀的会长同学一直以超高标准严格要求自身，诸多事迹感人肺腑。他刚才也就是开个玩笑，其实迟蔚借个办公室用用也不算什么。

但他万万没想到的是，迟蔚会承认自己“假公济私”。

“我哪儿敢不让。”柯远面色沉痛，“迟蔚，你变了。”

迟蔚连眼皮都没抬一下。

柯远还在一旁忧郁三连：

“你以前骚都是闷骚，不会这么坦然的。

“是妹妹改变了你。

“果然，每一个性情大变的男人背后都有一个了不得的女人。”

“说完了？”迟蔚抬起下巴，给他指了下节体育课操场的方向，“可以往那儿滚了。”

校庆节目评选的日期倏然而至。

地点是学校的大礼堂，除了学生会和学校的评委老师，还有不少高一、高二闲着无聊来看热闹的学生，礼堂近一千个座位被填上了大半。

桂圆、詹静和班上几个同学买了荧光棒和拍手器，声势搞得很浩大，到地点了才发现礼堂顶上灯照得整个场馆里亮如白昼，荧光棒买了个寂寞。

乔茵没忍住，掐了一把桂圆的脸颊："不知道的还以为你来参加我的演唱会呢！"

桂圆没气馁："等校庆晚会你们正式表演的时候肯定会关灯的，到时候就有用了！"

"对我这么有信心啊？"

"茵茵必胜！"桂圆挥了挥小拳头，看见旁边的唐心月和何梦蝶，虽然心理上还有点儿别扭，但还是认真地说，"大家都加油！"

这次一共报上来五六十个节目，要在短短的一下午评选完，是不可能让每个节目都完整地表演一遍的，所以流程挤压得又紧又快。

乔茵抽到49号签，很靠后的次序了，上场的时候底下观众走了一半，剩下的一半还在没精打采地打呵欠。不过从她拿起话筒唱出第一句歌词开始，整个场子像被一下子唤醒，接着慢慢沸腾起来。

在规定的时限内结束表演，三个女生下场后，还有经久不息的掌声传来。

乔茵向来不缺乏自信，再加上表演的反响很好，所以等入选名单公布的时候，也没有像隔壁讲相声那两位大兄弟相拥而泣那么激动和惊喜。

"意料之中。"乔茵伸了个懒腰，在礼堂后排站起身。

"不知道为什么，这样的话别人说出来我会觉得很欠揍，"唐心月喃喃道，"但是从你嘴里说出来，就那么自然，仿佛……"

乔茵好奇："仿佛什么？"

唐心月："仿佛你天生就是这个欠揍的样子。"

乔茵：？？？

她怀疑这是以前欺负乐队那三只傻瓜得到的报应，现在要被一群小姑娘奚落。

已经快下午六点了，一行人原本打算聚个餐，但是何梦蝶临时有事要先回去，主角少了一个，又想想校庆也没几天了，就决定干脆等校庆晚会结束了再一起好好吃顿饭。

乔茵把小姑娘们送到学校门口的公交站台，路上还听到有高二的学生在讨论。

“欸，我怎么好像没看到沈语冰啊？我记得之前的活动她每次都有参加，这次好像也报名了吧？”

“听人说是生病了，所以她就主动退出了。她看起来就身体不太好的样子……”

乔茵听着，暗自点了点头，脑海里浮现出沈语冰二十多摄氏度的天气还穿着厚校服的样子。

……不会是中暑了吧？

不过这些都与她无关，乔茵双手拨了拨衣摆上的小蝴蝶结，她已经逐渐从一开始穿这类衣服时的心如死灰，到现在的心如止水，甚至有点儿喜欢了。

习惯真可怕。

乔茵送完人后没有直接回家，又原路回了学校，正好遇到开完会出来的迟蔚。

见周围没什么熟人了，她大摇大摆地走过去，撞了下迟蔚的肩膀，很嚣张地问他：“迟蔚！这次被我帅到了吗？”

迟蔚低眸看她：“你表演了？”

“……”乔茵收敛起轻快的神情，漠然地一字一顿，“你在跟我装失忆？”

迟蔚唇角提起一点儿弧度，像是此刻才反应过来：“噢，想起来了。”

乔茵悄咪咪地翻了个白眼。

两个人并肩走在路上，乔茵在心底认定这位迟同学肯定是害羞，不敢说出真心话，才要以这种方式逃避她的问题。她索性换了个问法：“那你有没有给我投票？”

迟蔚忽而停下脚步，眉梢微抬，看向右前方，不答反问：“那边，是你的朋友？”

乔茵循着他指的方向望过去。

公交站的广告牌后面，依次冒出了一、二、三、四颗脑袋。

乔茵：“……”

你们不是已经走了吗？

怎么还在这里抱团看八卦？

她要实名制举报N市公交系统效率低下，五分钟过去了，竟然都还没开来一辆公交车把这群人送走！

当晚，“美少女的直播间”小群从三个人变成了五个人。

新加进来的桂圆同学在群内发表了重要讲话。

桂圆：“那是一个月黑风高的晚上，我们的学霸、校草、学生会会长，和转学过来的桀骜不驯的美少女，发生了惊天动地的初遇。一个是寒潭静水，一个是旋风烈火，故事的最初，两人水火不容。”

乔茵：“……”

桂圆小同学的语文成绩在班上是数一数二的，写的作文经常被老师当作范文拿出来朗读，但没想到她编故事的能力也这么强。

桂圆：“然而，两个截然不同的灵魂注定要在冥冥之中互相吸引，就像磁铁的两极，即便隔得再遥远，也会有紧密相连的一天。在一日又一日瞒着同学和朋友的私下交流碰撞中，感情也不受控制地如野草般疯长——”

詹静：“救命！这不就是现在流行的仇人变情侣剧本？”

乔茵：“我才该喊救命吧？”

唐心月：“乔茵别说话，妨碍我听故事。”

乔茵：“……”你们讲不讲道理！

何梦蝶：“好像是的，现在都不流行聪明男主角和傻白甜女主角了，大家比较喜欢看相爱相杀。”

桂圆：“忽然想起来，之前贴吧不是有人发帖说迟蔚和一个女生在操场旁边秘密接头吗？我现在想想，那个女生好像是茵茵啊！”

詹静：“其实我当时就想说，我记得茵茵也有一件那样的衣服，但是又觉得可能只是撞了……”

唐心月：“乔茵出来解释。”

乔茵：“？”刚才不是还让我别说话？

她不喜欢对朋友说谎，被发现了就不想再隐瞒抵抗：“那个人确实是我，但事情不是你们想的那样。”

群里立刻刷屏了一长串“让我听听你怎么狡辩”的表情图。

乔茵：“我和迟蔚是亲戚，不过我是转学到附中以后才认识他的，之前都不太熟。我没有故意要瞒你们。”

桂圆：“是有血缘关系的那种吗？”

乔茵：“……没有。”

桂圆：“还好还好，可以嗑。”

詹静：“吓死我了，姐妹们，继续啊！”

乔茵：“……”你们到底在嗑什么？

乔茵开始怀疑她是不是和当代高中女生之间存在代沟和沟通障碍。

她甚至有点儿怀念小光他们了。

她深吸了一口气，点进嘀嘀叭叭消息弹个不停的“宇宙超气人天团”群。

开屏就是一个暴击。

小光：“茵姐又很久没出现了，校庆表演结束了吗？准备好在N市定居结婚生子了吗？婚礼什么时候啊？份子钱我随8888元够吗？”

“……”

乔茵面无表情地退出。

她才不怀念。

几个小姑娘热热闹闹地聊到了晚上十一点，乔茵都快把作业做完了，抬起头，屏幕亮了一下。

桂圆给她发了私聊消息：“茵茵，你是不是生气啦……对不起，我们就是一群颜控，觉得你俩都很好看，看起来特别配，所以就脑补了！

呜呜呜……”

乔茵：“没事，没生气。”

她怎么说也在美国待了九年，幼儿园就有一堆追在女孩屁股后面张口就是“Honey，I love you”的小男孩儿。

最初也是因为小乔茵长得太可爱，总是容易被人尾随，妈妈担心她的安全，才把她送去学了跆拳道。

这一学就断绝了乔茵十几年的桃花运。

她对这方面的事儿也没表现出多大的兴趣，所以小光他们现在才会胆大包天敢一口一个份子钱地调侃她。以前聚餐喝多了，他们还泪眼汪汪地说怕她未来孤独终老，以后要多生个小孩儿给她养老送终。

最后当然是，这几个人被她捶了两下脑门才清醒过来。

可能是因为以前和她关系不错的男生，后面都会自动地认她做大哥，而迟蔚是其中唯一的例外，所以才会更显得像一束特别的烟火吧。

那也没有办法，迟蔚天然占据了长辈的位置，又是高高在上的学校光荣榜常驻选手，面子比她的值钱多了。

想让迟蔚认她做大哥，恐怕得做梦到下辈子。

桂圆：“那就好，我其实还偷偷拍了你和迟学长的照片。”

说完没等乔茵回话，桂圆就把她拍的照片直接“上交”了。

四月末，傍晚的天空还亮着，却又隐约有几颗星星已经开始闪烁。

照片上的少女头发散开，发尾微微上翘，蓬松柔软地垂在胸前，眼睛亮晶晶的，路灯打在脸上，显得整个人都像在散发着光。

比她高了大半个头的少年正侧过头来看她，表情很淡，隽秀的眉眼间却好像藏着点儿漫不经心的笑。

乔茵略过迟蔚，直接把她的那部分放大，占满屏幕，欣赏了一圈，在心底陶醉于自己的美貌三秒钟。

她理直气壮地点了保存。

校庆文艺晚会的时间就在下周五。

趁着周日，乔茵被唐心月叫去买了一套演出服。她从没逛过这种少女服装专卖店，抱着书包往旁边“男友寄存处”的小沙发上咸鱼瘫，看两个小姑娘一套接一套地换。

“这件怎么样？”

乔茵点头：“好看！”

“这件呢？”

乔茵再点头：“也好看！”

坐在她对面正等女朋友换衣服的男生不禁投来一记鄙视的目光：兄弟，你这简直比我还敷衍。

虽然乔茵是发自内心的夸奖，但唐心月和何梦蝶试了半天也没试到特别满意的。

从一排橱窗前路过的时候，乔茵目光一顿，伸手指了指：“你们看，那套怎么样？”

唐心月和何梦蝶看过去，眼睛俱是一亮。

终于顺利买完衣服后，三个人一起吃了顿午饭，接着乔茵赶去了“半日闲”一趟。

练鼓事小，借鼓事大。

其实她之前参加评选的时候就想借鼓的，但那时候老板态度十分坚决，乔茵软磨硬泡才说动他愿意出借一回。生怕这看鼓比看老婆还紧的老板临时反悔，乔茵赶紧过来确认送鼓上门的时间。

“因为是你，我才考虑借出去的，换作别人就甭想了，这个门我都不会让它出。”老板爱惜地摸了摸鼓架。

“到时候我会逢人就说这架子鼓是你店里的。”乔茵礼尚往来，说着说着底气就上来了，“老板，我，这么大一个美少女，给你们店做免费宣传，你赚大了好不好？”

老板听笑了，点点头，说：“行，我看我到时候有没有空，送鼓过去的时候顺便看看你的表演，沾沾光。”

然而老板的愿望注定要落空了。

附中礼堂的座位满打满算也只有980个，第一排还要留给校领导以及邀请的各路嘉宾，剩下的分到三个年级的话，每个班也就只有十几个座位。

根本没有多的座位空出来。

从周一开始，附中就正式进入了校庆周，除了周五晚上的文艺会演，每天都有各式各样的校庆活动。

尤其是每天的大课间，操场和体育馆里都摆着一个个益智游戏摊位，赢得小游戏后可以获得积分卡，能兑换相应的校庆纪念奖品，这些奖品基本上就是茶杯、笔记本、钢笔、徽章一类的小玩意儿。

放在平时，这些东西可能没人稀罕，但这会儿校园里的爱校情怀空前高涨，所以每个摊位前都有许多人排起长队来。

乔茵作为一个半路转学的外来人口都有点儿被感染到了，跟着玩了一个考验反应力的小游戏。

游戏规则很简单，挑战者站在圆台中间，四周会随机从一个方向掉下一根塑料小棍，一共十二根，能抓住两根及以上就算完成挑战，得到一张积分卡。

听上去很容易，但是游戏随着音乐声开始后，站到台子上的人就会恨不得自己多长八只手，不然根本跟不上棍子落下的速度。

乔茵前面的男生完美错过了前面十根小棍，只好双手伸在仅剩的两根棍子底下，眼睛一会儿往左看，一会儿往右看，紧张得不像是在接两根棍子，而像是要迎战两个体重两百八十斤的彪形大汉。

饶是这样，还是有一根棍子从手中无情滑落，那个男生发出一声凄惨的野猪般的嚎叫。

围观的人群哄然大笑。

乔茵也没忍住，笑了。

不过这种游戏对她一个从小打鼓、身手又好的人来说，就是完完全全的送分题。她就站在圆台中央，下半身甚至都没动，一根不落接完了，整套动作一气呵成。

两相对比差别太大，看得后面排队的同学都有点儿怀疑人生。

“我怎么觉得这游戏也不是很难，看这个女生做得就很轻松。”

“你是看人家长得漂亮吧，再想想她前面那个呢？”

“当我没说。”

…………

乔茵拿到积分卡以后，就和桂圆她们一起去兑换奖品了。她只参加了一项活动，只能兑换一枚校庆纪念徽章。

徽章正面是附中校门的样式，背面留了一个空白的区域，可以写上自己的名字。

乔茵想了想，从旁边拿了支笔，在背面写下了五个字母：CWXGJ。

这样就合适多了。

结果她写好字一抬头，望见对面的帐篷下，迟蔚正和人交谈着什么。少年说完最后一句，似有所觉地转头，跟她目光一撞。

“……”

人，是不能背后偷偷做坏事的。

桂圆老早就看见迟蔚了，此刻终于憋不住了，扯了扯乔茵的衣摆：“茵茵，你不用过去，跟……你亲戚打个招呼吗？”

乔茵：“？”

这有什么好打的，又不是打架。

她刚要说“不用”，又忽然觉得，这种事儿，你越遮遮掩掩，别人就越觉得是真的，你要是坦坦荡荡、大大方方，开玩笑的人反而就觉得没什么意思了。

于是乔茵说：“行啊！”

然后，她就顶着桂圆和詹静灼热的视线，挺胸抬头，舍生取义，径直朝迟蔚走了过去。

上午九点半，阳光炽烈，照得少女的耳郭红了一圈，她三两步走到迟蔚面前，从口袋里掏出什么东西，拍进他手里。

她神情十分正经，但就是因为太正经了，反而透露出一点儿不太自然的感觉。

“感谢迟学长帮我们借练习室，没什么好表达谢意的，就把我今早的战利品送给迟学长吧！”

迟蔚好整以暇：“这么贵重的东西送给我是不是不太合适？”

“……”乔茵有点儿搞不懂他是真情实感还是在讽刺她了，无奈地揉了揉鼻子，露出一个灿烂的笑容，“那当然是再重要也没有我们迟学长重要。”

明知道这不过是习惯了满嘴跑火车的乔茵随口说出的一句玩笑话，迟蔚的手指还是忍不住轻颤了一下。

他垂眸，微微一哂，看着她说：“知道了。”

等乔茵蹦跶着离开后，某学生会成员好奇地瞥了一眼他们光风霁月、高贵冷艳的会长大人手里当宝贝似的握着的东西。

……那不是滞销了快一周还剩一堆没有被兑换掉的徽章吗？

印着校训和大牡丹花的搪瓷茶杯都比这个人气高。

该学生会成员原地陷入了对职业生涯的反思，觉得自己可能觉悟还不够高。

另一边乔茵功德圆满地自证了清白，一身轻松地回去时，桂圆和詹静正凑在一起叽叽喳喳。

“咦，茵茵拿到奖品就送去给迟学长了，迟学长还收下了，这是什么傲娇别扭少女和沉稳腹黑男神的设定，我又嗑到了。”

乔茵：“……”

你们这甜点也太低了，建议多吃点儿糖。

而且，傲娇和别扭这两个词，明明形容迟蔚才更合适吧？

转眼就是周五。

这次乔茵她们的节目没有再被排到靠后的次序，按顺序第八个出场。

中午吃完饭，乔茵她们就匆匆赶去后台准备了。

换好衣服化妆的当口儿，桂圆在群里问她们等晚会结束要去哪里吃饭，乔茵和唐心月刚讨论出结果，准备回个消息，余光又瞄到了沈语冰。

对方虽然没参加节目，但到底是学生会文艺部的部长，肯定要到场帮忙，擦肩而过的时候，乔茵感觉沈语冰莫名地看了她们一眼。

唐心月一脸警惕：“小心点儿。”

好在前面的流程都还算顺利，沈语冰也没有再出现在她们面前。

前一个节目是乔茵之前围观过很多次的古典风舞蹈，听着外面潺潺的古筝声响临近尾声，唐心月紧张地小口呼吸。

乔茵调侃道：“大小姐，我还以为你天不怕地不怕呢！”

“我这不是以表尊重嘛！”

两个人没斗两句嘴，就有工作人员打了手势让她们准备上台。

礼堂内。

“……下面有请高一（九）班的乔茵、唐心月、何梦蝶三位同学，带来歌曲《倔强》。”

等主持人报完幕，提着裙子下场，灯光骤然熄灭。

九班这次被安排的座位在中排，摸黑看不清台上发生了什么，但不妨碍他们十几个人也能把荧光棒挥舞出了千军万马的气势。

大约半分钟后。

漆黑一片的舞台上，忽然投射下来一束追光，与此同时，一道重重的鼓音划开了喧嚣，直击人耳，让人的鼓膜都跟着震动。

台下的人都不觉精神一振，望向光源处，一架气势十足的架子鼓摆在舞台右前方，灯光扫过坐在一侧高凳上的少女。

少女穿灰色中袖上衣配黑色工装裤，上衣领口到胸前的位置系了条金属链子，双手闲适地把玩着手里的鼓棒。脸上的舞台妆并不浓，只画龙点睛地将眼尾的眼线拉长，漾开一个凌厉的弧度，以往更显清丽的脸瞬间变得张扬起来。

抱着吉他和握着话筒的女孩儿，一个穿红裙，一个穿白衣，各有特色。

三人虽然风格迥异，穿着颜色对比度高，但合在一起分外和谐，衣服上还都有一串星星挂饰呼应。

乔茵要在节目里打鼓的事儿，只有一起参演的唐心月和何梦蝶知道。

所以这会儿下面不管是认识她的人，还是不认识她的人，都被狠狠地惊艳了一下。

随着伴奏乐声响起，观众终于回过神来，认认真真地投入节目中。

歌是大家耳熟能详的，因此唱得有一丁点儿差错都会被第一时间发现。

但是她们这场表演完完全全地超出了预期。

“开口跪，这小姐姐的声线也太好听了吧……”

“三个小姐姐都好帅啊！！！我宣布这是本场最佳！”

…………

舞台是乔茵最熟悉的地方，她享受并沉浸于每一场表演，不管场面大小。鼓棒在她手里挽了个复杂又绚丽的花，然后朝空中轻轻一抛，旋转三圈，被她伸手接住，唇角漫不经心地翘起一个笑，然后顺势在吊镲上敲出清脆的声音。

气氛一下被推到了高潮。

台下一时间全是尖叫声。

桂圆激动地快把拍手器甩断了，声音夹在人群中：“茵茵太帅了！！！”

节目已经进行到一小半，迟蔚才抽出时间来看乔茵的表演，恰巧撞上了乔茵信手拈来玩鼓棒的高光场面，他身旁的柯远整个人都快进入癫狂状态：“这个世界上没有比架子鼓更帅的乐器了吧！妹妹简直是我理想中的类型！！”

说完柯远又立马捂住了嘴，生怕迟蔚下一秒就要找他麻烦。

然而迟蔚只是远远地眺望着舞台，黑色的瞳孔映衬着忽明忽暗、色彩迷离变换的灯光，要不是还有呼吸起伏，简直沉静得像一尊雕塑。

柯远服了。

他兄弟生在古代估计就是不惧美色、坐怀不乱的柳下惠。

迟蔚手指捏着那一小块之前乔茵给他的“战利品”，不知怎么就随身带到了今天。合金制的徽章此时竟也被捏出了几分形变。

刚从柯远那里得知乔茵的另一重身份的那天晚上，他几乎一夜未眠。

他一向是个对外界事物探知欲很低的人，柯远和宋成飞常常拿热搜上的某某明星绯闻逸事来检验他最近“网线通了没”“还在关心人类吗”。

那晚是个例外。

他在搜索平台输入了乔茵所在乐队的那个拗口的名字，第一次在视频中看到了她的表演。这不是什么官方的录制，大概只是一个粉丝个人的纪念，弹幕里有人吐槽：“没十年帕金森拍不出这个水平。”

然而等表演正式开始以后，这条吐槽就被一连串快要盖住屏幕的文字尖叫取代了。

就和现在一样。

可视频到底离得太遥远了，隔着镜头，隔着光阴，比不上此刻只有几个观众席的距离，仿佛一伸手，就能碰一碰她。

迟蔚脑海里最后浮现的，是那条视频下面的热评第一。

“我们小乔站在舞台上，就拥有被人爱的能力。”

——她生来就应该被爱。

第六乐章

唯一的例外

附中往西一站公交的距离，有一个大型购物中心，三楼室外步行街有很多口碑不错的餐馆。

一行人就定在那里吃火锅。

周五晚上正是生意最好的时候，桂圆提前打了电话订座，等人到那儿的时候，门口已经坐了一排在等位的人。

出来得匆忙，乔茵妆还没完全卸干净，口红被她吃了一半，还剩薄薄一层铺在唇上，脸颊上的星星亮片若隐若现，一张脸在商场明晃晃的灯光下，漂亮得让人挪不开眼。

乔茵没注意到周围的目光，低着头回姑姑发在“相亲相爱一家人”群聊里的消息。

这次的校庆晚会阵仗特别大，学校公众号一直在同步直播现场的照片，摄像机总是偏爱好看的人，镜头在乔茵身上一再停留，留下的照片数量格外多，关注公众号的人却没有丝毫意见。

乔静安转发了许多张到群里，即便是私下里会偷偷自恋欣赏自己绝世容颜的乔茵，也不禁尴尬得想当场逃离地球。

姑姑：“我们茵茵真好看！就是我看人家小姑娘都穿了裙子，你怎么穿个长裤就上去了？”

姑姑：“下次这种活动还是让姑姑来给你挑衣服！保证把我们茵茵打扮成全场最漂亮的小公主！”

乔茵：“……”

她不太敢想象自己穿着粉红蓬蓬公主裙敲架子鼓的样子，然而嘴上还是应下了。

乔茵：“好的，姑姑，我今晚不回家吃饭啦，和同学们聚餐。”

乔茵顺便发了定位过去，让姑姑不要担心。

等发完消息收起手机，几个小姑娘已经热火朝天地点起了菜。

“肥牛卷点三份！大份的！”

“虾滑才是火锅永远的神！！”

“姐妹们，毛肚！七上八下！我来给你们涮，我手艺一流！”

一群平日里看起来瘦瘦小小、状似弱不禁风的女孩子，到了火锅桌上，都立刻化身力拔山兮气盖世的女中豪杰。

还有人偷偷点了一大扎奶啤。

见乔茵抬起头来，何梦蝶拿着菜单问：

“茵茵，你要吃什么呀？甜不辣吃不吃呀？”

乔茵点了点头，就见对方在甜不辣后面的小方框里写了个“3”。

“……”她倒是也没有能吃到这个份儿上。

以往乔茵和乐队那群男生一起吃饭的时候，饭桌上的聊天主题就是少年们的吹牛比赛，听得她恨不得给他们在线排个名，冠军直接送去中科院研究一下他的脸皮是什么材质，能不能用来做新型防弹材料。

女孩子就不太一样，七八个人一桌，话题都可以分几波，从八卦到美妆，从明星到作业，跨度大到横隔一个太平洋，不过现在的焦点主要还是落在乔茵的架子鼓上。

唐大小姐先声夺人给桌上众人科普事情的经过：“本来乔茵说要在表演里再加一样乐器的时候，我还以为是要加钢琴呢，因为她钢琴弹得也很好，结果我和小蝴蝶两个人怎么都没想到是架子鼓。第一次看她敲鼓的时候，我人都傻了……”

“虽然我们俩之前有点儿矛盾，但我不得不说，这人长得是挺有迷惑性的，不说话、不损人的时候还是个仙气飘飘的美少女。”

桌上的人顿时笑倒一片。

乔茵：“……我谢谢你夸我啊。”

唐心月摆摆手，继续道：“我印象中敲架子鼓的怎么都得是顶个爆炸头的摇滚小青年，是乔茵改变了我的刻板印象。冲这个，我也要敬你一杯！”

唐心月话说得豪迈，举起的茶杯里装的却是一杯冒着热气的菊花茶，其他人看到后笑得更厉害了。乔茵假装无奈地叹了口气，然后和唐心月碰了个杯。

有个女生好奇道：“茵茵，你什么时候学的架子鼓啊？我之前也想试试来着，但是感觉好难。”

乔茵：“我从五岁开始学的，其实入门不难。你们如果感兴趣的话，以后有机会我可以教你们一些简单的。”

“哇！真的吗？我也想学！”

“加一！”

场面眼看就要变成乔茵的三宫六院七十二妃大型争宠现场，调好酱料回来的桂圆挤开人群在她旁边坐下，立马占据正宫位置：“上菜了、上菜了，姐妹们开动起来！”

一群十几岁的青春洋溢的小姑娘，到哪儿都是吸引人目光的存在，饭吃到一半就有其他桌的男生打着各种乱七八糟的名号来要联系方式了。

乔茵在女生面前向来都是笑着说话，且语气纵容，也就给了旁人一种，这个姑娘虽然漂亮得有点儿拒人千里，但也许性格很好接近的错觉。

隔壁来搭讪的男生尤其自信，脸上挂着的微笑比牛油锅底的油还要油腻一点儿：“刚刚在隔壁听你们说要练什么架子鼓？我是N大音乐学院的，也许能跟你们交流交流。”

男生嘴里说着交流，语气却十分高傲，一副“我都已经放下身段，你们还不过来主动讨好”的模样。

他眼神里待价而沽的评判也让人十分不爽。

一桌小姑娘们私下对了眼神，都是一副无语的样子，唐心月白眼都要翻到天上了。

乔茵放下筷子，眼睛微弯，语气很客气地回答：“我们在说《玉女心经》，怎么，你也有兴趣？”

男生：“……”

见人还不走，乔茵又笑了一下，正正经经道：“不够的话，还有一本《葵花宝典》，这你总知道吧！欲练此功，必先自宫。”

说着她比了个手势，男生脸色唰的一下白了。

桌上本来像被按了暂停键的小鸡崽们，见状都忍不住笑出了声。

男生有口难言，就这么白着张脸灰溜溜地又回去了。

乔茵没看过武侠小说，对这方面不太了解，这套骂人的说辞还是听小光和贝壳吵架的时候学来的。

用在一些迷之自信且不看场合来搭讪的男生身上有奇效。

学生会一群人进到这家九宫格火锅店的时候，看见的就是今晚演出备受关注的架子鼓少女，三两句话把某不怀好意的油腻男撑跑的场面。

聚餐是会长大人请客，地点最初选了好几个，有烤肉，有自助，还有一家小炒馆子，最后还是他们会长定了来这儿吃火锅。

柯远一开始还纳闷了一下，迟蔚这个平时口味清淡得可以原地剃度出家的人，今天怎么转了性子想吃火锅。

不过他在看见乔茵的一瞬间就了然了。

假公济私都做了，为爱吃辣，也不过是正常操作罢了。

他们坐的那一桌离乔茵她们那桌不算远，但小姑娘们聊得热火朝天，显然没注意到店里来了什么人。

柯远作为皇帝不急太监急第一人，在旁边“上折子劝诫君王”：“迟蔚，怎么不去跟人家打个招呼，假装偶遇？偶像剧都是这个套路。”

迟蔚眉眼不惊地把餐具用热水烫了一遍，没回话。

柯远：“我跟你说啊，就咱妹妹这个实力，本身就够招眼了，这次文艺会演再露个脸，你以后的对手数都数不清。”

正说着，桌上就有人问：“今晚的最佳人气奖是高一那几个学妹唱的《倔强》，咱们学校什么时候有这么漂亮的学妹啊？我听人说好像是这学期才转学过来的？”

“之前贴吧就讨论过一轮了，我还记得她唱《昨日重现》的视频。”

“视频链接发我一下！有这种好东西怎么不分享给我？”

迟蔚手一顿，抬眼毫不意外地接收到柯远“看我对你多好，第一时间就分享给你了”的视线。

“……”

一旁的女生也在低声交流。

“说起来，语冰怎么没来聚餐啊？我记得她晚会的时候不是还在吗？”

“好像是有事先走了。”

热热闹闹闲聊一阵以后，小姑娘们饭也吃得差不多了。

快到九点半，时间不早了，乔茵担心太晚了一群小姑娘回家不安全，强行散了饭局，看着她们挨个上了车才算完。

她掏出手机查了一下回家的路线，这里最近的地铁口在商场后面的一个正在重建的楼房旁，此时还是一片废墟。她按着导航走过去，七扭八拐地差点儿走进一个死胡同。

等切换到另一个导航，换了条路，地铁口是遥遥能看见了，乔茵却感觉到了点儿不对劲。

——好像有人在跟踪她。

还不止一个。

她加快脚步，身后人也明显加快了脚步，眼见还差几米就要追上来，乔茵猛然回头。

然后，她看见了几个熟人。

说熟人或许不够准确，是开学第三天，因为骚扰桂圆，被她在校门口巷子里暴揍了一顿的体育生。

仇人见面，分外眼红。这几个体育生反倒表情轻松，像是憋了很久的怨气终于有了发泄的地方。

乔茵实在想不通，上次被她按在地上揍成那样了，这伙人怎么还敢过来送人头。

还专挑这种僻静的，他们呼救可能都得不到回应的地方。

打头的那一个，乔茵在脑海里翻了半天的记忆，才隐约想起那次在办公室，听见李主任叫他的大名，好像是叫吴松来着。

之前的一头非主流杀马特红发在这两个月的洗礼中，也变回了普普通通的寸头黑发。

虽然看着还是一样的，智商不太高的样子。

乔茵一向不是先动手的人，在心底给他们留了一级台阶，如果现在她从他们旁边走过去无事发生，她可以当作今晚什么都没看见。

结果她刚走出一步，吴松不仅没顺着她的台阶下，反而往上爬了十八层楼：“乔茵是吧，我已经知道你叫什么名字了。”

乔茵叹了口气。

然后，她对他点了点头：“如果那天你们从地上爬起来的姿势没有那么迅猛，再跑得慢点儿，等学生会的人过来记名字，当时就能知道我叫什么。”

吴松：“……”

光线昏暗的小路上，吴松的脸由黑转红。

跟班在一旁窃窃私语：“松哥，别和她说这么多，省得她待会儿跑了。直接动手！”

“就是，我们都跟了一晚上了，连饭都没吃，我都有点儿饿了。”

“成事不足、败事有余的东西！现在是问你饿不饿的时候吗？！”

“那你不饿吗？”

“你这么一说是有点儿哈……”

乔茵：“……”听起来还有点儿心酸。

你们把这个劲头放在学习上，也不至于混成现在这个样子了。

吴松听见身后小弟们的对话，脸色不禁更沉了，问就是丢人，不知道自己怎么就跟这么一群人混在一块儿了。

开学那件事最终的结果是他们全体被通报批评记了过，但只要不是开除，对他们这种本来就不指望得什么荣誉奖项，一心在学校混个高中文凭的学生来说，根本无关痛痒。

但那件事之后，学校附近又增加了不少摄像头，再加上他确实心有余悸，所以也算是安分了一段时间。

直到今晚被李主任以看晚会为名、行看守之实压着在礼堂坐了整整两个小时，再一次在台上看到了当初把他摁在地上打的人。吴松先是下意识地感觉当时被折了的胳膊和腿好像在隐隐作痛，又不由自主地被她吸引。

有句话叫“越迷人的东西就越危险”，反之亦然，风险越大，给人带来的收益和心理上的满足感也就越大。

他身旁的男生显然也认出了舞台上敲架子鼓的姑娘是谁，身体也反射性地抖了抖，见吴松看过来，立马挺胸、抬头、坐正。

吴松问：“我们之前为什么没打得过那女生？”

男生不假思索地回答：“轻敌了！肯定是轻敌了！就松哥这身手，能被那细胳膊细腿的小姑娘打趴在地，还爬都爬不起来？”

吴松：“……闭嘴，没让你说得这么详细。”

不过问完话以后，吴松心里也安定了不少，自我催眠上次失败的原因的确是轻敌，于是就有了要一雪前耻的打算，还特地比上次多带了两个人。好不容易逃离了李主任的看守，兜兜转转找来她们吃饭的地方蹲点了一晚上，才终于等到一个她落单的机会。

“今天我们找你也没别的事，先把你上次拍的照片删了。”吴松说。

乔茵“哦”了一声，要不是他提醒，她都忘了自己手机里还有这么占内存的东西：“然后呢？”

吴松：“然后再怎么说得先陪我们吃个饭吧？大家可是在这儿等了你一晚上。”

乔茵掏出手机，非常乖巧地作势要删掉照片，然后在吴松笔直的注视中，打开通话面板按下了110。

电话快要拨通的前一刻，吴松心下一惊，跟他身后两个男生冲上来要抢走乔茵手里的手机。

通话是在争抢中不小心给掐了，但手机还牢牢握在乔茵手里。她身姿灵活，走位莫测，被几个人堵着也不落下风，还顺势带着他们往人多的地方去了。

吴松见势不妙，伸出手，不管不顾要薅乔茵的头发——

亮光处有脚步声传来，下一刻，他的手腕就被来人抓住，狠狠往后一折。吴松顿时发出鬼哭狼嚎般的一声惨叫。

乔茵借机闪到旁边，小小地松了口气。

刚刚的情形，她能躲掉是一回事，但保不齐就要牺牲几根珍贵的头发。

来N市这段时间，在迟蔚小管家的压迫学习之下，她的头发一撮一撮地离她而去，现存的每一根都是珍惜宝贝，不能再掉了。

她想看看是哪位大侠路见不平、拔刀相助，刚抬起眼，就对上一张再熟悉不过的侧脸。

只是这张往日再清冷高傲不过的面孔，此时却含了一抹明显的戾气。

乔茵一怔，呆在原地。

柯远举着手机录像跑过来的时候，看见的就是他那个平时衬衫扣子都要扣到领口最上面，整个人一身凛然不可侵犯气质的兄弟，此刻发丝微乱，但跟五六个人对峙完全不落下风，甚至还能牢牢把柔弱小姑娘安全掩护在自己身后的场景。

不久前，在乔茵她们那桌吃完饭后，他们这边的用餐也基本上结束了。有迟蔚在场，虽然说是犒劳大家这段时间筹备校庆晚会的辛苦付出，但在这尊大佛面前，一顿饭还是吃得紧张严肃、速战速决。

有男生计划着去旁边的KTV续个摊，但柯远从看见乔茵的那一刻起，就知道迟蔚是什么意思。果然，在那个男生说完话后，他们会长就直接在学生会的群里转了笔巨款："我还有点儿事要处理，你们去吧，玩得开心。"

大家在失望之余，也略略地松了口气，异口同声地喊着"谢谢会长"。

柯远原先是想跟着一块儿去KTV玩的，省得打扰迟蔚和他家漂亮妹妹两个人单独共处的大好时光，结果刚出了商场大门，就看见不远处有几个行踪鬼祟且面熟的人，朝乔茵消失的方向摸索过去。

他是体育部的部长，一眼就认出那几个人是学校的体育生，风评一贯不好。

柯远心下暗道糟糕，迟蔚显然比他更清楚那些人的身份，他转身和其他人打个招呼说明自己也要先走一步的工夫，再转过头来时，迟蔚的身影已经和那几个体育生一起消失了。

他有备无患地叫了保安，又趁保安在后面还没跟上来的工夫先跑过去观望一下情况，打开手机录像也是想以防万一留存着证据。

到地点才发现，他这实属多此一举。

柯远默默地把手机放下。吴松他们察觉到有人过来，本来就被迟蔚吓得节节逼退，这下直接缴械投降了。

乔茵活了快十七年，第一次有这种浩浩荡荡打群架时被人保护的经历，实话实说就是，还挺不习惯的。

她刚开始的时候动辄就想指挥一下迟蔚，在旁边当个武术指导什么的，结果她家身手利落的小管家中途扭头抛下一句"别乱动，听话"，遏制住她的表演欲。

迟蔚看上去是真的挺嫌弃跟他们打架的，十级洁癖彰显得淋漓尽致，能不直接肢体接触的地方都避开了正面交锋，乔茵看不太出来他这是走的哪个路数的招法，但明显观赏性比她那种真刀真枪的对抗要唬人得多。

地上东倒西歪躺了一片，乔茵半蹲下身，问吴松："你们是怎么知道我在这儿的？"

吴松嘴唇死死抿着，一副士可杀不可辱、宁死不屈的模样。

乔茵也不急，挑了下眉："那要不再合张影？"

"……"

这下吴松旁边的男生急了，主动坦白从宽："我们是看到别人朋友圈发了你们今晚在这里吃饭……"

"谁的朋友圈？"

"好、好像是，那个……沈语冰吧。"

吴松他们刚从地上爬起来没多久，保安就打着手电筒过来了。

"那边的！都给我停下，在干什么呢？"

保安起初以为是一起不良少年之间的火并，商场后面这块地势是有点儿偏僻，类似的事件发生过几起，结果走近一看，不禁愣了一下。

迟蔚身上好学生气场过于浓郁，静默地整理好衣袖垂下眼，丝毫看不出刚刚以一敌五的狠劲儿。

乔茵又是一个向来会伪装的奥斯卡在逃影后，见保安过来后，一扫之前严肃处理的表情，动作明显又不做作地往迟蔚身后藏了藏，手颤抖地抓住迟蔚的衣角，还轻轻地吸了吸鼻子。

他俩这番反应看得吴松目瞪口呆，隐隐还觉得这个场景似曾相识，下一秒，就听见女生柔弱的声音："叔叔！快救救我们，他们要打人！"

吴松："？？？"

吴松："……"

原来似曾相识的原因是他又被耍了。

迟蔚这个人十分不讲武德，专挑他们衣服下面看不见的地方下手，明明疼得人直抽抽，表面看上去却好像什么事都没有。

保安自然也不会掀开他们的衣服查看伤情，大致打量了他们一圈之后，心里就有了论断，柯远又递了手机屏幕过去。

保安眉头一皱，目光凌厉地扫过吴松一行人："你们几个，跟我过来！"

吴松简直看傻了。

哪有这么以貌取人的保安！！

悄悄抬起眼皮目送保安将人带走以后，乔茵才切换回了正常的表情。

场面一时安静下来。

刚才情况紧急，所有思绪都停滞，此时波涛澎湃地重新涌来，迟蔚的那句话说得理所应当，再自然不过，却让她现在想起，觉得迟蔚整个人都不太对劲。

什么叫"听话"啊？跟哄小孩儿似的。

她飞快地松开了迟蔚的衣角，假装无事发生。

这么诡异的气氛柯远毫无察觉，只顾着对迟蔚感叹道："宝刀未老啊兄弟，你上一次这么跟人动手都得是三年前的事了吧？"

乔茵迅速被吸引了注意力："三年前怎么了？"

柯远平时在迟蔚面前说惯了单口相声，难得有人接茬儿，兴致正浓，也管不了迟蔚是不是用冷漠视线威胁他了，转了个身跑到乔茵面前，笑嘻嘻道："妹妹，你不知道吧，你家这迟蔚学长，初中的时候也是雄霸一方、赫赫有名、让方圆十里的学生都闻风丧胆的传奇人物。"

乔茵："……"

她是想听故事，不是想听编的故事。

瞥见乔茵怀疑的目光，柯远咳了一声，肃容道："当时也是学校附近集结了一批来收保护费的小混混，你迟蔚学长三年前比现在可嫩多了，长得也是一副乖乖仔的样子，那群小混混还以为他是个好下手的对象，根本没多加防备。最后的结果就是迟蔚手起刀落，一群人集体被揍得鬼哭狼嚎送进医院了。”

乔茵疑惑：“……刀？”

“怎么说……手刀也是刀嘛，”柯远把话圆回来，“反正那场面被人传出去后，大家看迟蔚的眼神都变得无比敬仰……和畏惧。”

一直默不作声的迟蔚突然开口：“我之前还在好奇，那天在场的只有我们两个人，事情是怎么被人传出去的。”

柯远面色一僵，打断他：“迟蔚，兄弟一场，我这也是帮你扩大知名度不是？你说句谢谢就够了，也不用特别客气，非要帮我把这周物理竞赛题做完什么的，那多不好意思……”

在迟蔚下一句要开口让他滚之前，柯远非常有眼色地挥手和乔茵说了声再见，自己先跑为敬。

一枚缺月挂在树梢，夜风清冷。

明明就喝了一杯酒精含量很低的气泡果汁，不知怎么却像有团火苗从四肢百骸缓缓燃烧起来。乔茵不仅没觉得冷，反而感到自己的体温有点儿高，有一种热血沸腾的感觉。

因为柯远破坏了一遭气氛，她那点零星的说不上来的微妙情绪便又消散无几了。她慢吞吞地向右边靠过去几步，和迟蔚保持一拳的距离，小声说：“今天我可没跟人打架！”

迟蔚“嗯”了一声，情绪难辨。

乔茵很不满意：“你怎么这么沉默？现在不应该发表一下英雄救美后的感言吗？”

迟蔚闻言脚步稍顿，头微偏看向她：“你想听什么？”

“这么大人了一点儿也不独立，还要我帮你想词。”乔茵一边吐槽，一边清了清嗓子，“就比如……我，迟蔚，在这个月黑风高的晚上，从一群彪形大汉手中，救出一位貌若天仙的美少女，为此感到非常荣幸。”

“……”迟蔚轻轻勾了下唇，“恭喜这位美少女，会用‘月黑风高’这个成语造句了。”

乔茵假装惊讶："'貌若天仙'不是成语吗？"

迟蔚："……"

乔茵见他被噎住，语气十分欢快："骗你的，上当了吧，我还不至于语文差到这个地步好吧！"

迟蔚垂眼，女孩子正侧过脸看他，仗着一腔热血就开始无法无天地撒野："话说回来，刚来N市那会儿，被你在校门口抓包的时候，我绝对想不到还有看你跟人打架的机会。你那时候可道貌岸然了，仿佛眼神都在说'打架的学生不配待在附中'。

"我当时想，你看着就文文弱弱的，才不懂热血少年的魅力，当偶像剧男主角也只能吸引到喜欢书呆子学霸的小姑娘。

"不过现在就完美啦！所有小姑娘都会喜欢你的！"

乔茵说完还自我肯定地点了点头。

心脏跳动的速率在不正常地攀升，迟蔚的眼睫毛被风吹得微颤，脑海里的诸多繁杂的公式打着转，却没有一种能运算出他此刻应该说出什么样的话，才能达到他最想要的那一种结果。

"所有小姑娘吗？"他说。

乔茵下意识地问了句："什么？"

不怪她不解，在乔茵的认知里，就从没把自己当成小姑娘过。

她微微歪了歪脑袋，瞳孔里倒映出迟蔚的身影，终于慢半拍地意识到什么的时候，胃里一阵翻江倒海。

"迟蔚，我……好像要晕倒了，你快快来扶我一把！"

这个世界上怎么会有这么丢人的事！

以往大家只喝果汁和牛奶，要多健康有多健康。

也就没想到，她连一点点酒精都碰不得。

迟蔚扶着她站好就松开了手，乔茵刚要说能不能再多扶她一会儿，就见迟蔚在自己面前半蹲了下来。

乔茵眨了眨眼，大脑不听使唤，脱口而出："啊，你要给我当坐骑吗？"

"……"

迟蔚的眼神，好像下一秒就要送她入土。

"我没那个意思！"乔茵缩了下脖子，"我口误，迟蔚，你是不是要背我？我很轻的，才九十斤，就和一片羽毛差不多，你背不了吃亏，背不了上当。"

迟蔚阖了阖眼，语气忍耐："知道了，不用再推销了。"

话音落下的第二秒，少女柔软的、带着点儿虚渺的茉莉花香味的身体，就真的像羽毛一样，轻飘飘地贴到了他的背上。

不过当事人却感觉不到什么茉莉花香。

少年的背硬邦邦的，肩胛骨上只有薄薄的一层肌肉，乔茵折腾半天才找到一个舒适的位置，作威作福地环住他的脖子："还没问，你今晚怎么也在这儿啊？"

少女的呼吸太近，甚至要从领口缝隙钻进身体里。

迟蔚的脊背瞬间绷直，嗓音低了几分："学生会过来聚餐。"

他背上的这个罪魁祸首却一无所知，双手搂得更紧了："哦，那你们吃的什么啊？我吃的火锅，超级好吃，肥牛卷天下第一！"

迟蔚："……"是，好吃到全程都没注意到他也在。

出租车停靠点离这儿不远，走过去的路上，乔茵絮絮叨叨地一直话语不断。

"迟蔚。"

"迟蔚……"

"迟蔚！"

从深情到深沉，变换着语气叫他的名字，跟表演话剧似的，念得迟蔚一颗心跌宕起伏，好半天才慢慢沉寂，恢复正常心律。

"迟蔚，你真是个好坐骑，不是，好人。"

"……"

乔茵的视线已经开始变得模糊了，天边的月亮一分为三，在她眼前晃了晃。她松开一只手，企图在迟蔚的背上够月亮，却怎么都抓不到。

她幽幽地叹了口气："唉，可惜就是个子矮了点儿，可能这就叫人无完人吧！"

迟蔚小管家冷漠地纠正她："我一米八五。"

"噢。"乔茵指教他，"可是你应该有十八点五米。"

迟蔚："……"

乔茵理所当然道："这样我才能够到月亮！"

寒假刚摘下物理竞赛金牌的迟学霸耐心地为她科普："地球到月球的距离是三十八点四万千米。"

乔茵用她混沌的脑袋想象了一下三十八点四万千米是什么概念，然后拍了拍迟蔚的肩膀，语重心长道："那你，再努力努力？"

迟蔚没回话，乔茵却好像隐约听见他低声叹了口气，拿她没办法的样子。

听得她耳朵痒痒的，忍不住伸手挠了挠。

迟蔚步子迈得不疾不徐，乔茵眼前月亮摇晃，路灯摇晃，影子也摇晃。

她那颗迟钝了一百年的小心脏，仿佛被人拆下了陈旧的齿轮，换上了崭新的零件，毫不滞涩地飞速运转着，一帧一帧回放着今晚的画面。

被人保护时，除了不习惯，原来还有一点儿开心。

听柯远说迟蔚过去的事儿时，也开心。

现在被迟蔚背着，在他背上侃天侃地胡言乱语，还是很开心。

心脏内嵌 CPU（中央处理器）快要工作到超负荷，最终噼里啪啦蹦出一个结果——

她……不会真的对迟蔚图谋不轨吧……

图谋不轨。

《成语大词典》解释为暗中谋划越出常规、法度的事。

一大早睁开眼睛躺在床上，乔茵直勾勾地盯着吊灯，脑海里闪过的第一个念头是，对迟蔚图谋不轨，跟自寻短见有什么区别。

太阳穴一跳一跳地隐隐作痛，她干脆从床上爬了起来，余光一瞥，床头放了一个保温杯。

不是她的。

最近天气越来越热，她都是背着赵姨偷偷喝冰水的，再不济也是晾凉的白开水，从来没有这种养生的习惯。

乔茵顿了一下，端起杯子，才发现杯壁上还粘着张便利贴，上面言简意赅地写了八个字加三个标点符号：蜂蜜水，温的，醒了喝。

迟蔚人冷，字也带着点儿清冷的味道，横、竖、撇、捺都锋芒毕露，看上去却赏心悦目，随便拿出去都能印个字帖。

她昨晚回家后就倒头睡得不省人事，也就不清楚他是什么时候过来的，有没有看见什么不该看的……比如她蜷成虾仁一样不太美观的睡姿。

看在这杯蜂蜜水的分儿上，她可以考虑暂时不把迟蔚“灭口”。

乔茵咕咚几口喝完，整个人活过来半条命，看了眼时间——还没到七点。

大概是昨晚聚餐没玩过瘾，“美少女的直播间”群里的聊天记录持续到凌晨两点，桂圆还激情创作了好几个新作品，传到了群里。乔茵好奇地随手点开一个，结果看见第一行字就蒙了一下。

“校庆晚会结束后，乔茵没有第一时间离开，而是选择留在后台。她在等一个人。”

乔茵：“？”

她不是第一时间就和她们一起奔向火锅店了吗，哪儿留在后台了，等谁啊？

她目光呆滞地继续往下看——

“外面的舞台上喧闹声不断，此刻的后台却阒寂无人。乔茵在心里默数完十个数，身后终于传来了一阵脚步声。

“她笑颜灿烂地转过身，正对上少年温柔的面孔。”

这个“温柔的面孔”，不会指的是……迟蔚吧？

“迟蔚伸手揉了揉乔茵的脑袋，唇边笑意清浅，声音更加温柔：‘今

晚表演得很好。'

"被夸奖的少女伸手将面前的人按在了墙上，霸道地抬起头，索要她的奖励……"

乔茵张了张嘴，感觉自己像是不认识汉字了一样。

她甚至不敢继续往下看那个所谓的"奖励"到底是什么东西，虽然她也能猜到个七八分。

因为她之前的放纵，从没管过这群小姑娘私下里代入她和迟蔚编故事，所以也就不知道，剧情原来已经发展到这种闻者害怕、听者惊恐的程度了。

如果是完全脱离实际、天马行空的内容也就算了，她完全可以当作是撞了名字，可这次竟然还是现实背景向的，她再没心没肺，也没法做到一点儿都不在意。

而且有一说一，桂圆还挺了解她的。

在一段关系中，她肯定是处于绝对强势地位的那一个。

然而脑海里刚浮现出桂圆文里的画面，乔茵就控制不住从脖子的位置腾地冒上来一股热气，一路如火如荼地烧到了脸颊。她深吸一口气，猛然又躺了下去。

……应该、也许、可能、大概，是还没睡醒吧，再补一觉，再补一觉就恢复正常了。

再次醒来，乔茵是被催命一样响个没完没了的电话铃声吵醒的。

来N市这么久，她接到的电话屈指可数，其中还有三个是推销和诈骗来电，这次八成也不是什么正经电话。

日上三竿，阳光已经相当刺眼，毫无章法地跳跃在眼皮上，乔茵一只手搭在脸上遮光，另一只手挣扎着摸到手机，在屏幕上胡乱戳了半天才点到接听键。

"……喂？"

"茵姐！"听筒那边传来欢快炸耳的少年嗓音，"天大的好消息啊，茵姐！”

“……”

就算是现在天塌下来了，我也想先揍你一顿。

乔茵花了整整半分钟，才反应过来对面到底是谁，声音里带着明显的起床气：“陈启光，我看你真是活腻了。”

大名陈启光的小光同学，完全没感觉到刀已经架在自己脆弱的脖子上，还在快快乐乐当报喜的小喜鹊：“茵姐！我们被《晴朗的乐队》看中啦！就是那个荔枝TV超红的乐队节目！！！

“节目组的人联系贝壳，问我们愿不愿意参加，说只要过了初选就可以上电视了！”

乔茵把手放了下来，眼睛缓缓睁开：“上电视？”

“对啊！我已经准备好通知我全家老小，包括二舅妈、三舅姥，到时候准时打开电视欣赏我的英姿了！嘿嘿！”

“……”乔茵嗤笑他没见过世面，“你没上过电视？”

小光品着她话里的意思，震惊且敬仰：“难道……茵姐上过吗？”

乔茵：“没有。”

小光：那你是什么意思呢？

“就是想嘲讽你一下，”乔大魔王说得理直气壮，“谁让你一大早把我吵醒了。”

看着快指向上午十一点的时针，小光委屈，但他不敢说，沉默两秒：“茵姐在N市的睡眠质量，还挺好的哈？”

乔茵没理会他尴尬的吹捧，好奇道：“那个节目是怎么发掘到我们乐队的？我这才离开几个月，你们就混得这么红了？”

“忘了说了！这还是茵姐你的功劳！”小光迅速恢复振奋的情绪，“你转去的那个学校是个全国重点中学嘛，昨天校庆还上了个小热搜。好像是节目组的人在热搜里看见你表演的节目了，对你印象深刻，后面就找到我们乐队的官方微博啦！”

小光：“话说回来，我也好久没看见茵姐打鼓的样子了，还是好帅。”

乔茵面无表情地从床上爬起来走进卫生间：“行了，不要硬吹了。”

“我这可都是肺腑之言！”小光一拍胸脯以证真心，“对了茵姐，节目说初选是在七月中旬，你那边应该也放暑假了吧，可以回A市啰？”

镜子里的少女表情出现了一瞬间的茫然，乔茵和“她”僵持了很久。

她倏然低下头，单手接了一捧冷水扑在脸上，浇了她一个透心凉，把她清早那些遐想一并冻成了冰碴儿，刺得她心脏短促地痛了一下。

电话那头的小光还在说：“贝壳和阿元还在那儿说你可能留在N市不回来了，怎么可能！我们茵姐，天涯浪子，无拘无束，绝对不会一直待在N市那种处处被人管的地方，迟早要回来……”

小光说得对。

她迟早要走的。

乔茵记不清，是从哪一天开始，又是因为谁，她的想法从一心离开，慢慢变成了这里也没什么不好，渐渐忘记了她要回A市的事。

因为几件意外，她人生中第一次交到了一些女生朋友，都是很可爱的小姑娘。

又因为那些意外，她认识了一个，最特别的人。

可她本来不属于这里，爱丽丝误闯入仙境，也有梦醒离开的一天，不留下任何牵绊。

至于一些……没有结果的事情，就趁早掐灭，别让它开始了。

“……知道了。”乔茵抹去脸上滴落的水珠，低声说，“会回去的。”

周末两天，乔茵都摆出一副闭关的架势，把自己锁在房间里。

《晴朗的乐队》那边要求先递交初选的表演曲目，“宇宙超气人天团”群里讨论来讨论去，一人一个想法，四个人连发起投票都投的是一比一比一比一的结果，可以说是没有丝毫默契，趁早准备退赛的节奏。

最后四人还是靠掷色子一决胜负，定下了一首去年年底发布的歌，线下活动时表演过一次，效果很好，唯一的问题就是写歌那会儿乔茵心情不太好，整个人怀揣着一种愤世嫉俗的气质，有的歌词可能还要再修改一下，连带着有些地方的旋律也要跟着动。

赵姨来送过几回饭，她都没顾得上吃几口，在桌前坐得屁股都麻了才起来活动两下，把餐盒放到门口。

于是看见碗里还剩小半碗饭的赵姨忧心忡忡了两天，又不敢去打扰小姑娘，一直到周日的晚上，实在没忍住念叨了一句："茵茵最近是不是身体不舒服啊？胃口都变小了。"

迟蔚也忙了两天刚回来，从赵姨手里接过保温桶："我去送吧。"

紧赶慢赶才在傍晚结束了工作，乔茵瘫倒在床扮了没多久的咸鱼，听见敲门声还不太想动，逃避地躺了几秒钟，少年微沉的嗓音就穿透门板传来："乔茵。"

这些日子被迟老师教学特训出来的肌肉记忆复苏，乔茵立马坐正，感觉下一句就是"这道题做不对不许睡觉"。

她慢吞吞过去打开了门，视线往下瞥见迟蔚拎着的东西，正要一气呵成说声"谢谢"然后接过关门，但她的第一个"谢"字刚说出口，手腕就被人抓紧。

"这么忙？"

乔茵闻言抬起头，对上灯下少年清俊的眉眼。

两天没见，严格说来甚至没到四十八小时，她怎么就好像有了一种恍如隔世的感觉。

心情像坐魔鬼过山车忽上忽下了几个来回，经历了紧张、激动和失重带来的窒息，最后尘埃落定，有一种不知道该怎么形容的，淡淡的怅然。

她打起精神，脸上挂着笑，语气夸张地说："迟管家，我们年轻人奔波事业，就是很忙的！"

迟蔚见过乔茵很多种笑容。

这一种他看一眼就知道是强颜欢笑，明明前天晚上趴在他背上的时候，还胡言乱语、开开心心地哼歌。

少年眉心打了个结，忍住了询问的冲动：“今晚赵姨做的是你喜欢的粉蒸肉和小馄饨。”

“知道了，我会好好吃完，替我谢谢赵姨。”乔茵顿了顿道，“对了，也谢谢那天……你的蜂蜜水。”

她想明白了。

要把一切恢复到最开始应该有的模样，她多克制一点儿的话，总有一天能成功。

——成功把迟蔚放回到一个普通的、因意外同住一个屋檐下的、远房亲戚的位置。

乔茵不知道自己算不算得上落荒而逃。

反正她话音落下，就趁迟蔚还因为她的过分客气而愣神的工夫，一把拿过保温桶窜回屋子里了。

两天没好好吃饭，她这顿晚餐没再浪费粮食，连馄饨汤都一扫而光。吃完饭，她最后检查了一遍修改完的歌，把文件传到群里。

扫了一眼列表，半个小时前“半日闲”的老板还给她发了消息。

老板：“周末怎么没来练鼓了？这两天来了好多你的小迷妹。”

老板：“哦，还有小迷弟。你说得对，是我欠你一个人情，真没想到你的宣传效果这么好。我还从你们学校的学生那里看了你表演的视频，牛啊，妹妹。”

乔茵的心情好了点儿，扯了扯唇角回复他：“有点事儿。给我的小粉丝们打折没有？”

老板很快回了消息：“当然打了，看在你的面子上都打了最低折扣，满意了吧！”

老板：“对了，今天还有一个特别特别帅的帅哥到店里，一来就问我那镇店之宝的鼓卖不卖，可能也是看了你的表演找来的。”

乔茵对这种话题意兴阑珊，随手打了句：“有多帅？”

老板：“是那种气质很干净清新的帅哥，就是人看着有点儿冷淡，而且他应该也是你们学校的，我记得前天我把鼓运回来的时候还看见过他，好像还是个学生干部？我看有老师一直在跟他说事。”

乔茵一怔。

她心里浮起一个不可思议的猜测，脉搏一瞬间飙升到一分钟一百五。

乔茵：“他有留姓名和联系方式吗？”

看着老板发来的那行和迟蔚的号码一模一样的数字，乔茵忽然有些不知所措。

她不至于迟钝到以为迟蔚去那儿是想自己学打鼓。

可这样，她就只剩下一种猜测了——迟蔚是为了她才想买那架鼓的。

老板：“怎么不回消息了？不会去跟人家battle（打架）了吧？冷静点儿，镇店之宝我谁都不会卖的！”

乔茵：“……没有。”

她要是敢去倒好了。

她现在分明都不敢多看一眼迟蔚，生怕多看一眼，“图谋不轨”四个字就从她的眼睛里跳出来了。

也生怕多看一眼，她就克制不住自己，抛开一切顾虑，要不管不顾地“强抢民男”。

尤其是现在，这个“民男”还做了一些奇奇怪怪的事，勾引她“犯罪”。

“五一”假期在即，这周只上三天课。

风平浪静得让人总觉得要发生点什么的状态，持续到了周三下午快放学。

乔茵不知被谁拉进了一个名叫“附中地下第一八卦组织”的神秘群。

起初还是一群顶着花里胡哨昵称的人在约着放假去哪儿玩，以及比较哪个班的假期作业比较丧心病狂，菜市场一样的混乱中，毫无防备，有人在群里扔下了一记重磅炸弹：

——兄弟姐妹们，大新闻啊！吴松被退学了！！！

——哪个吴松？是我知道的那个吴松吗？？？

——我们学校还有哪个吴松！真没想到啊……我是路过李主任办公室的时候听到的，他爸妈都来了，一开始还想求个情，但是李主任态度挺坚决的。不止吴松，他们那伙人要不被退学，要不被留校察看警告了。

——他们犯了什么事啊？啊，不对，应该说是他们做了那么多恶，哪一件闹得这么大？

——好像是校园霸凌之类的，周末他们还差点儿进了局子，有警察来通知学校的。

——要我说，吴松那帮人早就该被开除一万次。

——弱弱地举手，我们班的迟蔚这两天也一直被李主任叫过去问话。

——不会吧？？这件事和学神也有关系吗？

——应该就是了解情况吧，迟蔚不是学生会会长吗？说起来，我们班的沈语冰今天一大早也被李主任叫去了……

——不管那么多了，吴松被开除就是今天最大的好消息！为了庆祝这件大喜事，在群里抽五个人帮我写假期作业！

——人长得不咋的，想得倒挺美。我来发个红包，大家准备好抢啊！

…………

群里热热闹闹地开始普天同庆接龙发起了红包，乔茵放下手机，对上了桂圆满怀担忧望过来的视线。她强迫自己镇定下来，用口型对桂圆说了句“没事”。

这两天迟蔚之所以没顾得上管她，应该就是去处理吴松的事了。

上周五晚上发生的那件事，她也是当事人之一，甚至事情可以说是因她而起，但最后连沈语冰都没能逃过，却一点儿都没有波及她。

教导主任办公室门口。

贡献了关键性视频证据的柯远终于拿回了他的手机，上学的日子里难得有在迟蔚面前光明正大玩手机的机会，他非常嘚瑟。

“行啊迟学长，现在不仅会英雄救美，还学会在老师面前说谎了……”收获迟蔚眼刀一枚，柯远“啧”了一声，“好好好，是善意地美化了事实，把你家妹妹完美地从里面摘了出来。”

他现在脑海里还回荡着迟蔚冷静的声音：“受害者是个胆小柔弱的小姑娘，主任如果把她再叫过来，很可能会造成二次伤害。我和柯远当时都在现场，有什么事我们俩都可以回答。”

虽然他对乔茵没那么了解，但这个妹妹架子鼓敲得那么飒，还能风风火火搞乐队，横看竖看怎么都和“胆小柔弱”不沾边吧。

迟蔚语气淡淡地说道：“她本来也没有任何错。”

柯远被噎了一下，十分痛心地叹息着摇摇头：“我算是懂了，你就是‘干啥啥都行，护短还第一名’。”

护短的“短”本人，好不容易挨到了放学点，风驰电掣地冲到了高二年级所在的教学楼。

乔茵原本在这里算是个生面孔，但经历了校庆晚会上浓墨重彩的一“役”，陆陆续续有人认出了她，还有自来熟的男生，想上前跟她搭个讪。

她没顾得上搭理，一口气爬上六楼，实验班教室里还有不少人没走，但里面没有迟蔚的身影。

“你是高一的小学妹吧？来找人吗？”一个坐靠门边座位的女生问。

乔茵点头：“学姐，迟蔚学长走了吗？”

女生表情有些惊讶：“他被老师叫走了，但书包还在那儿，应该会回来的，你要不去他座位上等等？”

换作别人，可能不大好意思顶着这么多陌生的目光待在人家的教室里。可乔茵不是普通人，跟学姐道了谢后就镇定自若地走了过去。

迟蔚个子高，坐在最后一排。教室后面的黑板报是欢庆“五一”的主题，其中有一个版面的字迹很熟悉——她一眼就认出是迟蔚的字了。

冷峻的字体和欢快的内容格格不入，却看得乔茵焦躁了一路的心慢慢平静下来。

不知道过去了多久，教室里的人陆陆续续走光了，乔茵趴在迟蔚的桌子上，胳膊底下还垫着迟蔚的笔记本，上面写着一些明显不是高中生学习内容的物理公式，看得人眼皮直打架。

她是很担心迟蔚没错，但是他一直不回来，她也没有办法，又联系不到他，那闭目养神一会儿也无可厚非吧？

迟蔚推开门时，看见的就是这一幕。

“在门口堵着干啥呢兄弟？赶快拿了书包走人啊！饿晕我了，你今天必须请我……”柯远话还没说完，头一伸，瞄到教室里的人影，倏地噤声。

“……什么情况啊？”柯远小声地说，“妹妹怎么在这儿？”

迟蔚往里走了一步，给柯远让开了道，见乔茵似被他们的声响吵醒，不答反问：“你不是饿了？”

“嗯？”柯远愣了半晌，反应过来迟蔚这是让他赶紧走人的意思，震惊道，“卸磨杀驴也没你这么快的吧？”

“吃什么，我报销。”

柯远一秒变脸，从椅子后面取下书包，敬了个礼，然后飞快离去：“得嘞，那小的就先行告退了！”

乔茵脑袋有点儿疼，没睡多久，睁开眼睛的时候思维还迟钝得像个木偶。

视线蒙眬中，有个貌美少年居高临下地看着她：“我的座位很好睡？”

我的座位。

很好睡？

乔茵顿时清醒过来，电光石火间，嘴比大脑快一步：“也就一般好睡吧，比起我的还是差点儿。”

迟蔚眉梢扬起：“你特地过来，就是为了试试我的座位好不好睡？”

“当然不是！”乔茵讪讪地把座位归还给原主，“迟蔚，这几天你都在忙吴松的事吗？”

迟蔚“嗯”了一声，有条不紊地把东西收好，关了教室的灯，带着身旁这个一脸紧张的小姑娘往外走。

“已经结束了。”他说。

猜到乔茵想问什么，迟蔚径直道：“人越多，事情越不好处理，所以没有让你牵涉进来。”

原来如此。

乔茵挠了挠下巴，很是失落的样子：“我都准备好怎么跟李主任告状了！唉，可惜了我的八百字小论文。”

领教过她在人前出众的演技和优秀的业务能力，迟蔚微不可察地翘了一下唇角。

过了放学的高峰点，这会儿地铁上的人不是很多。乔茵走进车厢的时候刚好还剩一个空位，她也没跟迟蔚客气，直接坐了下去，朝男生伸出手。

迟蔚低头：“怎么了？”

“帮你拿包啊！”乔茵理所当然地说道，“我尊老爱幼嘛！”

迟蔚偏过头轻轻笑了一下：“那我也尊老爱幼的话，是不是不应该把包给你？”

乔茵没见过这么不识好歹还爱抬杠的人，难以置信地睁大了眼睛瞪他。迟蔚好似被她看怕了，最后还是屈服于她的淫威，乖乖地把书包交到她手里。

乔茵满意了。

这样跟迟蔚一起坐地铁回家的经历还挺稀罕的，半个多小时的车程说长不长，但足够她把这次的事儿打听得清清楚楚、明明白白。

开学那次偶遇乔茵和体育班的那群男生打架，迟蔚虽然公事公办地留了她的名字，但其实他对事情的真相心知肚明。

碍于桂圆这个关键证人没法出面做证，那条巷子又确实没安装监控，他最多只能做到把事情报告给李主任，而后以学生会的名义递交了重新加装监控的建议。

而这一次他作为当事人之一，还有了柯远提供的物证，事情已经恶劣到跟踪霸凌的程度，就远不止上次小惩大诫地开个处分那么简单了。

如果换个更娇弱点儿无还击之力的女孩子，如果他当时没有察觉到不对劲赶到现场，后果将不堪设想。

迟蔚虽然说得轻描淡写，但乔茵可以脑补出波澜起伏的事情经过。把这种盘踞校园已久的毒瘤拔除，肯定不是那么容易的事。

“迟蔚，你真是个好人。”她由衷感叹，“今晚我就去网上给你定制一面锦旗。”

迟蔚：“……”

他无可奈何地从乔茵腿上拎起包：“到站了。”

乔茵跟在他后面，还想说什么，就听迟蔚道：“问完了吗？”

她眨巴眨巴眼，以为小管家是回答烦了，于是见好就收：“……差不多了吧？”

不料迟蔚却道：“那换我问了。”

“乔茵。”没等她回应，迟蔚低声问，“为什么不开心？”

乔茵闻言一愣，嘴唇微抿，手心隐隐出了点儿汗。

从地铁口出来天还没完全黑，天色昏昏的，有一朵硕大的云遮住了夕阳，沉沉的光线没照见人的表情。

乔茵悄悄呼出口气，佯装不懂：“我哪有不开心？这不是好好的？”

迟蔚认真而专注地看着她：“从周日晚上到今天，你都不开心。”

“……”

时间线都列出来了，证据确凿，乔茵哑然。

讨厌和聪明人打交道就是因为连呼吸频率变了都能被对方发现，而迟蔚是聪明人中的聪明人。

可是，她该怎么说呢？

说因为我发现自己好像有那么一点儿喜欢你，但是我们俩没有结果，你还整天在我面前晃悠，让我茶饭不思、辗转反侧，连早晚刷牙的时候都在怀疑人生，这样我怎么开心得起来？

——那必然是不可能的。

乔茵沉默了三秒钟，脑海里滚过一串理由，最后在心底小声跟沈语冰说了声对不起：“因、因为……沈语冰啊！我又没有惹她，为什么她要向吴松他们出卖我？”

话说出口，她倒真有几分郁闷了，垂着脑袋：“我以为我还挺招女孩子喜欢的。”

虽然两人第一次见面是不太愉快，但她充其量就是帮唐心月讨回个场子，没有罪无可赦到让沈语冰恨不得找一帮人来揍她的地步吧。

“这个假期过后，沈语冰也会离开附中。”迟蔚说。

乔茵猛地抬头：“啊？？”

乔茵震惊。

“附中校规这么严格的吗？”她犹疑道，“虽然她是挺过分的，我也想过等哪天遇到她要和她算个账之类的，但是让她退学的处分是不是太严重了……”

女孩子脸上是正儿八经的担忧。

之前她与人起争执都是直来直往，从来没想过人心的阴暗面可以到什么程度。

迟蔚没有提别的，只道：“她是自己转学的。”

沈语冰的那条朋友圈，是在无意中听见吴松他们想去堵乔茵的时候发的，内容提到了自己要去某家火锅店，又含糊地说是和今晚演出获得最佳人气奖的表演人员一起去。

虽然删得很快，但还是有人截了图。

小女生之间的明争暗斗本来不算大事儿，可这件事引发的后果十分恶劣，原先沈语冰最多是留个处分，李主任叫来家长准备家校联合一起对她教导一番。结果不等家长过来，她就主动提出要转到隔壁音乐学院的高中部去了。

沈语冰从前在大家眼里是一个心地善良的单纯女孩，即便仅仅是一个处分，都可能会带来不少风言风语，让她难以在附中继续待下去。

沈语冰把转学想得简单，不知道处分会记入档案，无论她转学去哪里，都会永远跟着她。

乔茵了解了个大概，就没再追问。心情稍稍缓过来一些，她分出了点儿心神与面前人开玩笑："这样啊，我还以为你对女孩子会比较怜香惜玉？"

迟蔚说："不是我做的。"沈语冰最初被拉下水，是吴松他们为了减轻处罚，把人供了出来。

乔茵疑惑地侧过脑袋看他，迟蔚眼睑微垂，对上她的视线，声嗓清淡："但我也不怜香惜玉。"

即便没有吴松，他也会有别的办法，让企图伤害她的人付出应有的代价。

乔茵好像听懂了，又好像没听懂。

一种陌生又离奇的情绪如刚开盖的碳酸饮料一样，冒出一连串的泡泡，争先恐后地想要从她的嗓子眼里飞出来。

乔茵飞快地用手背贴了下脸颊，热得人一颤。

她借口自己饿了，加快步伐，绕过小花园直奔别墅大门。迟蔚不紧不慢地跟在她身后，与她保持两三步的距离。

大门打开时，她一句粉饰太平的"赵姨，今晚吃什么呀"还没说出口，就不期然看见了客厅里沙发正中央坐着的男人。

一身挺括的西装，戴着金丝边框眼镜，整个人的气质斯文又威严。

乔茵怔在门口，直到那人扭头跟她对视的一刹。

喉咙像被人骤然捏紧，她挤出的声音有些干涩，像一个世纪没说过这个陌生的字眼：

“……爸。”

第七乐章

世界末日前

上好的大红袍被热水浸泡，蜷缩的茶叶在杯中散开，热气袅袅娜娜地升腾到空中，氤湿了男人的眼镜。

乔逢安取下眼镜收好，视线淡淡地扫到乔茵脸上，她慢吞吞地在旁边的单人沙发上坐下。

乔逢安的近视度数本来就不深，眼镜更多是起个佩饰的作用，隔着镜片眼神还显得温和一些，现在这么直直地朝乔茵看过来，和 X 光似的，将人里里外外扫射了一遍。

乔茵一声不吭。

迟蔚被安排到楼上陪迟希玩玩具，客厅就剩乔茵、乔逢安和乔静安三个人在。

安静半晌，还是乔逢安先开了口："乔茵在这儿两个月，给你添了不少麻烦吧？"

话是对乔静安说的，乔茵却感觉自己命运的后脖颈都被人掐住了。

不过姑姑一向喜欢她，开口嗔怪道："你这是说的什么话？茵茵这么乖，家里谁不喜欢她？她在这儿待多久我都欢迎。"

乔逢安意味不明地笑了一下，也不知道是信了还是没信。

乔茵心里忽然就涌出了一丝抑制不住的烦躁。

三岁前的记忆她是不太有了，但父母分开那天的画面，却像刻成了光碟一样，时不时会在她的脑海里重映。

那么小的年纪根本难以理解“离婚”这么沉重的词究竟是什么概念，她一直懵懵懂懂的，直到妈妈要带她坐飞机离开A市去美国的那天。

那天早晨，乔茵记得，一家人难得在一起吃了一顿早餐。以往都是保姆阿姨给她喂了饭再送她去幼儿园，可是那天她坐在妈妈怀里吃着小馄饨，乔逢安还给她剥了一个水煮蛋。

小朋友被空前的幸福感笼罩，开开心心地给爸爸妈妈唱了首幼儿园老师教的新歌，餐桌上的人都被她逗笑了。

可真正开心的只有她一个。

早餐过后，乔逢安就开车送她和妈妈去了机场。

人来人往的机场大厅里，无数的分别场面正在实时上演。乔茵被妈妈拉着手，要过安检的时候，她终于意识到不对劲，磕磕绊绊地问：“爸爸呢？”

妈妈把她抱起来，耐心地说：“爸爸不跟我们一起走。”

小朋友本能地开始感到害怕，在妈妈怀里挣扎起来，回头看着乔逢安：“爸、爸爸……”

她惊慌失措地朝乔逢安张开手，想让眼前这个她最依赖的人抱一抱她，驱散一些她心中的不安。

乔逢安站在原地没有动。

他说：“听你妈妈的话。”

飞机像一只巨大的鸟，张开双翼飞越海岸线，带她到了另一个陌生的国度。

之后在美国的九年里，她没有一次主动提出要联系乔逢安，乔逢安亦然。甚至几年前，她再次被送回国时，来机场接她的还是乔逢安的助理。

二十多岁的年轻男生十分健谈，照顾到她刚回国，和乔逢安分别太久，一路上说书似的讲了许多乔逢安办的精彩大案。

男生语气里难掩对乔逢安的向往和崇拜之情：“小茵，你可能不清楚，乔老师是真的很厉害。”

乔茵那时望着车窗外和九年前截然不同的风光，扯了扯嘴角，在心里漠然地想。

是啊。

他是优秀的律师、可靠的合伙人、值得仰慕敬佩的前辈。

也是一个不爱女儿的父亲。

乔逢安一生追求完美，凡事都要做到最好。当一段婚姻影响到自己的事业时，他可以快刀斩乱麻地及时放弃；当发现女儿半点儿没有他读书时的优秀，是个顽劣的问题少女时，他也可以眼不见心不烦地把她丢开。

所以，他现在又凭什么对她不满？

他有什么资格对她不满？

…………

乔逢安抿了口茶，平静道：“我手上的工作大概七月就能结束，接下来一两年，律所那边会相对安稳一些。”

乔静安从他的话里听出了点儿什么，略一蹙眉道：“那……哥你的意思是？”

“乔茵一直住在你这里也不合适，她的学籍没转过来，还挂在A市那边，在N市算是借读。下学期让她回去继续在国际班上课，等两年以后出国也方便。”

乔静安：“这……”

乔静安话还没说完，乔茵便霍然站起身来，就这么一直盯着乔逢安。

他轻描淡写的每一句宣判，都像一道绳索强行牵引她往他规定的路上走，不能反抗，不能挣脱。

她是想回A市，但绝不是这样被动听从乔逢安居高临下的命令。

更何况她也根本不想再出国，不想被随便丢到一个无人问津的地方。

“你又想把我送去哪儿？”乔茵语气嘲讽。

乔逢安不紧不慢地看了她一眼：“你姑姑说你在N市进步很大，我看倒不见得，按你现在的成绩，两年后参加高考又能考得上什么学校？

“如果你自己省心，也不至于让我现在就要为你安排好后路，还是说你想跟你那群狐朋狗友一起找个上不得台面的学校再虚度四年光阴？”

乔茵的手紧紧攥成拳。

怎么会有人打着为你好的旗号，说出这么残忍、冷漠、没有一丝一毫人情味的话。

他不信她的努力，也压根不在乎她那一点儿对他而言无足轻重的进步的分数。如果不是因为摆脱不了的血缘关系，在他眼中，她估计就是一个不可回收的垃圾。

“是啊，我考的那点儿可怜的成绩对你乔逢安来说又算什么呢？”她声音冷淡，脸上没有任何情绪，说到最后甚至像在笑，“只不过你乔逢安的女儿这么烂，好像也没资格说别人是狐朋狗友。”

乔逢安将茶盏重重搁在茶几上，迸出的水花溅在桌面上。他面露薄怒：“你的教养就是让你对你爸说出这种话？！”

乔茵毫无退意，就这么直直地和他对视：“我没人教没人养，当然就是这样！”

“茵茵！”一旁的乔静安惊诧不已，又赶忙去拉乔逢安，“哥，你好不容易过来一趟，跟孩子好好说话……”

乔逢安冷声：“你看她眼里还有我这个爸爸吗？”

“一年见不了两次，回家就是骂我的爸爸，我确实没怎么见过。”

“乔茵！”

乔茵在乔逢安面前就从来没有软下来的时候，她爸自诩文化人，并不会对她动手，每次的结局都是把家里闹得鸡飞狗跳以后摔门而去。

但战火纷飞的激烈程度还是把外人吓了一跳。

乔静安一直护在她面前，显然怕乔逢安冲动之下做出什么不可挽回的事。楼梯上“噔噔噔”跑下来一个小豆丁，迟希一把跑过来抱住乔逢安的大腿，害怕地闭上眼睛，紧张地说：“舅舅别生气，不可以使用家庭暴力！”

这是刚刚他下来之前，小叔叔教他说的话。

乔逢安闻言果然冷静下来，仓促地摸了两下迟希的脑袋，从沙发上拿起公文包，对乔静安说：“我晚上还有个酒局，先走了。”

说完，他转过头，看着乔茵：“……你在姑姑家好好待着，剩下的事等你这学期期末考完再说。”

乔茵别过脸，甚至没有目送他离开。

大概到底顾忌着不是自己家，这次乔逢安没再摔门。乔茵觉得十分讽刺，就是因为他的心血来潮，想要施舍给她一点儿关注，她原本逐渐步上正轨的生活又被搅得天翻地覆。

荒诞得像一场闹剧。

折腾了这么一通，乔茵吃晚饭的胃口是彻底没有了。乔静安也顾及她心情不好，让她一个人先回房间好好休息。

脑海里乱糟糟地塞满了无数光怪陆离的东西，乔茵睡也睡不着，在桌子上趴了很久。

久到她觉得自己都快要超脱物外变成一块化石的时候，外面突然传来“笃笃”的叩窗声。乔茵起初以为是自己精神错乱产生的幻觉，结果安静地等了两秒，叩窗声不仅没消失，声响还更大了一些，锲而不舍地想要吸引她的注意力。

……这可是三楼，谁能跑这儿来敲窗户啊？

一时间各种都市鬼怪传说浮上乔茵的心头。

可现在房子里灯火通明的，哪儿来胆子这么大的鬼，还没到午夜时分就出来活动，也不怕撞见个人。

乔茵迟疑地走到窗前，定睛一看，来扰民的原来是一架“身负重担”的小小遥控飞机。

她觉得还挺新奇，拉开窗户，给小飞机让出了通行的道路。

刚进到室内，小飞机就缓缓地落到了地上，乔茵把机身绑着的小包裹取下来，一层一层揭开盒子。

第一层是两个黄桃蛋挞，第二层是一排小巧的草莓奶油糯米糍，最下面那一层还有一对烤鸡翅，刚烤好没多久，还滋滋地冒着热油，上面刷了一层蜜汁酱，光看色泽就很诱人。

不久前还没有胃口的乔茵诚实地咽了一下口水。

有一部分精力又流淌回了身体里，她闭着眼想都知道这是哪位“田螺姑娘”。

她之前还挺庆幸今晚迟蔚没有当面见到她狼狈又歇斯底里的一面。

但仔细想想，他那么聪明，察言观色的水平一流，又怎么会不知道发生了什么。

乔茵慢吞吞地掏出手机，给迟蔚发了条消息：“你偷偷用迟希的小飞机做这种暗度陈仓的事儿，他知道了要哭给你看。”

对方回得很快：“我以为我是光明正大。”乔茵愣了一下，不可思议地再次走到窗边，这次仔仔细细地低头往下一看，梧桐树旁边靠着一道颀长的身影，亮堂堂的灯光照在迟蔚的脸上，少年漂亮的眼睛里倒映着璀璨的光。

大概是天气炎热起来了，连迟蔚的表情都变得柔和、温暖了许多。

到他腰那么高的小朋友踮着脚想够他手里的遥控手柄：“小叔叔，该轮到我了吧！我也要用飞机给茵茵姐姐传送物资！”

气氛就非常……幼稚。

胸腔里那块硌得她生疼的石头，忽然之间就被人小心翼翼地，用柔软的布料包裹了起来。

她朝下面招了招手：“不用送了，我下来找你们。”

等她把食盒收拾好，另一只手拿着飞机冲到楼下，才后知后觉到自己的行为，好像也有一点儿幼稚。

直接白费迟蔚一番功夫。

还是怪天气太热，让她这么机智灵光的大脑都不运转了。

院子里支了张圆桌，乔茵把盒子放在上面。迟希小朋友刚用魔方换回了他的遥控手柄和小飞机，快乐地满院子乱跑，迟管家又一向不爱吃这些小零食，所以乔茵一个人吃得开开心心。

没有人提起之前发生的事，像是从来没有发生过。

好像这只是一个普通的、平静的假期夜晚。

这个季节都有活泼的知了提前开始工作了，躲在郁郁葱葱的绿植中，啁啾声此起彼伏。

乔茵瞥了一眼迟蔚手里眨眼间就被复原的魔方，惊奇地问："你怎么什么都会？"

迟蔚放下魔方，说："我不是什么都会。"

"我说迟同学，你这么说可就欠揍了。"乔茵代表正义教育他，"过分谦虚就是骄傲，你都这样说，附中其他学生还要不要活了？"

少年半垂着眼，语气里好像真的有解不开的烦恼："我也有很多不知道的事。"

迟希追着飞机跑出了门，乔茵朝外望了一眼，确认他没跑远，转过头来，漫不经心地回了一句："嗯？"

她安慰道："没关系啊，你还年轻嘛，现在还是迟同学。等你以后成了迟大佬，肯定就会了。"

迟蔚近似自语地低喃："可我现在就想知道。"

乔茵咽下最后一口糯米糍，为难极了。"那怎么办？我帮你上网查一下？"她天马行空地想，"到底是什么问题把我们管家大人难成这个样子？黑洞的尽头是什么？宇宙的终点在哪里？"

"乔茵。"

"啊？"

迟蔚问："你想走吗？"

“走去哪儿……”乔茵问到一半，她张着嘴，像被人按了中止键。

初夏的风裹挟着一些清淡的花香迎面而来，散落在空气里，和谐得仿佛一首夜的序曲。

她的心脏却不得安宁。

和迟蔚对视到第四秒的时候，乔茵若无其事地转开了视线，绝口不提乔逢安的事，语气轻松地说：“我不是一直想走吗？之前为了让你赶我走，还故意惹你生气那么多回，都忘了？”

说完，她从小石凳上站起来，搓了搓胳膊：“外面蚊子好像有点儿多，我先回去……”

话音未落，乔茵听见迟蔚又问：“你现在还是只想走吗？”

她被这么一句话硬生生钉在原地。

乔茵想，她真的好讨厌夏天啊！高温不仅炙烤得人心情烦躁得不像自己，还可以融化她一切的伪装，让所有潜藏的心事都无处遁形。

不想说谎。

不想再多骗他一句，也不想骗自己。

“我——”她咬了一下嘴唇，告诫自己一般，“——在哪里都可以。”

迟蔚看着她道：“乔茵，你愿意相信我吗？”

——相信我和他们都不一样，可以成为永远坚定选择你、不会放弃你的那个人。

他的话只说了一半，乔茵却听懂了。

迟蔚也确信她能听懂。

蝉鸣声不知何时停了下来。

迟希的小飞机嗡嗡叫着从头顶的树梢上掠过，撞落了几片叶子，飘到乔茵的头发里。她揉了一把刘海，再抬起头时，脸上露出一个松软的笑，说出的话却很沉地压在了迟蔚的心上：“我当然相信你啊！”

“只是。”

她声音很轻地说：“我最初也很相信他们。”

晚上十点半的时候，乔茵洗完澡出来吹干头发，坐在桌前，握紧手机，犹豫了几分钟，给一个人拨去了视频通话。

等了一会儿。

正在接通中的嘀嘀声，像某种催命符，又像命运到来的跫音。

终于，视频电话接通了，画面里出现一张和乔茵有六七分相似的脸。女人气质温婉、优雅，长相美丽到模糊年纪，嗓音也很温柔，先是下意识用英语说了句话，然后才有些生涩地切换回中文："抱歉，小茵，刚刚我没听见铃声。"

乔茵轻声说："没关系的，妈妈。"

美国那边应该是早上八点多，樊妍已经穿戴整齐，乔茵的目光落在她那件白 T 恤印着的卡通公主图案上面，微微有些出神。

樊妍关切地问："是不是放假了？最近上学累吗？我记得 A 市这段时间应该挺多雨的，和朋友出去玩要记得带伞……"

"妈妈，"乔茵打断她，"我现在在姑姑家，这学期搬过来的。"

对面的女人愣了一下，想问什么，最后又把话咽了下去："我们小茵长大了，也懂事了，在姑姑家要听话。如果零花钱不够了，就跟妈妈说。"

乔茵抿了抿唇，想说：我不缺钱，我只是很想你，又不知道用什么理由才能打给你。

"妈妈……"

话刚说出口，视频那头隐隐传来小女孩儿的催促声，奶声奶气地叫："Mama，hurry up！（妈妈，快点儿！）"

镜头里出现了一只白白胖胖的小爪子，小女孩儿刚要凑过来看看，就被一个男人从身后拎起来，跟她说妈妈还有事要忙，让她别打扰妈妈。

小女孩儿张牙舞爪地嗷嗷叫，奶凶的声音里带着任性，却可爱得让人发笑。

樊妍无奈又宠溺地摸了摸她的小脑袋，哄了两句，哄得小女孩哼哼唧唧安分下来，才回过头来问："怎么了小茵？"

她眉宇间过分的亲昵和纵容还没退去，乔茵看得愣愣的，眼眶不自觉发热。

“……没事。”乔茵掩饰地说。

“你和叔叔带妹妹出去玩吧，玩得开心，帮我跟他们问好。我这儿还有好多假期作业，先挂了啊！”

通话结束。

总计两分二十八秒。

上一次她和樊妍的聊天记录还是春节的时候，樊妍给她发了一个很大的红包当压岁钱。

乔茵说：“妈妈新年快乐。”

生疏至此。

那个红包她没有领，到时间自动退回了，樊妍也没有发觉。自从乐队在外面接演出赚钱以后，她就再也没花过乔逢安和樊妍给她的钱。

乔茵的印象里，樊妍在她面前永远是那个优雅的大提琴手和钢琴手，穿华丽的长礼服，绾着发髻，行走在阳春白雪的顶级演奏大厅里。

原来她也是会改变的。

会对顽皮的小女儿没辙，会因为小女儿的要求穿上从来不会穿的衣服，会抽出时间专门陪小女儿去玩。

乔茵想，原来无论她是懂事，还是不懂事，都没有用。

有的人什么都不做，也会有人爱她。

她恍惚地回忆起，樊妍告诉她决定再婚的那一天，跟她说，以后叔叔也会对她很好，就算将来家里有了新的孩子，妈妈也永远会爱她。

樊妍没有说谎，只是十来岁的年纪是最敏感的时候，乔茵能感觉到自己和这个家的格格不入，能感觉到继父看向她时，经常欲言又止。

在樊妍怀孕之后，这股被排斥在外的感觉更深了。

所以她选择了回国。

至少有一刻，她是希望樊妍能够挽留她的，就像三岁那年在A市机场，她希望乔逢安能抱她一下。

可樊妍也没有。

她的人生中，被重重地抛下过两次。

又何止是两次。

屏幕熄灭，乔茵看着上面自己的脸，伸出两根手指，把唇角往上提，扯出了一个丑到比哭还难看的笑脸，像在做鬼脸一样。她慢慢松开了手。

她在这个世界上最亲的两个人都这样，她要怎么相信，还会有一个人将她放在最高优先级，放在一切事物之前。

乔茵重新点进微信，点开迟蔚的名片，把备注改成了“妄想”。

不要有妄想。

“五一”假期的第二天，“美少女的直播间”群里，大家吵着要一块儿出去玩。

第一站是看电影，地点就定在学校附近的影城。电影是其他几个人挑的，乔茵本来兴致勃勃地给她们安利了某部系列动作大片最近刚出的第六部，结果惨遭全票否决。

唐心月：“请这位乔同学抬头看群名，美少女怎么能去看那种血腥暴力的片子！”

桂圆：“茵茵，不是我们不想看，是没看过前面的几部，应该看不懂这一部。有部青春片口碑也很好的！”

青春片属实不是乔茵的涉猎范畴了，不过很显然，她的意见没有那么重要。

乔茵觉得自己被开发出了一样新的身份，名叫电影陪看员。

不过这部电影比起其他苦大仇深的青春片来说，总体的基调还挺积极向上的。男女主演是一对活泼可爱的欢喜冤家，嘴上针锋相对、互不相让，实际生活中却互相扶持、鼓励，度过了鸡飞狗跳、忙碌又热闹的高三生活，结局是两个人考上了同一所大学。

从电影院出来，唐心月小声地吐槽说：“虽然这部电影很好看，但感觉像是高三宣传片一样，可我又没有这么帅的同桌！”

詹静默默拆台："如果有这么帅的同桌，你还有心思学习？"

唐心月："……不要人身攻击好吗？虽然你说得对，哼！"

电影的结局是完完全全的喜剧，但并不是毫无遗憾的。在一片笑声中，桂圆看得眼泪汪汪："男配好惨啊，明明他才是认识女主角时间最久的人，曾经和女主角关系那么好，两个人就差捅破窗户纸了，就差那么一点点啊！"

电影里的男配是女主角的邻居，两个人青梅竹马，感情自然很好。但男配自小和母亲相依为命，身上背负了太多压力，在十几岁的年纪不敢轻易将感情宣之于口，无法给予女主角需要的安全感。

两个人最终渐行渐远。

电影的最后一幕，是男配坐在曾经一起和女主角看星星的天台上，静静地望着男女主角离去的背影。活泼的少年把手肘架在少女的肩上，被少女故作嫌弃地伸手拍开，两人之间亲密无间的氛围，谁也插不进去。

男配抬起头，原来那天晚上他们一起看过的星星，再也没有亮过。

以唐心月为代表的男主党和以桂圆为代表的男配党吹起了号角，"战争"一触即发。

桂圆过来拉拢援军："茵茵，你不觉得男配很遗憾吗？"

不知想到了什么，乔茵晃了一下神。

"虽然遗憾，"她顿了一下，"但可能他并不后悔自己的选择。"

或者，那已经是他当下，能做出的，最好的选择了。

一整天的行程在晚上七点半结束。

从晚饭的用餐地点——比萨店走到公交站台，要经过附中。

节假日，平时熙熙攘攘的校园此刻静谧无声，像一只沉睡的巨兽。

教学楼顶的LED灯牌"N大附属中学"的"附属"两个字不知道什么时候被风吹得只剩下一半偏旁部首。

"咱们学校也好久没重新装修了。等我以后年薪千万了，先把这灯牌重新装一下，然后随随便便捐个图书馆什么的，就起名叫'心月图书馆’，到时候李主任见到我都要客客气气的。”

“不知道李主任有生之年能不能等到这一天。”

“那先祝他身体健康、老当益壮，晚点儿退休吧！”

…………

一群小姑娘叽叽喳喳地从校园外的一排铁栅栏边上走过，快到校门口时，又都不约而同地压低了音量。

这个季节，如火如荼的鸢尾花一路生机勃勃地开到了校门旁边的宣传橱窗。

桂圆突然拉了拉乔茵的衣角：“茵茵，你亲戚！”

少女声嗓欢快，其他人也纷纷望了过去。

“乔茵，有一说一，你亲戚在我们学校摄影师那种死亡拍摄技术之下，都能拍出这么好看的照片，真的不简单。”

“我今天看电影的时候就想说来着，我感觉电影男主角还没有茵茵的亲戚帅！”

“可能因为茵茵这个亲戚是真正的学神，身上的天才气质比较正宗，而且很浓厚。”

乔茵：“……”什么叫搬起石头砸自己的脚。她马上要对“亲戚”这个词患 PTSD（创伤后应激障碍）了。

她上一次还是开学的时候来看过这个橱窗，当时就很震惊有人可以独霸半壁江山，没想到半个学期过去，他在上面占的版面竟然不减反增了。

最后一个橱窗上面有四个人。

分别是上学期各项考试综合下来，高二年级的文理科第一、高一的年级第一和两个最佳进步奖。

迟蔚和高一最佳进步奖的那个男生，在一条对角线上。

乔茵看了好半天，忽然问：“这个最佳进步奖，是怎么算的？”

“嗯？”詹静想了一下，说，“我记得好像是看一学期的几次月考、期中考、期末考的排名变化和分数，涨幅占的比例要高一点儿，最后加权第一可以上这个榜。”

“这个男生入学的时候是年级八百多名，上学期期末考考进了年级前两百名。”

乔茵垂了垂眼。附中一个年级一千五百人，作为全国重点，生源一向是全市最好的那一批学生，她上次考试虽然考出了自己满意的水平，但在整个年级，也不过勉强排进一千名以内。

想要登上这个橱窗，之后的考试最少最少，她也要挤进前三百名。

可是，这也许是她离开之前，最后能和迟蔚“同框”的机会了。

她想做到。

乔茵在心里，小声地跟自己打着商量。

如果她连这么艰巨、这么不可能的任务都完成了，那迟蔚能不能原谅她的不坦诚和退缩。

就让她当一回胆小鬼，行吗？

放假的这三天，迟蔚比正常上学的日子还要忙碌。

柯远、宋成飞还有几个班上经常一起打球的男生想约他都联系不上人，直到三号晚上才千呼万唤、望穿秋水把人叫出来吃饭。

新开的烧烤店里，趁其他人一窝蜂跑去抢食材，柯远故作哀怨道：“要不是知道你是什么人，我还以为你现在心里只有咱妹妹，已经不屑跟我们这群铁血硬汉出来玩了。”

迟蔚唇角压着，整个人看上去就是大写的移动制冷机：“你待会儿别吃了。”

柯远：“？”

迟蔚：“铁血硬汉应该可以抵抗得住烤肉的诱惑。”

“柯远撤回了两条消息。”柯远字正腔圆地播报。

他其实多多少少能看出来迟蔚的心情不怎么好。

城门失火，殃及池鱼，他就是第一条被火烧着的鱼。他这兄弟十分有主意，他有心提供一些小窍门，但很明显人家不需要。

“想开点儿，”柯远叹气，拍拍迟蔚的肩，“反正有心事想倾诉，兄弟的肩膀永远借给你……一小时五百。”

迟蔚冷淡：“我是个高中生。”

柯远：“？”

“你这敲诈我的架势，我以为自己问鼎福布斯了。”

行。

柯远看出来了，这语气透露出来的问题还不是一般的大。

不过……哪有迟蔚这么有钱的高中生！

柯远记得，他们中考那年，各大线上教辅网课平台正蓬勃发展，其中有一个学习网站看中了迟蔚中考状元的身份，想签他作为代言人打广告，结果被迟蔚拒绝了。

但迟蔚和这个网站谈了别的合作，负责一个支线板块的网课运营，并且有自信也有魄力地签了技术入股，以分红形式支付薪水，合同期有三年，一直到迟蔚高中毕业。

等高考成绩出来，迟蔚还可能有更多的选择，得到更丰厚的条件。

但就目前为止，迟蔚的收入每个月也是六位数起步。别说高中生了，柯远都不知道自己上完大学工作多久才能有这个收入。

大家的基本组成单位都是细胞，但为什么人和人之间的差距就这么大呢？

这三天，迟蔚就是在忙新一期课程的策划和筹备。

他把日程排得很紧，想把每一块时间都占满，以免分心去想别的事情。

只是外人看来再顺风顺水的人生，也并不是那么平坦无虞，他也难免有觉得无力的时刻。

以前是无力阻挡生老病死，眼睁睁看着爷爷离开人世。

现在的境遇不是与天意和自然法则抗争，但也丝毫不轻松。

乔茵不需要他的保护，她是一个内心很强大的小姑娘，因此，所有人都觉得她随心所欲、最为自由。

只有迟蔚知道，她心中的顾虑比谁都要多。

而他不想再看见她即便眼圈红了，也只是揉一揉自己的脸，笑得一脸无所谓的样子。也不知道要怎么做，才能让她感觉到多一点儿的安全感。

“你的好友，某位不愿透露姓名的情感大师，向你提出一个建议。”

当晚回去后，迟蔚收到了柯远的信息。

“如果是感情出现问题的话，其实说什么话都没有一直陪在对方身边有用。她们女生都挺喜欢的那句心灵鸡汤是怎么说的来着，‘陪伴是最长情的告白’？”

“看在我们的交情上，这次的咨询不收费了，有用请扣1。”

迟蔚手指微动，唇角轻扯，给他发了个红包。

天降横财的柯姓情感大师，当即购入最新款游戏史诗皮肤，然后用剩下的钱，投桃报李，买了一本价值九块九的《追爱秘籍：你必须知道的99个恋爱小窍门》。

乔茵觉得她和迟蔚之间，陷入了一种心照不宣的微妙状态。

“普陀山风景区导览”更新换代到第二册，她每天晚上不需要小管家催促就自觉地钻进书房做题。

高一学习的都还是必修的基础课程，虽然知识体量大，但是难度其实并不高。

乔茵再不想承认，也还是要感谢从乔逢安那里遗传到的优良基因，让她在学习这件事上能比别人稍稍领先一个起跑线。

但也只是一点点的距离。

最开始她想靠自己努力自学成才，然后在接下来的期中考试中华丽蜕变、惊艳众人，但一套数学卷子做下来，她还是在倒数第二道大题那里就卡了壳。

一道等比数列求和题，她把式子变换了三种形式，还是没有看出解题思路。在自己硬扛到天荒地老，还是请求场外援助之间，乔茵痛苦地纠结了长达五秒钟，最后缴械投降了。

“迟老师，”她把抄了题目的草稿纸尽力往迟蔚那边推了推，“指点一下？”

迟老师微微抬头，把纸拿过去：“原来我没有隐身。”

两个人目光有一瞬间的交会，乔茵稍稍有点儿不自在。她刚想把草稿纸往回撤，就听见迟蔚问：

“求和题？”

“啊？”乔茵愣了一下，“……啊！”

三个字被少年念出了一语双关的味道，乔茵耳垂发烫，眼睛眨了眨，长长的卷翘睫毛垂下来：“……嗯。”

普通试卷的题目，就算难度再大，对迟蔚来说，也都是扫一眼就能开始写解答过程的范围。没等两分钟，草稿纸就重新被人推回来了。

乔茵没有直接把答案抄到卷子上，迟蔚把解题过程的式子列得非常详细，她一点点啃进去，消化完以后，再把草稿纸翻个面，用自己的方式开始写答案。

写完后，乔茵如释重负地松了口气。抬起头时，才发现，她刚刚因为做不出题目很烦躁，在草稿纸角落里随手涂鸦的一只兔子，旁边被人画上了另一只兔子。两只兔子头碰着头，靠在一起。

只不过她的兔子珠圆玉润，这个兔子却有棱有角，看着像一只机器兔。

迟蔚已经又低下头看书了。

乔茵皱了皱鼻子，努力忍住想要疯狂上扬的唇角，最后还是趴在桌子上，半张脸埋在胳膊里，掩藏好表情，悄咪咪地开心了半分钟。

唉。

不能怪她。

她在很努力地管好自己了，是迟蔚先来招惹她的！

真的不能怪她！

五月上旬，附中期中考试到来。

乔茵这次的考场在四楼，总算是逃脱了光明顶，但也就意味着，她和迟蔚不再在相邻的考场。

清晨六七点钟的阳光已经带着一些灼人的温度，光束溅在落地窗上，在室内烙出大片阴影。乔茵边吃早饭边紧张地背着化学方程式，喝粥喝得差点儿被呛到。

“欸，”赵姨在旁边提心吊胆，“茵茵慢着点儿，别被烫到了。”

迟蔚很快吃完饭，从乔茵旁边经过的时候，轻轻拍了拍她的发顶。

乔茵吓了一跳，猛然抬头，像只受惊奓毛的小布偶猫，偏棕色的眼睛睁得圆圆的：“你怎么一大早就打我？”

“不要沾学霸灵气了？”少年清淡的双眼看着她，说：“这样沾得更快一点儿。”

乔茵觉得时间真是一个可以化腐朽为神奇的东西，上次月考，她想这样沾一下，还要费尽心机。

“迟蔚，你是不是看出我的潜力了？”她久违得主动提起了小目标的事儿，“觉得我还是很有希望实现小目标，早日赶超你的？”

“……”

迟蔚不理她的白日做梦：“期中考学校出的卷子会比月考简单一点儿，但是题目会埋很多陷阱，所以你审题别太粗心了。”

“知道了，我现在可太细心了。”

你眉毛皱了零点八度，我都能发现的那种。

豪言壮语轰轰烈烈地放出去，等一考完试，乔茵的自信又迅速缩水了。

卷子和迟蔚说的一样，难题少，但是陷阱题多，她做题的时候也拿出了十二万分的认真，但因为有了真正的目标，压力就开始无限膨胀。

她意志再坚定，如果刚开始努力就惨遭滑铁卢，也难免会受到打击。

乔茵第一次患上考后忧郁症，一闭上眼睛就开始回想有没有哪道题还没有检查到就交卷了。甚至因为害怕迟蔚那里又提前获得了第一手成绩资料，周日晚上特地躲着他没下去吃饭。

但真的见不到迟蔚，她还是很心慌意乱。

伸头一刀，缩头也是一刀。

她点开“妄想”的对话框，可怜巴巴地打了一行字。

我买几个橘子去：“成绩是不是已经下来了？如果我考进了年级前八百名的话，你就不要回复我；如果没考进，你就安慰我一下……”

乔茵是这样想的。

哪怕迟蔚没看见消息，她也可以先暂且自欺欺人地认为自己考进前八百名了。

如果真的考得没有那么好，反正迟蔚要安慰她，她也不亏。风险对冲，这样她就不至于那么难过了。

结果她万万没料到，对面的人像守株待兔一直等着她一样，这边消息刚发过去，屏幕上方就出现了“对方正在输入……”。

乔茵：“……”

完了。

就在她手一抖，想把迟蔚直接拉黑之前，对方的消息发了过来。

乔茵查中考成绩都没这么紧张过。

妄想：“我不会安慰人。”

“……”她的心一瞬间凉得像六月飞雪。

不等她多喘一口气，迟蔚的第二条消息就接踵而至：“所以你也不需要安慰。”

乔茵的神经还紧绷着，手指帕金森一样地抖了抖，戳到屏幕上，正点开迟蔚发来的她的成绩条。

九门功课里，除了政治和历史卡在及格线上，都考得比她想象中要好一些。

英语情理之中考过了140分，数学和物理也破天荒地上了优秀线。

年级排名第608。

高一年级的成绩表是迟蔚问学习部那边要来的，不巧，学习部的部长就是宋成飞。

宋成飞没有柯远那么八卦，但也只是略逊一筹，不像柯远狗胆包天，敢当着迟蔚的面口无遮拦地调侃，不过背后就不一定了。比如迟蔚过来找他的第二秒，他就飞快地把消息传给了柯远。

宋成飞不知道迟蔚来要高一的成绩是干什么的，柯远就再清楚不过了，不是为了关心一下乔妹妹的学习情况还能是什么，总不能是想在高一找个接班人吧。

刚知道乔茵这个人的存在时，柯远就小小地打探了一下她的情况，那时他以为能让迟蔚另眼相看的人，只有牛顿、霍金和爱因斯坦这种天才科学家，所以这妹妹肯定有过人之处。

他本着瞻仰学霸的目的去的，刚得知乔茵的真实成绩时还很疑惑，原来哪怕是迟蔚这种清心寡欲分子也抵不过。

不过后来渐渐熟悉了，柯远觉得比起漂亮的外貌，这位乔妹妹本身的性格才更加讨喜，而且刚好和迟蔚完全互补。

大概是没抱什么期待，所以看见乔茵能在附中这种卧虎藏龙的地方成绩攀升得这么快，柯远惊讶了好一会儿，没忍住给迟蔚发去贺电。

木可不可：“咱妹妹好厉害啊，这个进步幅度在全校都数得着吧？”

迟：“嗯。”

迟：“她当然厉害。”

柯远：“……”

从迟蔚这年级第一的嘴里说出这种话，怎么就让人觉得这么惊悚呢？

入夏之后，天气一天比一天热，六月刚至，气温就飙升过了三十五摄氏度。

烈日炙烤下，空气中每一分水汽都被蒸发殆尽。

好在月考的后两天下了大雨，暑气稍退，乔茵坐在考场后排靠窗的位置，最后一场考试的时候，雨恰好停了。

她推开窗，天边有一条小小的彩虹，搭在城市上空，被斜阳照出绮丽的光。

月考结束后，学校放了三天的高考假，老师们忙着监考，成绩拖到收假后第一天上课才出来。

乔茵这次月考考了年级第 425 名，和期中考一下子进步近四百名没法比，但她心里很清楚，越往上只会越难爬，如果不难也不能称之为挑战了。

所以她心态很平和。

期末考试是全市联考，定在 6 月 23 号到 25 号这三天，距离现在也只有半个多月的时间了，没空留给她纠结和犹豫。

乔逢安没有过问她的意见，直接给她买了 26 号回 A 市的机票。

6 月 26 号那天，也是她十六岁生日的前一天。

这晚放学的时候，几个小姑娘凑到乔茵边上，叽叽喳喳、七嘴八舌地问她有没有什么喜欢的东西，乔茵才意识到原来她的生日又要到了。

以前在 A 市的时候，她过生日都很简单，乔逢安常年失联中，哪会管这些小事儿，乔茵都是出去和朋友玩。

男生普遍没什么浪漫细胞，搞艺术的稍微好那么一点儿，但也仅限于问她想不想要他们半夜十二点，卡着点，在她家楼下给她来一首摇滚版《祝你生日快乐》。

“省省吧！”乔茵一脸的冷漠，“我不想大好的日子要去警察局捞你们，也不知道扰民要被拘留多久。”

小光：“那要不我们三个排一排，一起给茵姐磕个头吧？”

贝壳摸了摸下巴，觉得十分划算：“这样茵姐是不是还得一人给我们发个红包啊？”

阿元踹了他俩一脚："你们俩有没有出息啊？男儿膝下有黄金，怎么能随便下跪？"

小光："膝下有没有黄金我不知道，反正我兜里是真没钱了。前两天我刚抢了一双限量款球鞋，把钱都花完了。"

阿元忍辱负重、卧薪尝胆："哦，我也是，那就跪吧！茵姐红包包大一点儿啊！"

"……"乔茵，"我数三个数，立刻滚。"

相比之下，女孩子真是世界上最可爱的生物。

然而，乔茵注定是不能跟她们一起过这个生日了。之前她一直没能开口说自己要离开的事儿，因为不知道应该怎么说出口，也想将分别的时间再往后拖延。

"对不起！"她先道歉，"考完试我就要回A市了。"

热烈的气氛倏然冷下来，桂圆最先反应过来，打圆场说："茵茵家是在A市的，回去和家人过生日也是应该的。没关系，那等快开学你回来的时候告诉我们，我们再给你补过一次。"

乔茵快被心里的愧疚感淹没了。

"……可能，也不会回来了。"

桂圆一愣："不会回来是什么意思……你要转学回A市了吗？"

乔茵不想说太多家里的事让她们担心，点了点头，没有解释。

"……"

小姑娘们面面相觑，消息来得突然，一时之间让人难以接受。

乔茵这个时候说出来，是做好了她们可能会生气，也可能不会原谅她的准备。

她抿了抿唇，低声道："我现在好像没有资格再说这种话了，但我一直觉得自己很幸运，转学到附中能遇到你们……"

"你在说什么！你怎么没有资格了？"唐心月猛然打断她，"不在一起上学就不能一块儿玩了？放假我们也可以去A市找你啊，还是说你要退出我们美少女组织？"

桂圆点头如捣蒜，紧跟着说道：“茵茵，不用道歉啊，你是我见过最了不起的女孩子！”

“说起来A市那个主题乐园我想去好久了，约个时间一起去玩吧，让茵茵带我们逛！”

“我也种草了好几家A市的网红餐厅来着，呜呜呜，真的想去玩了。”

话题慢慢扯开，几个小姑娘首次达成一致，乔茵被她们看得败下阵来，拧紧的一颗心慢慢松开，唇角慢慢扬起一个弧度。

乔静安知道乔茵要走，不由分说给她购置了一大批夏装寄回A市的住址，连赵姨都准备给她做一些小点心，让她带着在飞机上吃。

迟希小朋友从自己的小宝库里抱出了好几个机器人，依依不舍地交到她手里：“茵茵姐姐，你一定要好好照顾我的虎霸王、暴暴龙、黑闪电……”

被委以重任的乔茵：“……坐飞机太危险了，要不还是让它们在你这儿好好待着吧！”

小小年纪的迟希一本正经：“不行，既然危险，就更要让我的虎霸王大将军跟茵茵姐姐一起去，关键时刻他可以出来保护你！”

乔茵瞬间被可爱到了，掐了掐他水蜜桃一样的小脸蛋：“谢谢希希。”

“想起来了！我还有一个东西要给茵茵姐姐！”

迟希迈着小短腿一溜烟爬上楼，片刻后，拿着一个小盒子跑下来：“这是小叔叔让我交给你的！”

迟蔚在六月中旬的时候去外地参加今年物理竞赛夏令营的集训了。

他们之间，最后连面对面的一句再见都来不及说。

“小叔叔说这是生日礼物，茵茵姐姐要过生日那天才能打开！”小朋友煞有介事地说。

乔茵收起盒子，笑了笑，说：“好。”

期末考前一天，学校没上课，乔茵独自一人出了门。

普济寺她来不及去了，于是就近去了N市周边的一个香火很旺盛的小寺庙。

工作日的上午，寺庙里人不是很多，佛像肃穆庄严地立在庙中。乔茵闭上眼睛，虔诚地上了三炷香。

她曾经写过一首有关圣诞节的歌，古今中外，大家都有着相似的精神寄托。

那首歌里有这样一句歌词：“烛火的时限只有一刻，许一个愿望不能贪多。”

但她今天想贪心地多许一个。

家人和朋友都平平安安。

迟蔚小管家一切顺利。

说来惭愧，她的喜欢，胆小、苍白、不敢诉之于口，仅剩的那点儿火苗还被她压在了心底的最角落。

可她喜欢的人实在很好，好到她这样蛮不讲理全凭本能行事的人，生平第一次学会了收敛，愿意停在这里就好，不去祈求占有和以后。

在N市的这几个月，说长不长，也就一百多个日升月落，但她在这里的大多数时光，都过得很开心。

是后半生怀念起来，虽然有遗憾，但更多是释然的那种开心。

不用时时刻刻如履薄冰，不用担心做错了事不被喜欢。

她在这里得到了世间最温柔、最盛大的治愈。

第八乐章
盛夏游乐场

六月底的A市热得人头晕目眩，市中心人来人往，路人行色匆匆。

三个戴着墨镜的少年蹲在十字路口的路标下，整齐划一地右手撑着下巴，像在进行什么古老而神秘的仪式。

有路人经过边走边回头，一脸疑惑：“不会是来这儿求雨的吧？”

三个少年内部也是十分疑惑。

“我们为什么要在这里等人？你们不热吗？”

“可能是因为这里视野好？但是真的好热啊，我马上就要被烤熟了。”

“而且我们看起来好像在这儿乞讨的。都怪陈启光出的馊主意，说什么动漫里大佬都是这么深沉出场的。”

“好你个郑元元，现在怪我是吧！墨镜还是你买的呢！”

眼看三人快要内讧到大打出手，他们等的人终于从地铁口的扶梯处冒了个脑袋尖儿。

“……那个打小花伞的，是茵姐？茵姐什么时候这么娘了！”

小光吐槽完，刚想跟身旁的俩人确认一下，就见这两个人一个比一个跑得快，跟两阵旋风似的冲到了乔茵的伞下。

小光：“……”

他怎么会和这种人是一个组合。

他一边在心里吐槽，一边脚下生风像叠罗汉一样跟着挤了过去。

不怎么大的一把伞想硬生生挤下四个人还是有点儿困难，乔茵对他们这过分热情的接待敬谢不敏，把伞让给他们三个打，自己戴上了棒球帽。

她原本确实是没有打伞的习惯，夏天能不出门就绝不会往外踏出一步。但这把太阳伞是桂圆送给她的生日礼物，大概是知道她怕麻烦，很贴心地特地挑选了一把小巧的胶囊伞，口袋里就能塞得下。

伞面上还有粉粉的草莓小印花，现在被三个墨镜男孩儿顶在头上，有种……怪诞又和谐的感觉。

他们三个的回头率更高了。

乔茵昨天下午才刚到A市，乔逢安不在家，安排了司机去机场接她。

她一向不太喜欢坐飞机，失重和超重感带来的连锁反应过分强烈，回家后晕头转向栽在床上，再睁开眼时发现时间已经过了零点。

手机屏幕一条又一条地弹出消息通知。

她没开灯，黑暗中手机的亮光甚至有些刺眼，视线模糊了好一会儿才聚焦。她挨个给亲友们发送的生日快乐的祝福回复了“谢谢”。

意料之中没收到来自迟蔚的消息，他们那个夏令营管得很严，入营就要上交手机。乔茵在网上搜过日程安排表，课程从早上六点密密麻麻地排到了晚上十一点。

可能迟管家在里面也早就待得不知今夕是何年了。

在N市收到的生日礼物，她单独用了一个行李箱装。万籁俱寂的凌晨一点半，睡饱了没事干的乔茵跑到玄关，把行李箱拉过来打开，一个一个地拆礼物。

小姑娘们的礼物都用漂亮的纸盒子包着，里面还放了小卡片，乔茵珍惜地收进柜子里。

最后一个拆的才是迟蔚送的礼物。

老实讲，乔茵并没有抱多大的期待，做好了打开盖子，看见里面安静地放着一本《五年高考三年模拟》的准备。

——结果竟然不是。

里面是一张光碟。

她很喜欢的一个加拿大摇滚乐队出道二十周年限量发售的典藏版专辑，还是签名版的。

这张专辑当初一发售就被抢空，乔茵都没有抢到。还好她物欲不强烈，在这方面没有太深的执念，虽然很喜欢，但是信奉命里有时终须有，没有也莫强求。

可没想到，有一天会有人将它送到她手里。

专辑的名字叫《Follow Your Heart》。

光碟下面压了一张便笺，只写了五个字，是迟蔚的冷峻字迹：所愿皆实现。

距离《晴朗的乐队》初选录制，只有不到两个星期的时间。

所以乔茵回到A市后也没有打算再庆祝一下生日，半夜拆完礼物又睡了一觉，醒来就召唤小光他们准备排练表演曲目了。

排练地点是阿元找的，在市中心商场后边。

早上十点，这条街一大半的店面都还锁着门。乔茵跟着“小花伞”三人组走到了唯一开了扇门的那一家，她抬头，赫然看见招牌上花里胡哨的店名：来都来了。

“这名儿起得，”乔茵张了张嘴，憋出两个字，“挺好。”

阿元点点头：“是吧，我也觉得这个名字通俗中饱含哲理，简单里又有内涵……”

“别在这儿瞎吹牛了，进去吹空调不好吗？热晕了……”小光刚要往里闯，突然被阿元提溜着衣领拽到一边。

小光一脸问号：“？”

阿元摆出了一个绅士的“请”的手势：“让我们茵姐先进。”

小光：“……没想到啊元哥，你啥时候也变得这么谄媚了？”

阿元横了他一眼：“你懂什么！”

乔茵没管他俩打嘴仗，她是真被热得在室外多一秒都待不下去了，一把推开玻璃门，里边没开大灯，光线偏昏，乍一进去什么也看不清。

她下意识地微微偏了下脑袋，没多想，往里迈了一步，就在此时，面前倏地冒出两列人影，每人手里都拿着一个不知名的棍状物，还都作势要向她挥来。

——黑店？！

黑店也没有上来就动手的吧！

乔茵条件反射地要切换到战斗模式，结果下一刻，伴随着几声“砰砰”的轻微爆炸声，五颜六色的礼花彩带碎屑迎风飘扬，浩浩荡荡地撒了她满头满身。

这几个疑似黑店打手的小哥，声情并茂地齐声呐喊：

“祝茵姐十六岁生日快乐！福如东海长流水，寿比南山不老松！”

乔茵浑身僵硬，脖子都快运转不灵了，艰难地向后转头。

阿元正一脸“惊不惊喜”的期待表情看着她：“茵姐，开不开心？”

乔茵：“……”她这可真是，太惊喜了，太开心了。

“来都来了”是整条街上规模数一数二的酒吧。

顶灯打开以后，从门口就能看见被打造成海豚形状的巨大的舞台。

乔茵惨遭重创的心得到了一丝安慰，但这并不妨碍她去洗手间清理完身上的碎屑后，按着罪魁祸首阿元，和刚刚看着她满身凌乱、脸上怀疑人生的模样，而笑出了公鸡打鸣音效的贝壳、小光一起，在酒吧门口清扫场地。

“茵姐，你听我给你解释！！”阿元眼含热泪，“我只是让他们意思意思一下，没让他们弄这么浮夸的惊喜！”

乔茵脸上没什么表情，心想，如果你刚才没兴奋得那么明显，说不定我就信了。

贝壳扫着地还给阿元求情："茵姐那么敬业，生日当天还要努力工作，但我们总不能什么都不给茵姐准备吧？"

乔茵了然："这主意也有你一份功劳。"

贝壳闭嘴下线了。

只剩下愈挫愈勇、心智常年徘徊在三岁到八岁之间的小光，还在发自内心地感慨："生日啊！多么重要的一个时间节点！难道不应该好好庆祝吗？"

阿元很快反应过来："我订了蛋糕的！就在冰柜放着！我去拿！"

夏天是小龙虾丰收的季节，乔茵点了一盒十三香的、一盒麻辣的，还点了几份炒饭和拌面。在N市待久了，她都快忘了这种聚众吃油腻食品的感觉。

她已经是比较不能吃辣的选手了，但小光比她还垃圾，人菜瘾还大，偷偷摸摸捞了两只麻辣的，然后吃一口就被辣得"嘶哈、嘶哈"直冒泪花。

吵吵嚷嚷地吃完了饭，阿元把蛋糕搬上桌，神秘兮兮地说："我半个月前就跟老板预订了，蛋糕图案还是我特地挑的。"

盒子掀开，蛋糕的真面目暴露在人前。通体死亡芭比粉的色调上还真的画了一个芭比公主，看得乔茵整整沉默了半分钟。

她上一次看到这样的蛋糕，可能还是上幼儿园的时候。

小光大呼好看："元哥有眼光啊！"

乔茵一时间竟搞不清楚他们是在进行第二波整蛊，还是在真情实感地夸赞。

三个男生像头一回给人过生日，兴高采烈地点起了蜡烛，小光还折好了纸皇冠，跃跃欲试想给乔茵戴在头上，被乔茵一记眼刀杀得自觉戴在自己头上了。

灯又被重新关上。

乔茵被三道纯真的目光注视着，如坐针毡地被簇拥在中间许了愿。

她的愿望在庙里的时候都许完了，现在闭上眼睛，脑子里半天只闪过四个大字：无欲无求。

她不想许愿，但小光他们都乐意代劳。

“茵姐不知道许什么愿的话，那就许我们杀进决赛问鼎冠军大红大紫，陈启光同学可以拥有千万女粉丝！”

“瞧不起男粉丝？性别歧视举报了。”

“茵姐帮我许一个微博转发抽奖能中我女神的全套手办！”

“那我也要！”

乔茵：“……”

是你们过生日还是我过生日？

排练从一点半正式开始，虽然平时看着一个赛一个的不正经，但每次站在舞台上，摸到话筒和乐器，这几个懒懒散散、吊儿郎当的男生就像脱胎换骨了似的。

将近半年时间没有见面，第一遍和第二遍惨不忍听的试练结束后，表演才慢慢地步入了正轨。

进入状态之后的时间流逝得很快，店里冷气开得很足，即便如此，在长时间剧烈的运动下，还是难免热得人一身是汗。

第一天排练，乔茵没计划练多久，差不多等到五六点，酒吧要准备开始迎客做生意了，就把场地给人家让出来。但是好巧不巧，今天酒吧原定的驻唱歌手请了假，要八点钟才能过来上班，老板就托阿元过来问问他们愿不愿意顶两个小时的班。

最初他们这乐队刚成立的时候，也是在外面唱歌练习胆量，说起来，他们的演出经验还挺丰富。

乔茵点头应下：“不过我们很久没练过了，今晚就唱点儿熟悉的歌，不接受点歌了，省得把人家这儿的招牌给砸了。”

她这话说得很谦虚、低调，起码“来都来了”的一些常客今天下班后惯例来玩的时候，一抬头见到这让人耳目一新的表演，都忍不住问服务员：“你们从哪儿请来的新乐队？这种水平要请过来应该给的出场费很高吧！”

已经听了一下午的服务生小哥此刻十分与有荣焉，回答说："是我们老板的朋友，今天来帮忙的。"

旁边桌是几个放了假来这儿聚会玩的大学生，有个男生目不转睛地盯着舞台，耳尖微红，计划着趁这首歌结束，上台问那个架子鼓小姐姐要个联系方式。

然后不小心被少女锋利的视线扫过，他又一下子偃旗息鼓了。

这小姐姐太酷了，不是他们这种凡夫俗子能接近的。

晚上七点半没到，现场就基本上坐得满满当当了。

跟舞台隔了点距离的卡座上坐了六七个人。他们过来的时候，恰巧是表演中场休息的时间，穿花T恤、剃了个莫西干发型的男人环视一周，表情有些不屑："要我说，整个A市就没有像样的舞台，跟我们G市根本没法比。"

他的口音不是标准的普通话，带着点儿古怪的腔调。

后面一桌的人听不太清他究竟说了什么，但语气里的傲慢就足够让人不适，不由默默地翻了个白眼。

和莫西干男人同桌的几个人都不想在这里惹事，纷纷劝道："算了算了，好不容易来A市一趟，今天本来就是来放松的嘛！"

莫西干男人却毫不领情，余光一瞥，见两个十六七岁的少年走上舞台，直接嘲笑道："看那台上的小子一副小白脸的样子，也敢来这儿唱？A市真是没救了。"

他将头转向旁边人："诚哥，你说是不是？"

被称作"诚哥"的男人穿一身粉色衬衫，微长的头发扎了个辫子，饶有兴致地靠在沙发背上，抬起眼皮，声音是柔和的，音色却天生冰冷："随便听听。"

…………

小光唱了一下午带一晚上，嗓子早就干到冒烟了，下台后猛喝了两大杯水也没缓过来，好在请假的那个驻唱歌手打电话说再过一会儿就能到了。

见他连说句话都困难，还不服输地顶着鸭嗓说可以再唱五百年，乔茵实在看不下去，把人扣在底下休息，主动接替他上去唱了最后一首。

和小光的少年意气爆炸摇滚不同，乔茵挑的是首慢节奏抒情曲风的英文歌，Kim Taylor（金·泰勒）的《I Am You》（《我就是你》）。

慢吞吞的鼓声前奏响起，吉他和贝斯半路丝滑加入，舞台上摇晃的七彩光束尽数熄灭，灯光忽而暗下来，淡蓝色的追光打在乔茵脸上。

少女扎的高马尾已经有几分凌乱，微微汗湿的刘海被她随意拨到一边，过分精致的面孔更添一分不羁，眼睛大而明亮，皮肤白净得像刚出窑的上好瓷器，她脸上的表情很淡，专注地开口：

“I am tied by truth like an anchor,

Anchored to a bottomless sea.

I am floating freely in the heavens,

Held in by your heart’s gravity.”

——像一只锚，我被现实束缚着，牢牢系于深不可测的海洋。

——我自由自在地游走在天上，被你深深吸引着。

热烈的气氛慢慢安静下来，酒吧里的交谈声都不由自主地放低了音量，从舞台上传来的歌声像是古希腊神话里的海妖塞壬在引诱世人，又不完全是缥缈的靡靡之音，每一个音符都落地有声。

“I am you, everything you do,

Anything you say, you want me to be.

You’re me with your arms on a chain,

Linked eternally in what we can’t undo.”

——我就是你，你做的任何事，你说的任何话，你想让我成为的任何人。

——你就是我，手被链条束缚着，永远地系在一起，我们都无法解开。

最后一记鼓声收尾，乔茵从凳子上站起来，小光也走上了台，四个人一起鞠躬行了个谢幕礼。场下的观众还沉浸在歌声里，等反应过来，掌声响亮如雷，效果一下拉到满值。

卡座上，莫西干男人的脸憋得半红不紫。

他自然可以昧着良心说一句“唱得不怎么样”，但这满场的反应还是给了他一记响亮的耳光。

尤其是坐在他对面的宿诚也挑了挑眉，跟着鼓了鼓掌。

莫西干男人难以置信地叫了声：“诚哥？”

宿诚没出声，手上有一搭没一搭地把玩着打火机。莫西干男人咬了咬牙，咽不下这口气，一把拉过旁边拿着托盘的服务生：“喂，我要点歌。”

服务生被拽得一个踉跄，托盘里刚收的玻璃杯不幸坠地，碎落声刺耳，他连连跟周围的人道歉，然后指了指舞台旁边挂的“自由场”的牌子：“您好，现在这个乐队暂时不接受点歌，待会儿会换人上来表演，您可以到时候跟下面那位歌手点。”

“什么东西，也敢在我面前摆谱？”这话听在莫西干男人的耳朵里，跟敷衍没有丝毫区别。他恼怒地骂了一句，失手又推了服务生一把。服务生没站稳，手肘压在地上的玻璃碎渣上，血顿时流了出来。

见了血就绝不是小事了，周围的人闻声都围拢过来，有人眼明手快地叫来了经理。

乔茵他们原本下了台打算出去吃个夜宵的，但她耳朵尖，刚换了身衣服从后台出来，就发现卡座那边好像出事了。透过频频投来的目光，她察觉到这事儿可能和她还有一定的关系。

总不能给人帮个忙还帮出了倒忙。

她准备过去打探一下情况，结果没走近两步，就听见一道粗犷的嗓音在骂骂咧咧：“出来唱歌还装什么清高？一千一首不够，两千一首还不行？把刚刚那几个人给我叫回来！”

乔茵停住了脚步。

比这说得更难听的话乔茵不是没听过，但她最讨厌的就是这种觉得钱无所不能，有点儿钱就可以耀武扬威、为所欲为的人。

被莫西干男人推倒的那个服务生是来打暑假工的大学生，二十岁左右的男孩子没经历过什么大事儿，被吓得缩在一边，胳膊被简单地处理了一下，伤口还在往外渗血。

经理正在跟莫西干男人交涉："先生，如果您执意要在这里闹事的话，我们只能让保安请您出去了。"

乔茵大致明白是怎么回事了，在莫西干男人企图再次动手时，直接挡在经理前面，一抬手把身形是她两倍的莫西干男人摁坐在地上动都动不了。

玻璃碴儿已经被人清理完了，不然这一下得把莫西干男人的屁股扎成筛子。

"唱歌是没什么好清高的，但点歌的起码得是个人吧？"乔茵慢条斯理地说，"狗叫什么的，我也听不懂呀，有点儿为难人了。"

"你——"

莫西干男人怒目而视，刚要说话，就听身后一道透着些冷意的嗓音响起："行了。"

乔茵循声望去，说话那人扎了个小辫，看着竟然还挺有艺术气质的，显然和莫西干男人是同伙，态度却置身事外，眼睛弯了弯，对她说："小妹妹，我替我这个不懂事的朋友跟你道个歉。"

语气是客气的，倒像真有几分歉意。可这人上下打量的眼神让人十分不舒服，仿佛一条阴冷的毒蛇从暗处的草丛里钻出来，嘶嘶地吐着蛇信子。

她在这边待了太久一直没回去，小光他们等得着急，过来一看才发现事情闹得挺大。

"茵姐，打架怎么不叫我！"小光不分场合地兴奋道。

嗓音更像鸭子了。

乔茵听得耳朵疼："一边歇着去，别说话。"

小光垂泪："嘤嘤嘤。"

乔茵按捺下心中的怪异感，重新看向莫西干男人身后的人："现在才想起来道歉，是不是晚了点儿？你们该道歉的对象也不是我，既然这么喜欢拿钱砸人，医药费、误工费、精神损失费按最高档赔偿没有问题吧？”

宿诚愣了一下，大约是没想到有人完全不吃自己这一套，半晌恢复笑容，道：“当然可以。”

第一天在人家这里排练就闹出了事，虽然起因并不是他们，但不由得让乔茵开始怀疑她是不是有事故体质，这半年里遇到的意外状况也太多了点儿。

老板非但没有迁怒他们，还非常感谢他们能救场，而且救场的效果也出乎意料得好。

即便如此，乔茵还是决定避一下风头，换了另一个录音室排练。

时间迈入七月。

2 号当天，是附中领期末成绩单的日子。

乔茵走之前拜托桂圆把分数条拍照发给她，所以一大清早到录音室，她就有些心不在焉。

小光凑到贝壳耳边说：“你看茵姐现在像不像个在等男朋友来电的怀春少女？”

贝壳受了惊吓一般回道：“你让我困惑了，不知道究竟是‘怀春’和茵姐更没关系，还是‘少女’更没关系。”

“你们俩说悄悄话的时候，可以不用拿着话筒。”乔茵面无表情，“我不聋。”

她扬了扬手机：“我在等期末考试的成绩。”

“考试，好遥远的词。”小光抬头望天。

阿元：“等你爸又拿皮带抽你的时候，你就知道并不遥远了。”

小光瑟缩了一下，又问：“不过茵姐不是都要转学回来了吗，怎么还在意 N 市那边的成绩？”

乔茵没想把之前的故事公之于众，随口吹牛道：“看看这次能不能考个年级第一。”

小光脱口而出："啊？N大附中不是很厉害的吗？怎么突然变这么拉胯了？"

"……"

乔茵没顾得上修理他，因为桂圆的消息发过来了。她屏住呼吸，点开图片，直接划到最右边看排名：289。

桂圆："茵茵！你在我们班排到前十名啦！超级超级棒！今天老胡还夸了你！"

老胡指的是胡敏仪。

乔茵跟这位班主任一共有过两次正式的对话，一次是开学那会儿在办公室，一次是快期末考的时候。转学的事乔逢安提前和学校打过招呼，胡敏仪叫乔茵过去的时候，乔茵还有点儿无措。

对方没有问她什么，只交给她一个小小的挂坠，是晴天娃娃的样式。

"我一共带过三届学生，每一次毕业的时候都会给他们每个人送个小礼物。

"人和人之间的缘分是很奇妙的，有时不在于相处的长短，而在于经历的过程，有的人可能一生只能见一面，但这一面已经抵过很多面。

"有点儿可惜没能带你到毕业，礼物提前给你，老师也希望你未来的生活可以一路晴天。"

乔茵握着手机，有些出神。

小光小心地伸手在她面前晃了晃："茵姐，没考到也没关系，反正我们马上又可以回去叱咤英德了！"

英德是乔茵原来在A市的学校。

可是，不一样。

她在英德浑浑噩噩，不知道每天是阴雨天晴，但她记得在N大附中时，每一个顶着李主任的催促声踩着上课铃冲进校门的时刻。

也记得每次上课被提问时周围同学的小声提醒，还有回答对问题时大家齐齐松了口气的默契反应。

记得鸡飞狗跳补作业的早自习，记得少年挥洒汗水的篮球场，记得放学后热闹的奶茶店。

更记得给她买冰糖草莓、叫她“麻烦精”、考前给她沾学霸灵气、生平第一个挡在她身前保护她的人，对她说过，可以相信他。

她努力不去想他，可他分明无处不在。

《晴朗的乐队》初选录制前一晚，乔茵被动失眠到夜里一点半。

因为小光失眠了，一会儿激动得在群里发十八条语音呐喊，一会儿抽抽搭搭地给她打电话：“呜呜呜茵姐，如果我们第一轮就被淘汰了怎么办，我七大姑、八大姨和他们家里的狗都看着呢……”

乔茵：“闭嘴。”

她对这个节目的执念没有小光那么深，最初组建乐队也纯粹是兴趣使然，为了好玩儿，但既然决定参加了，她就没打算一轮游。

“现在立刻、马上闭上眼睛睡觉，如果明早起不来迟到了，我就让贝壳和阿元把你剥得连裤衩都不留，挂在电视台门口当吉祥物。”

小光：“这就睡！”

节目录制场地在荔枝TV的广播大楼，作为全国首屈一指的电视台，这栋广播大楼建得恢宏、气派，门口的广场上还有一排名人铜像。

作为土生土长的A市人，小光还是第一次来这儿，不禁畅想什么时候自己的铜像也能出现在这里，得到了阿元“现在闭上眼睛梦得快的话三分钟后就能实现”的亲切回答。

台里二十四小时都有节目录制，所以他们到的时候，电视台门口来往的人络绎不绝。

《晴朗的乐队》赛制是从五十支受邀乐队中选出三十二支通过初选，进入正式的比赛录制，再历经一轮又一轮的PK（对决）后，决出最后的六支优胜乐队，优胜乐队可以获得丰厚的资源和签约知名经纪公司的机会。

初选根据抽签分为上、下两个半场，阿元作为乐队里运气最好的人，被派出去作为代表，不负众望地抽到了个上半场第二个表演的“天谴位”。

这种节目，大家都默认中间出场比较好，太早和太晚都不讨巧，如果是开场第一个，评审可能还会酌情给点儿鼓励分，到第二个就会正式进入状态，严阵以待了。

阿元垂头丧气地拿着号码牌回来，乔茵倒觉得无所谓："反正早上晚上都得上，对自己有点儿信心啊！如果真一轮游的话，我们就早点儿散场回家，还能赶上睡个午觉。"

阿元："……"他们茵姐的心态是真的好。

录制大厅呈一个巨大的扇贝形状，舞台在正中央的位置，初选没有安排观众入场，上半场的二十五支乐队就随意坐在观众席的位置。

他们来得早，坐在中间一排，旁边是五个卷毛男孩儿。小光和贝壳对人家的发型很感兴趣，想搭讪又有点儿不好意思开口，对方见状爽朗开口开始自我介绍："我们是'404NOTFOUND 乐队'，从 B 市过来的……你们还是学生吧？"

小光小鸡啄米般点头，礼尚往来地自报家门。卷毛男孩儿一号目光瞥过乔茵，愣了一愣："你们这儿竟然还有漂亮小姐姐？！"

"这不是小姐姐！"小光肃然道，"这是我们的大姐头！"

"哇！那岂不是很厉害！"

乔茵："……"

乔茵简单地跟他们打了声招呼，没有参与幼稚男孩儿们的对话。

主持人还没过来，场馆里吵得人脑子里像塞了八百只嗡嗡叫的知了。乔茵捏了捏眉心，抬起头时，忽而看见了几张有些眼熟的脸。

——是那天惹事的那桌人。

莫西干男人不在，但是那个替他道歉的男人在。男人今天没有扎头发，微卷的齐肩发松松散着，整个人的气质看上去像戴了个温和的假面具。

离乔茵最近的卷毛男孩儿三号见她一直望着那里，"咦"了一声："你们认识'追尾乐队'的人？"

"什么'追尾乐队'？"贝壳好奇地问。

大概是不好意思背后道人是非，卷毛男孩儿三号犹犹豫豫道：“是G市那边一个挺出名的乐队，人气挺高的，微博粉丝都有好几十万……”

好不容易才把“末日极光”的微博经营到拥有九万粉丝的阿元闻言表示非常羡慕。

卷毛男孩儿三号继续说道：“他们的主唱——就是那边那个长头发，看起来像笑面虎的，家里在G市很厉害，具体干什么的不知道，但是好像周边的人都挺怵他们的，说不要轻易招惹他们……”

小光看看那边的男人，又看看乔茵。

嘿，真巧，他们茵姐已经很刚地差点儿跟人干了一架。

乔茵收回了视线，没太在意。知道对方也是搞乐队的，她就多多少少明白那天挑事的原因是什么了。一半是同行相轻，一半大约是想看看他们面对这种情况会有什么反应，究竟好不好“惹”。

没等再多八卦两句，主持人就和六位评审一起上了台。

全场安静两秒，山呼海啸般的尖叫声和口哨声炸了整个场子。

主持人夸张地做了个捂耳朵的手势，等声音渐渐平息下来，才笑着说了开场白，宣布初选比赛正式开始。

A市地处南方沿海，夏天的平均气温要比N市高两到三摄氏度。

迟蔚早上十点半的飞机抵达A市国际机场，来接机的负责人给他安排了酒店，本来准备送他先去休息，迟蔚看了眼手表，礼貌地道：“跟您确认一下时间，如果方便，我现在就可以接受采访。”

少年十七八岁的年纪，这样的话换个其他同龄人来说，难免会让人觉得浮躁和沉不住气，但他的语气不卑不亢、坦然自若，很自然地在跟面前人商量。

负责人稍感意外，反应了两秒，点头说：“当然可以。”

荔枝TV大楼内，一行四人刚从电梯下来。

小光双手紧紧搂着一个信封，像搂着自己的梦中情人、希望之光，哪怕是死了被钉在棺材里也不撒手的那种。

阿元虽然也很兴奋，但有点儿受不了他这个样子：“光仔，你能不能有点儿出息？这只是初选！”

“刚刚大菠萝老师还夸我小小年纪台风很稳！”小光振振有词，“青瓜女神也说看好我有闯进决赛的潜力！”

“我没记错的话，这两句的主语都是‘你们’吧？”贝壳残忍拆台。

“而且大菠萝老师那句话还是看着茵姐说的。”

小光一脸的“不听不听，王八念经”，沉浸在自己快乐的小世界里，忽而又有些担忧：“不过听说这种节目都会剪辑加工的，不知道放出来的时候我们还能有多少镜头。”

阿元：“管他呢，今天玩过瘾了就行。”

“你说得对！”小光说着说着，却被路过的人转移了注意力，“喂喂喂，你们看那边！刚刚走过去一哥们儿，好帅啊！”

“这里可是电视台，有帅哥不是很正常？再说了，你身边不是一直有我这个绝世大帅哥，还没看够？”

“人要脸，树要皮！”小光骂他，“我讲不清楚，不是那种明星的帅，是特别正、特别有气场的帅……”

乔茵比他们想得长远些，从录制大厅出来就想着三天后的比赛要准备的歌了。她全程低着头看手机文件夹，被小光拍了一把：“茵姐！看帅哥！”

她不堪其扰，想随便扫一眼应付一下，结果就看见不远处晃过一道熟悉到她光看头发丝儿都能认出来是谁的身影。

乔茵眨了眨眼，又眨了眨眼，那道身影还是没有消失。

耳边隐隐响起了一道低沉动人的歌声。

——“千年等一回，等一回啊！”

尾音还带波浪号的。

她蓦然转头，小光正双手搭在小腹的位置，一脸深情地吟唱，阿元和贝壳在给他和声。

乔茵："……"

你们是不是戏太多了点儿？

小光意味深长道："茵姐，许仙在断桥上看见白娘子的时候，就是你刚才的表情。"

乔茵深吸一口气，露出和善的微笑："法海把白娘子镇压在雷峰塔下的表情，就是我现在的表情。"

她没顾得上再跟小光斗嘴，点开没有退出的附中八卦群，没翻多久就发现了自己要找的信息。

——学神真的太强了，今年去参赛的人里一共只有两个拿了金牌，一个是T大附中的，另一个就是我们学神！等开学了，校门口的宣传栏又可以更新了。

——我小姨是N市电视台的，他们那边想采访学神，可听说学神已经接受了荔枝TV的采访。好奇怪，学神怎么跑去A市了？我还以为学神对这种事都不感兴趣呢！

——废话！荔枝TV可是全国最红的频道，哪怕是学神也不能不心动吧。

群里说的有关迟蔚接受采访的事儿，乔茵没怎么相信。

就迟管家这清高的秉性，乔茵宁愿相信是附中安排他去增加学校知名度的。

她戳进迟蔚的头像，在对话框里打："怎么来A市也没跟我说一声？"

语气好像有点儿冲。删掉。

"在A市待多久？"

太直白了。删掉。

"要不要出来吃顿饭？我请客。"

万一被拒绝的话怎么办？删掉。

乔茵手心出了点儿汗。不知道为什么，只是不到一个月没见面，再说一句话就变得这么困难。

她正想破罐子破摔地敲行乱码过去就算了，界面突然弹出了新消息。

妄想：“抬头。”

乔茵两根拇指还按在屏幕上，缓缓抬起头，迟蔚已经走到了她面前。

小光比她这个当事人惊讶一百倍：“茵……茵……茵姐，你们认识啊？”

乔茵仰着脑袋，没有说话，有几分呆滞地看着迟蔚形状好看的薄唇张合：“月初在新加坡比赛，我今天刚回国。”

“啊！”她干巴巴地说，“我看到了。还没跟你说恭喜。”

“乔茵。”清俊的少年低下头，眼眸微微弯着，主动说出了被她删掉的最后一句话，“我采访结束了，要不要请我吃饭？”

电视台后面有家私房菜馆，做的A市地方菜很地道。

地方是阿元推荐的，三个人理所应当地跟着来蹭了顿饭。乔茵本来也没想赶人走，要她现在跟迟蔚两个人独处，她也不知道该说些什么。

小光他们三个是全天下最自来熟的人，乔茵去洗手间的工夫，他们也不觉得尴尬，甚至没被迟蔚身上生人勿近的气场给镇住，笑嘻嘻地开口：“哥们儿，你是N市人啊？”

迟蔚“嗯”了一声：“你们是乔茵在A市的朋友？”

话是问话，但他的语气却很平淡，好像之前就了解过他们一样。

“嗐，我们和茵姐何止是朋友的关系，那得叫一个……”小光话说到一半，脚被身旁人踩了一下，他疼得眼泪汪汪，“干吗踩我！”

阿元尴尬而不失礼貌地对迟蔚笑了一下，接着小光的话道：“我们跟茵姐是初中认识的，后来一起组了乐队，这个你应该知道，所以一直都挺熟的。”

“不过茵姐虽然看着挺活泼外向的，但是身边的朋友不是很多，没想到她去N市才小半年，也交到了朋友，还是男生。”

“而且这位帅哥你看上去和茵姐……关系应该也不只是普通朋友吧？”

只有小光这个傻瓜才看不出这男生和乔茵的关系不一般，还敢在这儿胡言乱语。

乔茵从洗手间回来就听到这么一句，一个箭步冲进包间，清清嗓子：“郑重向你们介绍，这位就是我在N市的管家兼学长。”

三个少年不约而同地睁大眼睛看着迟蔚，嘴上纷纷说着：“原来是管家大人，久仰久仰。”

三人的心里却在想，原来这就是那个被他们茵姐煞费苦心折磨过的小管家。

能安安稳稳活下来，还活得这么好，一定有过人之处。

他们的反应着实不小，迟蔚挑了下眉，有点儿好奇乔茵是怎么跟他们提起他的了。

可惜有乔茵在，三个少年全程低头干饭，不敢多吐露一个字。

酒足饭饱后，乔茵整个人身心都放松下来，浑身的力量又回来了，过河拆桥把三个人踹回了家。

“你是不是接受完采访今天就要回N市了？”她亦步亦趋地走在迟蔚身后问。

少女尽量让自己的语气平稳，不要透露出过于鲜明的情绪，但迟蔚再了解她不过了。

他转过身，和乔茵面对着面：“最近都不会走。”

这次他来A市不仅是为了采访，跟他合作的那个学习网站的总部就在A市，最近板块更新升级，有很多工作远程不好协商。

可这一切的理由都还不够充分，天平上分量最重的那一颗砝码，是眼前的人。

乔茵隐隐约约知道小管家是有副业在做的，但她没有打听过，只是心里有了一丝丝喜悦，好歹A市有能留住他的东西。

但是又有一点点忧愁，她肩膀塌下去一点儿，声音也不由有些蔫：“我要跟他们一起录节目，可能不能经常跟你见面。”

迟蔚点了点头，说：“我很忙，可能也没什么时间跟你见面。”

乔茵刚泄下去的气又立马充回来了。

这也要跟她比吗？她喜欢的是个什么人啊！！

还没等她翻个白眼控诉地看向迟蔚，他再次开口道："但只要有时间，我就想去见你。"

"可以吗？"他问。

少年的眼瞳颜色是很纯正的黑色，专注看人的时候通常都会显得冷淡逼人，可此刻乔茵清晰地感觉到自己正被迟蔚的目光炙烤着。

怦、怦、怦。

是心跳的声音，还是有烟花奇怪地挑大中午的时间燃放？

有热气从领口以上的位置升腾起，乔茵头一回有了不太能招架得了的感觉。

她轻轻咳了一声，像掩饰什么，故意道："如果我说不可以呢？"

迟蔚面色不改，唇角微掀："那我只好不听你的了。"

"咯、咯……"

乔茵是真被呛到了，机器人管家严密的程序里忽然加入了一丝她还没有习惯的改变。但是她好像，又很喜欢这样的改变。

乔茵严肃着一张脸道："迟蔚，你是不是背着我去看了什么霸道总裁小说？"

乔茵的脑袋被迟蔚屈指轻轻敲了一下，力道很轻，比羽毛重不了多少，但她立刻顺势碰瓷，捂住了额角："完蛋了迟蔚，原来你有家庭暴力倾向！想封口的话，你得对我好点儿，不然你以后都找不到女朋友。"

"怎么封？"迟蔚轻哂，"还要我给你揉揉？"

乔茵眨眼，提供了另一种建议："你想吹吹也可以。"

迟蔚："……"

迟管家还是败给她了。

说完她又捧了下自己的脸："不过我也理解你的，我这么聪明、美丽、可爱，想见我也是人之常情。"

"嗯，人之常情。"迟蔚点头，"所以给见吗？"

“勉勉强强，给你一个机会。”

直到此时，乔茵才发现，原来她回 A 市的半个多月心脏都是高高悬在空中。

在迟蔚到来的那一刻，这颗心脏才平稳坠地。

警告自己不要有妄想，可当妄想降临身边，她根本逃不过。

心里的小烟花嗖嗖都放完了，乔茵才想到了重点：“那你哪天要回 N 市了，能不能提前告诉我一声？”

好让她有个心理准备。

迟蔚声音很淡，像在说一句再普通、再正常不过的话：“只要你想我在，我就一直在。”

乔茵被这一记直球打得晕头转向，脸颊温度直升二百五，下意识否认：“我想什么想！我才没有想！”

接着，她又小声地嘟囔：“我可不敢跟李主任抢人。这么大的镇校之宝跑了，他非得来 A 市追杀我不可。”

迟蔚的唇角翘了一下，眼睛里有种波光粼粼的纵容。

她没有感受过的、羡慕别人拥有的那种纵容。

“迟蔚。”她叫他，心里想，她好像是完成了之前定下的进步目标，所以她单方面地给了自己一点儿尝试的勇气也不是什么罪大恶极的事吧？

乔茵抓住了他的衣角，仰头看他。早上涂的润唇膏早被吃光了，她下意识舔了舔发干的嘴唇。

“你要等我。”

等我再努力一点儿，能逃出将我困守的囚牢，摆脱桎梏我多年的心魔。

再正大光明，告诉你我的心意。

采访的价值讲究时效性，再加上荔枝 TV 一早就造了势，所以当晚迟蔚的采访视频就被放出来了。

内容是中规中矩的访谈对话，本来即便打上“天才少年”的名头，关注者可能也最多是热爱学习的中小学生及其家长，但封面放上迟蔚的照片，性质就完全不一样了。

起码乔茵收到的采访链接，是小光发过来的微博热搜。

“茵姐，你这个管家果然不是一般人。”

乔茵托着腮点开视频，听着一些基本听不懂的内容，不过上面飘过的弹幕跟她的反应也差不多。

有的说：“上帝给这人开了一扇门，又怕他热，于是还凿了一扇窗顺带修了个天台。”

还有的更直白一点儿：“救命，虽然一句话都听不懂，但是光看这张脸，我就愿意付费再点播三个小时听他给我说天书。”

乔茵鼓了鼓腮。

有点儿不爽。

又有点儿隐秘的小快乐。

毕竟她是唯一那个可以真正点播迟蔚给她说天书的人！是迟老师小课堂一对一的 VIP（贵宾）用户！还不用付费！赚了何止一个亿。

网上冲浪达人柯远自然也第一时间看到了采访的视频，还友情邀请迟蔚注册一个微博账号，接受众人的瞻仰。

迟：“没兴趣。”

木可不可：“就算你没兴趣，妹妹那边不是要参加节目？可以注册个号给她投票啊！等等……你现在在 A 市，妹妹也在 A 市，你们不会在约会吧？？？”

迟：“她在家，我在酒店，晚上还有个策划要写，怎么约会？”

难得从迟蔚的话里看出这么明显的怨气，柯远发出惊天动地的杠铃般的笑声。

木可不可：“反正我们迟会长已经敲定保送了，就好好工作，趁早赚够老婆本。年轻人，不要耽于享乐，要勇于征服星辰大海！”

这也是迟蔚跟乔茵说，只要她想让他留下，他就可以一直留下的原因。

保送通知下来后，他彻底没有了学业压力。等下学期升高三，他学生会会长的职位也会卸任给届时高二的学生。

迟：“我记得老田布置了三十张物理试卷，说月底返校就要检查？”

木可不可：“……”

木可不可：“老田跟你一样人性灭绝！”

迟：“写完记得多给她贡献点儿收视率。”

这个夏天，《晴朗的乐队》比上一季的声势还要浩大。

不需要柯远从一堆卷子里爬出来为乔茵贡献收视率，“末日极光”的微博粉丝数量就已经迅速突破了五十万大关，直奔百万而去，在乐队人气排行榜也位居前十。

小光如愿拥有了大批女粉丝，虽然都是看他一张唇红齿白的娃娃脸，心生疼爱的“妈妈粉”和“姐姐粉”。

阿元和贝壳倒是有了小光梦寐以求的女友粉，但是两个人都只是语言上的巨人，面对私信里大家热烈的表白，反而面红耳赤地不敢回复，被小光用嫉妒的眼神盯着。

其中受到最多关注的还是乔茵。

乐队的女孩子总是更辛苦也更容易被非议，可她足够出色，用实际表现回应所有质疑。

中间有一场比赛，他们刚好撞车了“追尾乐队”。

乔茵已经知道了那个男人的名字叫宿诚，也心知肚明“追尾乐队”会是他们的最大劲敌之一。但为数不多的几次碰面，宿诚都对她笑得毫无芥蒂，在不知情的人看来，还以为两边关系挺不错的。

同场晋级时，按照传统，队长之间要握个手或碰个拳，乔茵面色平静地往后退了一步，把位置让给了阿元。

下台擦肩而过的一刻，她看见宿诚勾了勾唇角，脸微偏，眉眼带着仅她可见的兴味：“下场比赛见。”

十六进十的赛制是两两对抗比赛，一共分为八组，每组的优胜队伍可以获得直接晋级的机会，失败队伍进入待定区，争取仅剩的两个席位。

印证了宿诚的话，分组时“末日极光”和“追尾乐队”还真的又分在了一起，只不过这一次不会再是双方都和平晋级，只能“你死我活”。

节目每一场比赛都有相应的主题，这一期的主题叫“坏天气”。

刚拿到题目的时候，小光忍不住吐槽：“这范围也太宽泛了点儿吧？坏天气多了去了，龙卷风、台风、大暴雨、沙尘暴，是不是都算坏天气？”

贝壳撸了一把他头上的毛：“你这叫自然灾害好吗？坏天气哪儿高攀得起。”

乔茵没什么想法，这题目说难不难，说简单也不简单，如果想偷懒，随便挑首有关阴天、下雨之类的歌就足够应付。

但总觉得缺了点儿什么。

录音室里安静了一会儿，阿元突然亮出手机屏幕：“这首怎么样？”

乔茵伸过脖子一看，圆形唱片图标上方是六个黑色宋体大字：

十七岁的雨季。

“咦，我们这里除了茵姐是不是都正好十七岁啊？”小光笑嘻嘻地说，“茵姐也就差三百来天了，还挺应景的。”

贝壳提醒道：“不过说起来，这歌好像比我们年纪都大吧？”

小光伸手比作话筒：“我上次听这首歌，还是我爸在KTV的时候喝多了追忆往昔唱的。”

阿元被他俩说得也没底了：“我也觉得是不是太老了……”

三个人把征询的目光投向乔茵。

乔茵却没有在意歌本身所谓的年代感，而是仔仔细细地看了两遍歌词。

坏天气总让人心情沉闷，因此相关歌曲大多透着伤感情绪，这首却截然相反，恰恰是乔茵觉得那些歌里没有的蓬勃朝气。

而这份朝气不适合其他人来表达，正如小光所说，只适合他们这个年纪的人。

独一无二、不会重来的十七岁。

比赛录制前一天，乔茵回了趟家拿换洗的衣服。赛程紧锣密鼓，她为了节省时间，最近一直住在录音室附近的酒店。

迟蔚也住在这家酒店。

乔茵向天起誓，这完完全全是巧合，她也根本没有什么夜半三更去偷袭的想法。

绝对没有。

她回 A 市的这一个月以来，乔逢安都没回过一趟家。乔茵觉得挺好笑的，哪天她人间蒸发了，他可能都要过个一年半载才能发现。

既然如此，又何必假惺惺地装成一个慈父，说是为了她好才让她回来。

几百平方米的大平层空空荡荡，乔茵一路急匆匆，都没来得及关卧室的门，因此外面大门密码锁被开启的声音，可以毫无遮挡地清晰传来，她收拾衣服的动作一僵。

这么不巧，偏偏今天她爸回家了。

乔茵加快手上的动作，三两下把行李箱拉上，抿着唇，目不斜视直直就要往外走，还没走到玄关处就被乔逢安一声喝住：

“给我站住！”

“你这是要去哪儿？”乔逢安皱紧眉，“整天不待在家里往外乱跑，像什么样子。”

乔茵只是停顿了两秒，就重新恢复了动作。

不想理乔逢安，也不想和他吵架，她自顾自地想拧开门把手，却发现门早已被乔逢安锁住。

乔茵转过身，抑制住胸口勃发的情绪，声音平稳地问：“您这是打算把我关在这儿？”

乔逢安不置可否：“还有一个月开学，你好好在家收收心。”

“让我去 N 市我去了，让我回 A 市我也回来了，我究竟做的哪一点让您还不满意？”她扯了扯唇角，“您现在放我出去，行吗？”

“放你出去？放你出去抛头露面参加那种上不得台面的节目？你知不知道那个圈子有多乱！你一个女孩子……”大约是觉得后面的话太难听，乔逢安没有说出口，“总之，你自己退出节目，不要逼我动手。”

乔茵闻言的第一反应竟然是，她该不该受宠若惊。原来她的大忙人亲爹，还能在百忙之中抽出那么几秒钟的时间，关心一下她最近在做什么。

“我不。”乔茵一字一顿，“我不可能退出。”

“行、行……”乔逢安忍着怒火点头，“那你就好好在家反省，什么时候你那个节目结束了，什么时候你再出门。”

乔茵脑中绷着的那根弦终于应声而断，她咬着牙，齿音发颤：“乔逢安，你凭什么这样管我？！”

“就凭我是你爸！”

六个字像如来的五指山一样压在她的头顶。

乔茵定定地看着他，胸口剧烈起伏半天，才把所有可怕的念头都压下去。她阖了阖眼，随即将行李箱就这样丢在门口，三步并作两步冲回房间，“嘭”的一声狠狠地关上了门。

手机电量告罄，她也没带充电器，只来得及在群里留言说被困在家里了，可能要等会儿才能回去。

至于等会儿是等多久，她心里也不清楚。

她坐在巨大的落地窗前，远处夕阳的余晖洇湿了城市上空，时间一分一秒过去。

从二十四楼看下去，万物都变得无比渺小。

乔茵开始后悔以前和小光他们看越狱片的时候，全程迷迷糊糊打瞌睡，没有掌握一点儿逃脱技巧。

正一筹莫展跟床上的可达鸭抱枕大眼瞪小眼之时，乔茵隐隐约约听见了外面有手机铃声响起。

这种严肃刻板、没有丝毫趣味的系统自带铃声，除了她爸，可能也没几个人会用了。

乔逢安刻意压着嗓音，乔茵把耳朵紧紧贴在门板上也没听清他是在跟谁打电话，只能在心里默默祈祷这个打电话的好心人赶紧把他叫走，她再喊个开锁公司的人来撬锁。

这一通电话打了快二十分钟，乔茵靠在门上的半边身子都麻了。中间乔逢安好似和对面的人产生了激烈的争执，最后又恢复了平静。

电话挂掉没几分钟，外面的大门打开了。乔茵屏住呼吸，计算着以百米赛跑的速度趁乔逢安没反应过来夺门而出的成功可能性，手刚摸上卧室门把手，耳边忽地传来一道熟悉的嗓音：

“麻烦叔叔了，我来接乔茵。”

清冷的、疏淡的，属于迟蔚的嗓音。

……幻听？

乔茵一把推开门，一眼望见了玄关处挺拔的少年身影。迟蔚面色平静地看了她一眼，旋即自然地转开目光，仿佛没有任何情绪。

她还蒙着，就听乔逢安说：“记住你的承诺。”

这句话是对迟蔚说的，说完乔逢安扭过头，沉着脸看向乔茵：“带着你的东西，在我反悔之前走。”

乔茵唇微张，欲言又止，动作却比大脑反应更快，一把拉过行李箱，拽着迟蔚的衣服冲出了门。

乔茵心脏跳得飞快。

电梯和着她的心跳声一路下坠。

电梯门开启的一刹那，她听见迟蔚问：“时间来不及了，跑吗？”

乔茵抬头望向他。

暮色四合里。

她的少年对她伸出了手，要拉着她狂奔到世界尽头。

第九乐章

一千零一夜

“所以……是什么来不及了？”

“上来之前我叫了车在楼下等，快超时了。”

“……”

浪漫和闪电一样，果然是这个世界上最短暂的东西。当你意识到它的存在时，它已经消失了。

乔茵也不知道她刚刚那一阵，到底是因什么而在心跳。

“刚刚跟我爸打电话的人是你吗？”

黑色SUV停在路边对着他们打了个双闪，迟蔚把她的行李箱放进后备厢后，打开车门让她先进去。小姑娘眼巴巴地瞅着他，迟蔚“嗯”了一声，微微一顿：“号码是从你姑姑那儿问来的。”

乔茵简直觉得不可思议：“你怎么跟他说的？我爸这个人从来不听别人的话，我活这么多年就没见他改过主意。”

迟蔚简单道：“我跟他说了你上学期每次考试的成绩。”

至于其他那些出于心疼忍不住生平头一回和长辈说出的不算客气与不敬的话，他都没打算告诉她。

乔茵的身子僵住了，她艰难地做了个吞咽的动作，一团气憋在胸腔里："我又不是为了他考的。"

"我知道。"迟蔚说，"是为了我。"

乔茵的脑袋像个煮沸的茶壶，白雾马上都要冒出来了，她压着嗓子教训他："迟蔚！过度自信就是膨胀！"

迟蔚长睫微抬，目光扫向她："这样就算过度自信了？我以为我是在陈述事实。"

乔茵瞪他："那你还想怎么自信？"

少年的黑眸沉沉地注视着她，一言不发。

车内有清新的橘子香氛的味道，被冷气送过来，猛然一下把乔茵冻得禁不住打了个哆嗦，下一秒，怀里被迟蔚塞进来一个抱枕。

"下次你遇到麻烦陷入困境时，我希望你第一个想到的人会是我，而不是让我从别人那里听说你的消息。"他淡淡地说道。

乔茵愣了愣，在她的心里，迟蔚一直是含蓄派发言的代表人，搁在宋朝怎么也是和李清照、柳永齐名的人物。虽然最近他是比过去稍稍"活泼"了一些，但她也没想过，有一天会听见他说这样的话。

她没有想瞒着他，只是早已习惯依靠自己来解决问题，选项里根本没有场外求助这一条，也下意识地不想把自己一团糟的家庭状况摆到他面前。

她后知后觉地问道："……小光他们怎么背着我加了你的联系方式？你当初不是说微信加陌生人会自动关机吗？"

迟蔚垂眼："有人一到关键时刻就转移话题，我只能另辟蹊径了。"

想偷偷转移话题未果的乔茵："……"

反正已经被戳穿了，她更加顺理成章地继续转移："还有，我爸跟你说的那个'承诺'是怎么回事？"

"我跟他承诺，在节目期间会保证你的安危。"迟蔚知道她就是这么个插科打诨的性子，也没有强求她的回答，语气认真道，"所以我现在是你的暂代监护人。"

乔茵睁大眼睛惊奇道："你连小叔叔都不愿意当，现在竟然还要当小爸爸？”

“……”

迟蔚恢复一脸的冷峻：“到了，下车。”

成功把小管家惹毛，乔茵回到酒店和告密三人组顺利会师。

知道他们是出于关心，所以病急乱投医，乔茵没想找他们麻烦，也就是揪着人到录音室又把歌儿练了个七八遍，才放人回去睡觉。

录制时间是次日下午三点。

录制当天晴空高照，万里无云，这样的天气录“坏天气”的主题，有一种还挺微妙的喜感。

“末日极光”和“追尾乐队”排在第三组上场，“追尾乐队”先表演。

宿诚那边选了一首很炸的摇滚乐，小光在后台候场区听得都跟着摇头晃脑。接在这样的场子后面，本身就很容易产生落差冷场。

乔茵做了个深呼吸。

如果在昨天以前，她会觉得，走到这里就足够了，做人要知足常乐，不要太贪心。

可是她现在偏偏想要让乔逢安看着她闯进决赛，看着她坚定不移地走到最后。

评审依次对“追尾乐队”点评完毕后，主持人介绍他们上场。

报幕刚说出他们要表演的歌名，观众席上就是一阵止不住的讶异。

“怎么唱这首啊？不会把这儿当成班级联欢会了吧？”

“这是想破罐子破摔？也确实，‘追尾乐队’那么强，这几个毛都没长齐的小孩儿应该也觉得自己没胜算……”

“咦，你这话就没礼貌了，本来现在搞乐队的都是年轻人为主，‘末日极光’前几场表现也很出色啊，反正我觉得他们不比‘追尾乐队’差。”

“那也得选首合适的歌吧？现在选这歌，‘追尾乐队’闭着眼睛唱都能赢，更何况刚刚‘追尾乐队’表现得还那么好。”

“……”

评审那边，青瓜和大菠萝一直都对这支少年乐队给予很大的关注和希望，此时也不禁面面相觑。

在嘈杂的议论声中，舞台上的灯光骤然熄灭，全场慢慢归于寂静。

最先亮起的是一束暖黄色的灯光，打在舞台正中央，模模糊糊地映亮四道身影。淅淅沥沥的雨声绵延传来，当人们正疑惑这是什么乐器发出的如此逼真的音效时，灯光倏尔又亮了一个度，吊足了大家的胃口，才将真相袒露人前。

不是乐器，也不是背景配乐，而是——

“这怎么还有表演口技的？”台下有观众瞠目结舌。

如果小光听见，大概要含泪悲愤回答：“被他们茵姐压着现学速成的。”

贝壳手里的吉他拨出悠扬前奏，不同于以往清澈的少年嗓音开场，这一次是坐在架子鼓后的少女唱出了第一句：

“当我还是小孩子，

门前有许多的茉莉花，

散发着淡淡的幽香……”

不甜不腻的嗓音却绵长而温柔，仿佛有化为实质的魔力，将人拉入小巷、院落、茉莉花丛旁的情境中，凭空勾勒出一段画面。

尾音落下时，灯光又变了，一粒一粒水珠一样的光影晃动着。

“我去，真的下雨了？”

“傻啊你，这是室内，怎么会下雨？是灯光效果啊，有一说一，这舞美真够牛的。”

氛围值一下拉满。

之前多多少少对乔茵他们还有些轻视的观众都不由坐正身子，开始认真侧耳倾听。

小光从副歌的前一段加入歌声里。

乔茵在编曲里动了些小心思，高潮部分单独分离出来做了设计，四个人的合唱不仅不显得拥挤，反而有一种近乎煽情的和谐。

“十七岁那年的雨季，

我们有共同的期许，

也曾经紧紧拥抱在一起。

十七岁那年的雨季，

回忆起童年的点点滴滴，

却发现成长已慢慢接近……”

这样简单、大众且朗朗上口的歌曲，在可发挥性极度受限的同时，也有着最天然的优势，那就是一旦表演得足够精彩，台下的观众会立刻投入进去，情不自禁与台上的演出融为一体。

无论什么样的心情，什么样的年纪，都是少年诚挚的真心最动人。

谢幕时，全场在余韵中安静了好几秒，才零碎地响起了掌声和欢呼声，接着像点点星火慢慢连成燎原之势，回荡在整间录制大厅。

评审席上的青瓜一向以感性著称，被主持人点到的时候，她还微微红着眼眶。

主持人调侃道：“看来我们青瓜老师对‘末日极光’乐队的演出很有感触。”

她大方地点点头，动作刻意地擦擦眼角，台下立刻一片起哄的笑声。她轻咳一声：“我得承认，刚听见报幕的时候，我是稍微有点儿担心的，因为这首歌在乐队的组合演出中可能并不占优势，但这场演出真的很打动我。十七岁呀，多好的年纪，就是离我太远了，我都快忘记那时候的初恋长什么样了。

“可是听这四个小朋友唱歌的时候，我好像又真的回到了十七岁，世界很轻盈，哪怕天下大雨，和喜欢的人在一起也觉得很美好。”

主持人：“哇，摇滚女神青瓜老师在我们节目首次自爆初恋，这期的收视率又有保障了！”

又是一阵哄堂大笑。

乔茵也跟着扬了扬唇角。让自己演出的每首歌都能给人带来极致的享受和深刻记忆，也是她表演的初心。

投票通道正式关闭了。

十六进十两两 PK 赛的规则是由六位评审和一百七十位观众一起投票，评审一票抵五票，满票两百。

前面的“追尾乐队”得到了全部评审的投票，加上观众投票，一共获得了 173 票。

已经是迄今全场最高的分数了。

而“末日极光”这边，暂且没有公布观众的票数，只能看到目前获得了台上五位评审的投票。

主持人采访完青瓜后，自然而然就将话锋转向了唯一没投票的那位：“我看杨树老师好像也有话要说？”

乔茵平静地望向坐在正中心位置那个脸略有些浮肿的男人。

乔茵皱了下眉，不知道是不是她的错觉，总感觉，这人似乎一直用余光偷偷往宿诚所在的等候区瞥去。

杨树早年是个小有名气的音乐人，但曲风偏旧派，人红了以后绯闻闹得比作品多。圈子里日新月异、人才辈出，他没作品傍身，过不了多久就“查无此人”了。

直到近两年，他才靠犀利、毒舌的点评重新开启事业第二春。

“我和青瓜老师的意见不太一样。‘末日极光’乐队是吧？年纪小可能就是容易浮躁吧，功夫都下错地方了。这个节目最重要的是表演本身，而不是那些乱七八糟的东西，你们挑选歌曲那么随便，只在旁门左道下功夫恐怕不是长久之计……”

杨树张嘴就是这样一段丝毫不留情面的批判，场子里静了一瞬。

小光慌了一下，乔茵从他手里接过了话筒，安静地等杨树批评完了，才开口道：“十分感谢杨树老师的批评和指正，虽然目前您说的话，我一句都不认可。”

她话音落下，场内一片哗然，杨树也是一脸的不敢置信。

“不是我自负，觉得我们的演出毫无瑕疵，而是您一句话就把为节目辛勤付出的舞美老师和工作人员们的努力都抹杀了，这样不太合适吧？

“在节目中，视觉效果也是演出的一个重要部分，您作为老艺术家，应该很清楚才对。”

这个“老”字用得礼貌且嘲讽，杨树的脸一下涨得通红，刚想说什么，乔茵又截在他前面继续道：“至于选歌随便的指控，说实话，我很好奇，杨树老师是在我们身上安装摄像头全程记录了吗？”

杨树：“你……”

“我相信看了我们表演的观众和评审老师们，都能看出我们对这场比赛的认真和全力以赴，而光凭选曲就给我们定罪的杨树老师，究竟是对我们有偏见，还是对歌曲的原创老师有意见呢？”

一顶大帽子扣下来，杨树冷汗涔涔，彻底坐不住了。

玩乐队的圈子里，大多数人的脾气都挺大，乔茵不是第一位撑评审的选手，却是第一个撑得人节节败退但又挑不出错的。

主持人见势不妙，立刻出来打圆场：“能看出我们节目最大的特点就是从选手到评审都十分真性情啊！好，相信台下真性情的观众们也迫不及待想看‘末日极光’乐队的最终得票了。”

台下的观众：？

勿乱扣帽子。

倒计时十秒钟后，大屏幕亮出了“末日极光”的总票数——

175。

两票险胜。

全场有人庆幸，有人开心，有人意外，有人难过，但最尴尬的莫过于杨树。

“谢谢各位老师和支持我们的观众。”乔茵的目光最后扫过杨树，弯了下眼睛，恭恭敬敬、客客气气地说，“我们会继续加油，争取能在决赛场上获得杨树老师珍贵的一票。”

“太损了、太损了，茵姐真的把山上的笋都夺完了！”节目结束后四个人的小型庆功宴上，小光忍不住第10086次提起乔茵在台上的壮举，“那最后一句话，简直就是可以载入史册级别的阴阳怪气，杨树估计今天要被茵姐气到失眠了。”

“别笑了。”乔茵给他扔了个白眼，“还不是你不争气，事后在这儿吐槽个不停，当面连句话都说不出来。”

小光呜呜哽咽：“人家被那么多人看着会害怕的嘛！”

贝壳：“呕。”

阿元：“吐了。”

小光：“你们两个，把小龙虾给我放下，吐了就不许吃！！”

一场三败俱伤的打闹后，小光想起什么，忽然问：“茵姐怎么没有叫管家哥哥一起来吃饭啊？”

“管家哥哥”是他们给迟蔚起的敬称。乔茵第一次听见的时候整个人像被九十九道天雷劈过，问他们是从哪个玛丽苏片场穿越过来的，他们却振振有词说这称呼亲切又不失敬意，俏皮又带着尊重，改是不可能改的。

乔茵：“……”

乔茵听着听着，被雷得多了也就习惯了。

“他这两天忙着呢，再说又不是总决赛赢了，干吗这么兴师动众打扰人家。”

阿元看着一脸淡定的少女，叹了口气，心说：只要你提一句，管家哥哥肯定很愿意被打扰。

小光：“说到总决赛，我们不会又跟‘追尾乐队’他们碰上吧？虽然这次赢了，但是赢得好险……”

“追尾乐队”虽然在和他们的PK中输了，但是在后续争夺最后两个晋级席位时还是以高票胜出。这本是乔茵意料之中的事儿，可想到那时杨树古怪的举动……

她心里稍稍有些不安。

到底没有证据，乔茵没把事情说出来徒增烦恼。一旁的贝壳已经摘了塑料手套捶了小光一拳："你怎么还长他人志气，灭自己威风？有这时间早点儿想想决赛唱什么歌。"

《晴朗的乐队》的节目特色，是初选和决赛都要唱乐队的原创曲目，主办方大概是有什么写高中作文遗留的首尾呼应强迫症。

决赛要求更严格一些，表演曲目还必须得是从未在公开场合演出发表过的新歌。

看起来是有些苛刻，但决赛现场这么一个可遇不可求的打歌机会，选手们非但没人有意见，还都十分珍惜。

这一场比赛的主题也非常宽泛，叫"我的奇思妙想"。

小光捂住刚遭受一记重锤的胸口，眼珠子一转："我想起来了，茵姐写的那首新歌《夜莺》我们不就还没来得及公开嘛！当时是说等茵姐暑假回来再发，这一忙就给忘了，正好能用！"

他们这一期刚唱过阳光开朗、积极向上的歌，《夜莺》的曲风和歌词与之相比，不能说是一模一样，只能说是截然相反。

小光哼着前奏，零零碎碎唱了两句："夜莺是梦里在城市穿行的我，挣脱我的牢笼和枷锁……

"夜色沉默，灯影交错，它嘶哑唱的歌，没被人听过。"

阿元："好丧。"

原作者乔同学："……"

她啥也不能说。毕竟写这歌那会儿她正初来乍到N市，还处于被迟管家严加看管每天做题到深夜的状态，能不抑郁吗！

"就定这首吗？化身夜莺这也属于奇思妙想吧？反正我想不到。"

"下周就决赛了，早定早去录音室练。"

"一个问题。"小光憧憬道，"为什么每次我们都是吃饭的时候定歌啊？下次能不能去吃和牛自助啊，肯定能激发很多灵感！"

阿元："我看你像头和牛。"

小光："……郑元元！！"

眼见又快打起来，乔茵一锤定音："那就这么定了。赢了最好，输了还能趁机打歌，怎么都不吃亏。”

风险对冲这活儿，她已经很熟练了。

A 市向来是座不夜城。

深夜十二点，某地下娱乐中心的台球室内。

男人将及肩发束在脑后，俯下身贴近桌面，握着球杆的手向前轻轻一推，最后一颗黑球落入袋中。

一杆清台。

旁边围着的几个人见状正要开口溜须拍马一条龙服务，却见男人眉宇间的戾气不减反增，衬得那张平时一贯温柔的脸也多了几分阴沉。几人彼此对视一眼，又缩回脑袋当鹌鹑了。

没人敢在宿诚心情糟糕的时候送上去当炮灰。

上一个去触霉头的，还是闯了祸要宿诚给他收拾烂摊子的吴天。从那以后，“追尾乐队”就再也没有一个剃莫西干头的人。

宿诚有钱，也有人脉，自己组建乐队，高兴的时候可以豪掷千金签人，不高兴的时候，也可以立刻叫人收拾包袱滚。他是核心人物，乐队里其他的位置换成谁都无所谓。

他讨厌一切意外，讨厌一切不可控的因素。

在十六进十这场比赛之前，他还一直以为那几个小孩儿只是个有点儿意思的小插曲，带着点儿兴味地捕猎，却没想到终日打雁还会被雁啄了眼。

价值不菲的球杆被他挥到地上摔成两截，宿诚双手撑着台球桌，目光阴沉地问：“人呢？”

一旁候着的随从回道：“诚哥，他在外面候着呢！”

宿诚扬了扬下巴，外面的人被放了进来。白炽灯光下一张微胖的脸显得更加浮肿，杨树战战兢兢道：“宿、宿少，节目的事，我、我、我已经尽力了，但是……”

宿诚直接打断他：“废物。”

“我往你卡里打那些钱，送你那辆车，不是为了听你在这儿说这些废话的。”

杨树被骂得抬不起头。

凭宿家的资本，想在总决赛优胜队伍里有一席之地，并不是难事。但宿诚现在要的却不仅仅是胜出。

“想个办法让‘末日极光’直接出局。”他说。

杨树：“啊？？这……我之前有旁敲侧击问过其他评审，可他们都不识抬举……”

宿诚轻蔑地笑了一声：“只有你是软骨头。”

若不是因为其他人那里难以打通关系，他也不会找上这么一个废物。

“三百万。”宿诚说，“想不到办法就还钱，不然下场你知道。”

不知想到什么，杨树浑身一抖，额角冒出冷汗，他猛一咬牙：

“宿少！我之前看过‘末日极光’登记的资料表，上面有一些信息你应该用得上……”

决赛时间定在8月20号。

节目组给大家的准备时间比起之前要稍长一些，不过也就是三天和五天的区别。

《夜莺》虽然写出来有几个月了，可实际上四个人一起排练还是第一次。四个人磨合得不算特别顺利，几乎荒废了两天的时间，在第三天才慢慢找到状态。

因为赶时间，阿元找了熟悉的餐馆每天定点送饭来录音室。

这天饭送过来的时候，他们正练得投入，送餐的人在门边儿静静等着，也没打扰。

一曲结束后，阿元过去拿饭。

“不好意思，等久了吧？”他随口道，“你是新来的员工吗？之前好像没见过你。”

其实这人戴着帽子和口罩，一副很讲卫生的样子，阿元也只是通过体形判断。听见阿元的声音，那名员工身子微僵，飞快将手里的手机揣回口袋，把饭递给他，含糊地应了声，低着头匆匆走了。

阿元心道：现在做服务行业的人都这么腼腆的吗？

“元哥！快点儿！我要饿晕啦！！”

听见小光的夺命连环催，阿元收回疑惑的目光，提着饭盒往里面走："再催你就出去捡垃圾吃。"

…………

翌日上午八点。

天上一边出太阳，一边飘着小雨，乔茵收了伞推开录音室的大门，就见三个男生围坐在沙发上，低着头在看手机，有一段朦胧的乐声从扬声器里发出。

她没仔细听，好奇地问：“听什么呢这么认真？”

话音落下，沙发上齐刷刷抬起三张堪比恐怖片的煞白的脸，把乔茵吓了一跳。

“……怎么了？”她微微蹙眉。

“茵姐！呜呜呜茵姐，我们被阴了！”小光率先扑了过来，“‘追尾乐队’那帮人不知道从哪里搞来了《夜莺》的音源，发到了他们的微博上！”

乔茵接过小光手里的手机，乐声还没停止，此刻距离近了，听得更加清晰。

这歌……是《夜莺》，又不是《夜莺》。

歌词完全被篡改，曲子也被有心人调整过，只是再怎么改也还是保留了《夜莺》至少80%的旋律。

只要他们在决赛舞台上表演《夜莺》，就一定会有人说他们是抄袭。

虽然乔茵有文件上传记录作为原创证据，但“追尾乐队”那边已经抢占了先机，他们又没有证据证明“追尾乐队”才是抄袭者，舆论并不会偏向他们。

更何况，“追尾乐队”的那条微博发得极其恶心。

——“决赛在即，为了拿出最优秀的作品跟大家见面，我们放弃了很多还不够完美的半成品，其中就包括这一首。”

光抢了他们的歌还不算完，还要踩一脚为自己抬轿。

乔茵抿紧唇，半晌才开口道：“不管能不能找到他们抄袭的证据，《夜莺》都不能在决赛用了。”

这才是对方最为险恶的用心所在。

抛开会引起的抄袭风波不谈，他们已经先入为主地给了观众这首歌不够完美的印象，即便他们表现得再好，也很难不受到这份偏见的影响。

评论区已经有许多留言在全方位挑这首歌的刺，外加表达对“追尾乐队”决赛表演的期待了。

“一定是昨天那个送饭的人偷录的！”阿元醒悟过来，眼眶通红地握紧拳，“都怪我，明明发现他不对劲了，却没去找他问清楚！”

小光：“元哥，这关你什么事啊，是‘追尾乐队’的人搞这种下三烂的招数！一把年纪了还欺负小孩，要不要脸啊！”

贝壳拍了拍小光的脑袋：“他们可不把我们当小孩，把我们当仇人还差不多。”

阿元实在咽不下这口气，打电话去联系那家餐馆，才知道原来昨天送餐的人因为忙着送其他单，把饭交到了一个自称是录音室工作人员的手里，请他帮忙代送。

因此没有人知道偷录者的真实身份。

他戴着帽子和口罩，大概也是为了躲避录音室的监控摄像头。

对方准备得这么周全，他们再谨慎也很难不中招。

小光焦急道：“我们现在怎么办，来得及换歌吗？”

乔茵低头看了一眼手机上的时间：“比赛是后天上午十点，还剩两天时间，还有机会。”

最后四个字，她说得很有气势，实际上她也不知道自己哪儿来的自信。

他们这个乐队一开始组建就是纯玩票性质，大家做这个是为了开心的，没想过前途，没想过以后，有灵感了就作首新歌，没灵感的时候几个月不开张。

乔茵从来没有过创作压力，《夜莺》这首歌都是她慢悠悠地写了近一个月才完成的。

以往创作最快的一次，她也写了一个多星期。

两天够干什么？

可是已经走到这里了，已经快要爬到山顶了。

这一路上侥幸被人喜欢，她紧紧攥住每一份来之不易的心意。

她不想，更不愿因为别人的陷害，让喜欢他们的人失望。

一整个白天的时间流淌而去，乔茵待在房里一步都没出去。

小光他们不敢进去打扰，在外边儿绞尽脑汁企图分忧，好不容易写出来两句，但自己都觉得是垃圾。废纸团成一团扔满了地板，场面非常之不环保。

“茵姐是不是一天没吃饭了啊……你们谁给她送点儿吃的进去？”小光对着紧闭的房门使了个眼色。

贝壳“嘶”了一声：“我不敢，打扰茵姐写歌，轻则挨揍，重则丧命。”

“那茵姐也不能什么都不吃吧？”小光一脸忧愁，“要不，再去找管家哥哥帮忙？”

阿元叹了口气：“别了，上次茵姐虽然没说，但她明显不想我们再去找管家哥哥。人家两个人的事儿，我们一直掺和也不太好。再说了，术业有专攻，管家哥哥也不一定能帮上忙。”

“元哥，不要推己及人，你贝斯弹得好，数学却不及格，不代表管家哥哥是学霸就不懂艺术。”

阿元：“……”

阿元：“语文三十八分的人没资格说我。”

抄袭事件没解决的憋屈、截止时间线逼近的压力还重重搁在心头，三人连拌嘴都没有了平时的心情。

太阳彻底落山，房间里的灯却迟迟没开，黑黢黢的一片。三个男生越发担心，正准备聚众去敲个门，“哗啦”一声，门被人从里面拉开了。

乔茵从黑暗中走了出来。

她说：“我出去走走，不用担心，你们也早点儿回去吧！”

这个时间，城市里华灯初上。

白天下过雨，夜幕中的星星似被雨水洗刷过，明亮得仿佛一伸手就能摘到。

乔茵在A市一共待了不到七年的时间，对这座城市不算陌生，但也不算了解。她说出去走走，就是单纯地沿着人行横道漫无目的地走。

从上午得知“追尾乐队”抄袭《夜莺》并抢先发表到现在，过去了十个多小时，她一个音符也没写出来。

灵魂像撕扯成了两半，一半是嘈杂到吵得人头疼的声音在催促她赶紧动笔，一半是缩在壳里的乌龟，挣扎着想逃避一切，不愿出来。

她其实很少有想逃避一件事的心理，但这种情况似乎都发生在今年了。

都是因为害怕辜负别人的喜欢。

她需要很多很多的证据和勇气，才能证明她是值得被爱的。

不知走了多久，她绕了一圈，又回到原点，坐在酒店旁边公园的长椅上。这里晚上有个小夜市，很多人出来摆摊卖东西，树梢上挂着亮闪闪的五彩灯，人影憧憧。

显得热闹又寂寥。

乔茵眨了眨干涩的双眼，有对小情侣抱着套圈赚来的半人高的毛绒玩具熊从她面前走过。

男生的表情很得意：“我就说要靠我吧，随随便便就给你搞到一个头等奖。”

女孩子嗤了他一声，抱着熊一起撞他，半嗔半笑：“是是是，没你不行。”

好像这个世界上除了她以外的所有人，都可以坦率地表达心意。

夜风混合着浓烈的人间烟火气，缠绕在她身侧，乔茵蜷了下手指，按亮手机，顿了三秒，拨了一个语音通话。

她握着手机仰着脑袋，对面接通得很快：“乔茵？”

“迟蔚，我在看星星。今天晚上的星星有点儿好看。”她慢慢地说，“有北斗七星，还有牛郎星和织女星。”

她瞎说的，她一颗星星都不认识。

对面沉默一会儿，声音低沉又温柔：“怎么了？”

乔茵鼓了鼓腮帮子，泄出了一口气。“监护人，你的监护对象遇到了一点儿麻烦，”她皱起眉，像一个仿真AI在学习人类的行为，“想向你发出一个求助信号。”

迟蔚来得很快。

人很好找，长椅上形单影只地坐着一个清瘦的身影。她轻轻晃着腿，穿着帆布鞋正把小石子当毽子踢。听见脚步声，少女转过脸来看他，说出的第一句话是：“我这次第一个来找你了！”

迟蔚脚步微顿。

他一颗心被揉得像一团皱巴巴的纸，又被少女小心翼翼地捋平。

乔茵把人叫来是一时冲动，在那种氛围里，突然就无法抑制地很想见到迟蔚。等人真的过来了，她又想往回缩了。

没缩成功，迟蔚直接坐到了她旁边。

这么长的一张椅子，被他挤出了逼仄的效果。

迟蔚揉了揉她的脑袋：“所以奖励你。”

乔茵眼巴巴地看着他。一秒、两秒，迟蔚收回了手。

“……没了？”她睁大眼，“哪有这样的奖励！”

迟蔚没忍住勾了勾唇：“我也是第一次给奖励，没经验。”

乔茵勉强接受了这个说辞。

“那你下次记得要好好准备。”她说完，摸了一下鼻子，想起正事儿，

“其实我也没什么大问题。”

她把“追尾乐队”的事儿长话短说了一番，明明平时攻击人的时候一大串词语运用得行云流水，但在迟蔚面前说这种类似于倾诉委屈的话……总觉得很羞耻，三句话磕巴了两三次。

“我知道了。”迟蔚说。

他语气淡然，简简单单四个字说得却很沉着，像是已经有了解决办法。

乔茵“扑哧”一声笑了：“迟管家，我还以为你要说‘天凉宿破’。”

“什么意思？”

乔茵用做作的腔调给他解释：“天气凉了，让宿家破产吧！”

迟蔚一本正经：“暂时可能不行。”

暂时？乔茵没多想，觉得可能是迟蔚在安抚她，比如等多年以后他赚了大钱当了大老板，再帮她上演一出君子报仇十年不晚的钻石独播剧场复仇大戏。

反正凭他的聪明才智，也不是不可能。

能有这样的安慰就够了。

她原本也不需要迟蔚揽下这个麻烦，就帮她处理完所有事情，只是想有一个发泄出口。

“不过……我现在好像写不出来东西了。”

都到这个份儿上了，乔茵索性不管不顾地把心事都说了出来：“我一直以为，我还挺有艺术天赋的，但是怎么感觉才十六岁就江郎才尽了！我还想写好多好多的歌呢！”

迟蔚看着她，忽然风马牛不相及地说了一句：“我并不假装理解宇宙，它比我大多了。”

乔茵：“？”

“这是爱因斯坦说过的话。”迟蔚不疾不徐道，“爱因斯坦年轻的时候研究相对论，中间也经历过十年停滞不前的挫折期。”

乔茵叹了口气：“那我肯定没法和爱因斯坦比，而且现在……我也没有十年的时间可以耗了。”

“相对论中有个时间延缓公式，在条件成立的情况下，有限的时间可以无限延缓，实现无数奇迹的可能性。”

乔茵怔怔的，脑海里好像隐约闪过了什么，刚抓住一缕，迟蔚蓦地欺身向前，温热的食指轻轻地摸过她这一个多月忙出的淡淡黑眼圈：“所以，在实现奇迹之前，乔茵同学能不能先睡会儿？”

“……”

太、太近了。

少女耳根染红，想往后撤，强撑着道：“我回酒店睡！”

“你回去会睡吗？”迟蔚平静地问。

不会。

她回去之后，即使不能把歌写出来，也要对着五线谱硬生生熬到天明。

眼睛被宽大的手掌合上，两排浓密的长睫毛在迟蔚掌心刷过，乔茵眼前的视线突然变黑，上半身被少年半是强制地摁着躺下来。

迟蔚很明显也知道她的答案。

“睡一个小时。”他不容反抗地说，“到点我叫你。”

小管家真的变霸道了好多。

“迟蔚，幸好我出来前喷了很多花露水。”乔茵闭着眼睛枕在他腿上哼哼，“不然你这就是让我在公园做慈善喂蚊子。”

“……”

少年身上干净清淡的皂角味盈入鼻腔，比任何一种安眠药或镇静剂都好用。

周围分明有止不住的喧嚣声和吵闹声，乔茵却缓缓沉入了梦乡。

距离决赛倒计时二十四小时。

小光三人一夜没怎么睡觉，翻出以前作过的一个草稿曲目，不算十分切题，但改一改也勉强可以用。

不是什么好办法，可是事已至此，也没有更好的选择了。

小光:“茵姐醒了吗?我们给你带了早饭过来,醒了直接来录音室吃。今天元哥出钱包了场,录音室肯定不会再有陌生人进来了!”

小光:“实在不行的话,比赛就用很久之前写的那首《失眠回忆》,等茵姐你过来后,我们一起再看看怎么改比较好。”

乔茵在十点过五分的时候,终于回复了消息。

乔茵:“不用。我们有新歌了。”

8 月 20 号。

《晴朗的乐队》决赛日踩着夏天的尾巴到来。

最后一期节目采用的是直播的形式,广大观众可以通过荔枝 TV 的 App 在线观看。乔茵手上有几张录制现场的门票,她留了一张给迟蔚,其他的票在几天前就快递寄到了 N 市给桂圆她们。

小姑娘们其实两天前就到了 A 市,但知道现在乔茵正是最忙的时候,没有过来打扰,自己看攻略逛了两天,为了去现场看决赛还特地定制了应援牌。

“茵茵他们第几个出场啊?”

“好像是第六个!”

“那我好好留着力气等茵茵出来再喊!”

话是这么说,但在现场这么热烈的气氛中,很难不受感染。进到决赛的乐队都已经是佼佼者中的佼佼者,表演的观赏性极强。桂圆一开始还绷着一张脸惜字如金,没过多久就跟着人群开始起哄。

尖叫完,她又满心羞愧:“呜呜呜,我背叛了茵茵……”

唐心月无奈地翻个白眼,扔了一板润喉糖给她:“养养你的嗓子吧,马上乔茵就出来了。”

背景音响声太大,桂圆没听清:“你——说——什——么——”

唐心月:“……”

她抠出一颗薄荷味的硬糖“吧唧”一下塞进桂圆嘴里。

世界清静了。

决赛的赛制是十支乐队抽签轮流上场表演，每支乐队表演完以后开启相应的投票通道，这一次，无论是专业评审还是普通观众，投票的分量都是一样重的，最大程度上保证投票的公平性。

票数先不公布，等所有的乐队都表演完后，会再开始二轮投票。二轮投票时，在场众人不再像之前可以给每支乐队都投上一票，而是只能从十支乐队中选取最喜欢的那一支进行投票。

两次投票票数相加就是最终成绩，按票数从多到少依次排列，排名前六的就是本次比赛的优胜乐队“GOD SIX”。

这个名字也被观众戏称为“六神花露水”，恰好时值烈日炎炎的盛夏，古古怪怪地应了个景。

排在“末日极光”前面的，刚好是初选那天跟他们进行过友好交流的“404NOTFOUND 乐队”，卷毛男孩儿们谢幕时还集体变了个魔术，人手凭空抓住一枝玫瑰花抛到观众席。

就是站在正中间的三号慢了半拍，在空气里摸来摸去，搞出了一种盲人摸象的滑稽感。

全场爆笑。

至此，十支队伍已经有一半都完成了表演。

没有人出现重大失误，大家的发挥都在以往的基本水平线之上，越靠后登场的乐队压力就越大。

“404NOTFOUND 乐队”退场后，短暂休息了十分钟，主持人才上场介绍下一支乐队。

舞台正前方巨大的 LED 屏幕亮了起来。

在每支乐队表演之前，大屏幕都会放出他们在节目开始之前录制的 VCR（影像），以对比见证这一个多月以来的成长。

起初画面里是一团模糊的光影，接着缓慢聚焦成人像。

镜头正中央，未施粉黛的少女像清晨最鲜亮澄澈的那粒露珠，乌发黑眸，看起来又俏皮又乖巧。

少女还没适应拍摄状态，一张脸往镜头前凑近了一点儿，圆圆的眼睛眨了眨。大屏幕会放大每一寸瑕疵，同样也不会吝啬于赞美动人心魄的美丽。

她后面的背景音吵吵嚷嚷。

“按年龄排，第二个该轮到我了吧？”

“你怎么不按身高排呢？”

“按体重排也行。”

底下观众听得又笑了起来，少女退后几步，干脆把吵到想打一架的三个男生都拎过来，一起并排跟镜头打了招呼。

“大家好，我们是‘末日极光乐队’。”

“我是乔茵。”

“帅哥、美女们！我是小光！这傻大个儿是阿元，旁边的是贝壳。”

“你才傻！”

“Stop（停）！”

“现在是7月10号下午三点，我们明天就要去录节目啦！节目组说要让我们说个目标，但是大家好像都没什么目标，那就暂定闯到决赛吧——因为不到决赛大家也不会看见这个视频，现在这么吹牛不丢人。”

观众：“哈哈哈……”

乔茵：“节目组还有一个问题是问，对我们来说，乐队的意义是什么？老实说，我们就是找不到生活的意义，每天都过得无所事事才想着组乐队的。‘末日极光’这个名字当时起得也很随意，就是想，如果明天是世界末日，那我也要成为最后一束划破天际的极光。

“好像有点儿狂妄，但我觉得‘乐队人’本身心里都燃着一团很狂妄的火焰，想烧给这个世界看看，搞乐队就是聚众‘放火’的过程。也希望我们的火焰能一路燃烧过这个夏天，再燃烧很多很多个夏天。”

随着最后一句话尾音落地，大屏幕突然熄灭。

片刻的黑暗后，屏幕再亮起时，成了一片浩瀚璀璨的星空。

舞台灯光次第点亮，光线笼罩在四道刚刚出现在VCR中的身影上。每个人身上的衣服都带着星球元素，和背景的屏幕相呼应，亮闪闪的，像四个发光体。

架子鼓前，乔茵歪了歪脑袋，对观众席扬了扬唇，露出一个很明亮的笑。

她以往扎马尾比较多，这次却在头顶绑了两个活泼的小丸子，上面都别了可爱的星星发饰。乔大魔王在节目里一向走偏成熟冷酷的风格，哪怕是上一期唱《十七岁的雨季》也只是稍稍温柔软化了那么一点点，这还是第一次以这种让人一眼心动的甜妹形象出现，台下瞬间沸腾了。

表演开始前，她目光不自主地扫过她留给迟蔚的那张票的座位，还是空着的。

有一点儿可惜，因为新歌就是从他那里获得的灵感。

不过乔茵知道他很忙，心中也没有太过失望。

这首歌叫《相对论》。

“世界盛大，我像一粒小小尘埃。”

“世界渺小，我找不到有谁可爱。”

小光清唱完开头两句歌词后，前奏不期然响起，欢快活泼又青春洋溢的曲调一下就抓住了人的耳朵。

这是和《夜莺》截然不同的一首歌。

“相对论它到底是什么难题，
爱因斯坦也没讲清楚道理。
光不再沿直线走千里，
时间也不只是一维体。
如果真有一天见到平行时空的你，
要说一声欢迎光临。
最好云朵也能摆脱地心引力，
捎一份我的烦恼给你。”

鼓声夹杂在吉他声中，如夏日骤降的暴雨，酣畅淋漓地浇了人一身，淋雨的人却不会因为意外而生气，而是仰着头笑着接受上天突如其来的坏脾气。

观众席上灯牌和荧光棒交相辉映，歌曲末尾，乔茵闭了闭眼，将鼓棒收起，抓过话筒唱完最后几句。

“期待你的答疑，

下次宇宙缝隙开启，

记得寄信告诉我谜底。”

整首歌戛然而止，却并不显得突兀，反而是恰到好处的收尾，轰轰烈烈的余音缭绕着整个大厅。

桂圆双手高举着灯牌，这次才是真的快把嗓子喊哑了。

之前嘲笑她的唐心月也没好到哪里去，应该说，同行的附中小分队现在全体“无人生还”。

她们自从知道乔茵参加了《晴朗的乐队》节目后，一期不落地把节目看完了。虽然女孩们早就知道乔茵的真实水平远远不止校庆晚会上发挥出的那样，但今天还是被乔茵的现场震撼住了。

一时间满场都是左顾右盼的催促：“投票没？快快快，快投票！”

表演完下场后，乔茵才察觉自己整个后背都被汗水浸湿了。

加起来总共不到一天的排练时间，就算他们再有默契、再全力以赴，也很难保证演出效果。但或许是这首歌本身轻快积极的氛围加持，到最后他们竟然真的创造出了奇迹。

“茵姐这两个小鬏鬏真的好可爱啊！”小光眼冒星星地想伸手摸摸，被乔茵回以“你有胆就摸一下”的慈祥微笑。

小光瘪了瘪嘴收回手：“我还是去问卷毛哥魔术是怎么变的吧！”他刚刚在后台看的时候眼馋了很久。

冤家路窄。

他们走到通道尽头时，恰好和另一群人擦肩而过。

为首的男人眼眸微眯，脸上还是那种虚伪的温柔，只是话里的语气藏不住一丝阴冷：“恭喜你们，表演得很成功。”

“谢谢。”乔茵面色未改，“只是有些人是不是应该还挺意外的？”

身后的阿元已经控制不住想冲上前动手了，被贝壳和小光死死拉住。他们也恨，但是此时此刻如果闹出什么事儿，临门一脚被退赛，功亏一篑的是他们自己。

小光咬着牙低声劝道：“元哥，忍辱负重，卧薪尝胆！”

宿诚的视线扫过来，像是想通了什么，笑了笑：“意不意外也没什么所谓了。借过，我们要先出去准备了。”

人走后，乔茵的表情冷了下来，推门进了后台。她刚想说点儿什么，就眼睁睁看着三个男生排成一排，对着手机里的菩萨画像虔诚鞠躬。

乔茵：“……”

乔茵：“？？？”

“菩萨在上，信男陈启光、郑元元、王可贝愿一年食素，祈求‘追尾乐队’表演翻车。”

乔茵叹为观止，这可太努力了。

然而十分钟后，通过外面观众的激烈反馈，乔茵就知道他们的祈祷失败了。

想到有可能要和“追尾乐队”的人一起参加节目结束后的After Party（赛后联欢会），乔茵隐约觉得胃疼得直抽抽。

她知道宿诚那句话是什么意思了，就是纯粹的，想要恶心他们。就算赢了又怎么样？还不是要和剽窃陷害自己的人一起站在荣誉的领奖台上。

哪一个受害者又能真真正正地感到高兴呢？

果然，宿诚表演完回到后台时，握着手里的杯子，眉梢轻挑，对她做了个干杯的动作。

换在半年前，她可能也气得脑袋一热上去揍人一顿再说。

现在她只是深深地吸了口气，将手里的纸杯当成是宿诚一样捏扁，丢进垃圾桶里。

喜欢上一个文明人后，她也要学着，用一些文明的方式解决问题。

半个多小时后，十支乐队全部表演完毕，被一起邀请到台上，等待进行第二轮投票。

投票前，大屏幕依次滚过刚刚比赛时各个乐队的高光表现，帮助观众进行回顾。

可视频放到一半时，观众席突然传来一阵骚动。

“你们快看微博热搜！真的假的啊？”

“什么什么？发生了啥？”

“你说的是‘追尾乐队’涉嫌多起抄袭剽窃事件的那个热搜吗？我看呆了都……”

“还有一首是抄的邓雨笙的，这么红的歌手也敢抄？”

“当时邓雨笙还是个新人吧……他们估计也想不到邓雨笙现在红成歌王了。”

“别说邓雨笙了，他们连一起参赛的选手也抄啊，还抢在人家前面把人家的作品发在了微博上。我唠了，‘末日极光’也太惨了吧！”

有个音乐博主爆料“追尾乐队”出道几年来，经常通过一些违法行为窃取其他竞争对手的作品，有的稍加修改，有的直接原封不动照抄，抢了不知多少人的心血。

苦主数量一只手都数不过来，之前人微言轻，碍于宿家的势力不敢声张，在该博主发出微博后，并且邓雨笙带头转发声讨后，许多人纷纷跟着愤慨响应。

最开始是几个在场内偷偷刷手机的人发现的这个惊天八卦，但涉事对象还在台上站着，于是小范围的八卦没多久就变成全场都在议论纷纷。

后台的工作人员也发觉事情不对劲，当即给主持人打了个信号。毕竟节目还在直播，这么严重的事情，处理不好就是一桩影响极其恶劣的丑闻。

“追尾乐队”被节目编导找了个理由紧急叫下了台。

一并带走的，还有据说收受了贿赂的杨树。

而他们这一去，就再也没有回来。

“追尾乐队”直接从第二轮投票的名单里被剔除了出去。

直到身处 After Party 的宴会厅里，乔茵的脑袋还有点儿蒙。

事情反转来得太过突然，以至于主持人宣布决赛结果的时候，她都在神游天外，没有认真听，还是被小光他们簇拥着过来的。

“第三！我们竟然是第三！我三姑奶的二表哥家的狗都不敢相信！”

“……也别为难狗了，有你这个亲戚怪不容易的。”

“话说回来，‘追尾乐队’那事儿就是传说中的天降正义吧！竟然刚好赶在要出结果前闹出来，那个宿诚不是得意得很嘛，让他装，我看他被带下场的时候是一点儿都装不出来了。”

“我明天就叫我妈带我去山上庙里还个愿。”

“菩萨是住寺庙的吗？”

“管他呢，心诚则灵。”

乔茵：“……”

乔茵心说：你这心看起来也不是很诚的样子。

宴会厅里从选手到评审加起来有三四十个人，虽然刚刚经历了一场风波，但解决得及时，网络上反而盛赞节目组有大局观，没有牵连其他人，因此在场的人此刻心情都很放松。

只有乔茵心里搁着事儿，有一搭没一搭地听他们聊天，有些心不在焉。

“小乔，方便过来聊个天吗？”

面前罩下一道影子，乔茵抬起头，是这一个多月节目中对他们都非常照顾的青瓜老师。

她立刻站直了身子：“当然可以！”

“哎呀，不要这么紧张。”青瓜很亲昵地牵过她的手，“我一直觉得看见你有种很亲切的感觉。”

乔茵猜测道：“像您年轻的时候？”

青瓜佯装生气。“我现在难道不年轻吗？”逗小孩儿逗到一半，她又忍不住笑了，“好了，确实是像我年轻的时候。一样横冲直撞，一样无所畏惧——但又一样有所顾忌。我有时候，能从你的歌中，听见一些犹豫。”

乔茵抿了一下唇，惊诧于她的敏锐。

青瓜笑着说：“虽然不知道你的犹豫是为什么，但我想告诉你的是，十几岁是试错的年纪，没有人能永远走对的路，也不是刻意规避了所有所谓的歧途，就一定能抵达自己想要的终点。”

说着，她脸上浮出点儿唏嘘的神色：“人生嘛，本身就是无数个奇妙的际遇精彩碰撞的结果，不要那么早就限制了自己的另一种可能性。”

乔茵认真听着，良久，点了点头。

聚会好像要很晚才结束，后面好像还有媒体要对获胜乐队进行采访。

乔茵一颗心早就飞到了外面，顾不上其他。然后，她火速发了个定位给迟蔚：“监护人，快来接你的监护对象回家吧！”

宴会厅在酒店二楼，她站在露台边，托腮趴在栏杆上，静静地等着人过来。

在熟悉的身影闯入视线时，她飞快地找了个离开的理由，然后狂奔向她的另一种可能性。

酒店大厅的楼梯又宽又长，像极了童话故事里，灰姑娘匆匆赶向南瓜马车逃出王宫时跑过的那个楼梯。

脑海里考虑了一路要不要依靠“惯性”扑进迟蔚怀里后，乔茵还是矜持地选择在离他一米的距离刹住了闸。

“迟管家，你没来看我的决赛。”

“嗯。”他微低着头看她，“对不起。”

乔茵压着唇边，和他脸对着脸，没过两秒，还是破功了，唇角弯起来：“我没有在质问你，我又不是不讲道理、不识好歹的人。”

哪有那么巧合的事，那个音乐博主早不爆料、晚不爆料，偏偏挑了这个时候爆料。

那天晚上，迟蔚问她要了《夜莺》的音源，她就猜到他应该是要做些什么，但是怎么也料不到他能轰轰烈烈搞出这么大的事儿。

乔茵的作曲很有个人特色，甚至会习惯性地在曲谱里留下一些隐晦的记号，而“追尾乐队”抢先发在微博的那个版本，虽然进行了改编，却没有意识到记号的存在，因此根本没有掩饰。

这也成了抄袭的铁证之一。

知道她能反应过来事情的经过，迟蔚便没有再多解释别的：“在录音室盗摄你们作品的那个人也找到了。”

乔茵一愣：“这也能找到？”

“你们录音室楼下有辆面包车停了好几天，行车记录仪录下了他的正脸。”

“……”

乔茵沉默下来，双手背在身后，围着迟蔚走了好几圈。

迟蔚眉梢抬了抬：“怎么了？”

“我要仔细看看现实中的高中生侦探长什么样子。”乔茵深沉感慨道。

“看清楚了吗？”

迟蔚抬手招停了一辆出租车，把这脑回路蜿蜒崎岖的小姑娘塞进车后座，而后道：“不过这些事，单凭我一个人也做不成。”

乔茵侧过头：“啊？”

不等迟蔚给她解惑，她忽然拿起手机打开微博搜索相关话题。

看见那些被抄袭的歌手微博发的律师函文件上，果然都有“A 市众城律师事务所”的字样。

……这是她爸乔逢安所在的律所。

迟蔚低着眼眸：“我知道你可能不想让他管你的事，所以我先斩后奏了。”

乔茵没有说话。

她……很不知所措。

她想着闯出一番大事业，像那种大女主爽文里的主角一样，衣锦还乡让当初瞧不起她的人都后悔当初的傲慢，可到头来发现原来她还需要瞧不起她的人的帮助。

她安静了好一会儿，说："可我还是不想就这么跟他和解。"

这么多年的伤害早已造成了陈旧的斑驳的伤口，不是简简单单的一句话、一件事就可以愈合的。

或许乔逢安也爱她，毕竟她是他唯一的孩子，他不可能看着她受人欺凌。

可在他广袤的世界里，太多事情都比她重要得多。他从来都是上位者的姿态，她只能被动听从他的一切号令，她所有的想法他并不想要了解。

"你不用勉强自己原谅任何人。"迟蔚说，"就算他们是你的父母。"

他顿了顿，嗓音难得有点儿生涩："会有人替他们补全这个世界欠你的一切。"

车窗外街景后退，傍晚的城市蒙上了一层暗橘色的滤镜，夕阳已经快要沉下海岸线。

车上除了他俩，还有个哼着东北二人转的司机，间或通过后视镜朝他们这儿投来友好而好奇的目光。

实在不是个表明心迹的好场合。

可是什么时候又是真正的好场合。

乔茵低着头半晌，忽而扬起脸，一脸的恍然大悟："你是说我的粉丝吗？迟蔚，我现在可是有很多粉丝的人。你要是以后再欺压我，全国人民都看得到。"

迟蔚揉了揉眉心，一副跟她谈不下去的样子，表情像初遇那会儿一样，又冷又凶。

乔茵害怕地瑟缩了一下，然后伸出手，大着胆子捧住闹脾气的小管家的脸颊，眼里有一点儿恶作剧般调戏的笑："别生气啦，刚刚我是装的。”

“我知道你是什么意思。”

不要犹豫、不要胆怯，企求爱与被爱都是人的天性，是与生俱来的本能，没有什么好害怕和羞耻的。

乔茵的胸口有一团慢慢煮沸的情绪在升腾。

“迟蔚，发现你没来看比赛的时候，我心里一开始好失落。”

她松开了手，一边的手指却被迟蔚抓住，牢牢握在手心，甚至攥得她有一点儿疼。

“不过我又很快想，没关系，反正这首歌我还有当面唱给你听的机会，只唱给你一个人听。”

里面有一句歌词，她从最终的成品里删除，因为也只适合说给一个人听。

“迟蔚。”她注视着他的眼睛，“我这个人很注重公平的。”

这个世界对她的小管家也不够好。

“所以，我也会补全这个世界欠你的一切。”

——玫瑰星传颂亿万年爱意，从史前开始为我们作序。

第十乐章

童话未终结

8月的最后十天，一大半的时间，乔茵都在和乔逢安谈判。

不同于过去的夹枪带棒、阴阳怪气，这回她说得心平气和，只不过到最后还是搬来了姑姑这个援兵，才说服乔逢安让她高中剩下的两年继续待在N市。

消息一出，几家欢喜，几家表面愁其实也欢喜。

后者的代表人物就是陈启光同学。

一听到乔茵开学又要回N市的“噩耗”，他迅速挤出两滴眼泪，扑到乔茵面前：“茵姐是不是真的不要我们了？嘤嘤嘤。”

“……要不起你这个三岁零一百多个月的宝宝。”

“茵姐不在，那岂不是周末不用被拎着训练，吃火锅也不用怕肥牛卷刚端上来就被抢光了？”

乔茵：“……”

也不必高兴得这么明显。

她温柔地冷笑两声：“别太伤心，假期我还是会回来看你们的。老老实实地在学校待着，别一天到晚想往外跑。”

小光：“？”

贝壳：“？”

有生之年竟然能从他们茵姐嘴里说出这样的话，简直堪比世界第九大奇迹了。

管家哥哥真是太厉害了。

阿元靠在一旁双手抱胸帮腔道：“就是，你们也好好学习两天，好歹考个大学回来，别说出去‘末日极光’人均大学漏网之鱼，给我们茵姐丢人。”

期末考全线飘红的陈某光选手的脑袋耷拉了下来。

乔茵看得好笑：“别把我说得好像班主任一样好吧？”

她想起刚认识他们三个的时候。

那时她才到A市没多久，性格里无数的棱角还没被磨平，比现在要有攻击性的多。她对中文的环境陌生，不想听课，也懒得和同学交流，每天最要紧的事就是睡觉。

某天午间休息的时候，班上有几个男生聚众在教室里用投影仪的音响大声放电影。他们显然不是初犯，班里其他睡觉的同学都敢怒不敢言，自觉掏出耳塞。

乔茵起床气重，脾气里就没有“忍气吞声”这四个字，喊了两声“别放了”没收到回应，便径直走过去抽出他们的光碟直接从三楼扔了下去。

一套动作无比流畅，把整个教室的人都看呆了。

带头放电影的就是小光和阿元，那天贝壳在外面打篮球，没参与他们的活动。

初一的小男生还没有什么要让着女孩子的想法，小光和阿元两人被气得当即就想动手，结果不到十秒钟就被乔茵打趴下了。

等贝壳回教室见到这个状况，立刻撸起袖子要参与战斗，然后就又趴下一个。

这样的天崩开局，他们后来能成朋友才是真正的世界第九大奇迹。

英德私立中学和隔壁的十三中约球，结果十三中输了以后玩阴的，又叫来了一帮人。小光、贝壳、阿元三人嘴上说着“我怕你我是孙子”，其实腿都在隐隐发抖。

他们约在学校后门，乔茵每天放学都从这儿抄近路回家，于是好巧不巧撞上了。

虽然因为扔碟片的事儿和乔茵闹得不太愉快，但小光他们还是有一些小男子汉的担当在的，自己的事自己担着，不要把无关人员扯进来，所以三个人都跟她装不认识。

可是小姑娘漂亮得让人根本没法忽视，见到小姑娘就蠢蠢欲动想过去拉人家的手。小光察觉到他的动作，一个冲动没过脑子，伸腿把他踹了个“狗啃泥”。

原本和平的局势被这一脚彻底打破。

小光都闭着眼拿着棍子往前冲，结果竟听到此起彼伏的哀号声，再睁开眼，十三中的歪瓜裂枣们都横七竖八地躺在地上了。

小光：“？？？”

乔茵掸了掸衣摆，转过头，微微皱眉看着他们。

小光三个人又紧张又满腔热血地站成一排，等待着她即将要发表的重要言论。

静默的空气里，女生开口道：“下次打架换个地儿，你们挡我路了。”

“……”

这件事后，乔茵多了三个怎么甩都甩不掉的小跟班。

小光激情澎湃地说：“当时冥冥之中感觉有道声音告诉我，这个女生会是我未来的老大！”

乔茵：“……”

他们是她九年后回到A市，在这里最初的记忆。

“我对你们没什么太高的要求，本来想说安安分分就行，现在想想，你们努力点儿也挺好，不是为了我，是为自己考个大学。我们有机会也可以开个各大高校巡回演唱会。”

这是比赛之后，乔茵就隐隐有的想法。

毕竟参加节目后微博多了上百万的粉丝，总不能撩了人家就不管。

但乔茵不想他们过分沉浸在纸醉金迷的名利圈里，这个年纪太容易迷失其中，忘记自己的初心。

乐队是生活的一部分，会让生活变得更加丰富多彩，而不是让它成为人生路上的阻碍。

小光擦了擦眼角莫须有的泪花，正经了神色，面容清秀的小少年第一次露出一丝郑重的表情：

“茵姐，无论在哪儿，你都要开开心心的。”

乔茵一顿，拍了拍他头顶翘着的呆毛，笑着说：“那当然。”

“如果管家哥哥欺负你了，你要告诉我！”他说，“我帮你在心里用道德狠狠谴责他！”

“……”

我何德何能有你这么靠谱的朋友。

舷窗外大片大片的云朵包裹着初升的太阳，光芒太过耀眼，乔茵看了两秒就“唰”地把窗帘扯了下来。

“为什么我要坐这么早的飞机啊？”

旁边的某重点高中学生会会长为她答疑：“因为你要赶回去补暑假作业？”

被戳中的乔茵恼羞成怒地抓过他的胳膊咬了一口。

她从N市过来的时候，虽然有不舍，但是心中也不是没有为不用交暑假作业了而感到窃喜，然而出来混果然是要还的，该写的题她一道也逃不掉。

热心群众桂圆小同学来A市一趟，还特地把暑假作业给她带过来了。

干干净净地背过来，她再原模原样地背回去。

“为了庆祝你可爱的监护对象重返N市，迟监护人是不是要帮她解决一部分作业？”她友好地和迟蔚打着商量。

“你说得有道理。”迟蔚唇角微翘，“就当你是从我这里借的。”

“……什么意思？”

“截止日期定在你实现小目标的那天，在此之前，每多一天就多还我两道题。”

乔茵：“……”

学什么物理，学金融才最适合你。

一口气郁结在心里，她把眼罩从头顶拉下来闭上眼睛，不想跟迟蔚讲话了，甚至想落地后重新坐飞机再回A市。

起床气联合着要补作业的烦闷，乔茵一路上真的一句话都没有说。她天生长着一双笑眼，平时总会给人一种其实很好的错觉，这会儿却连眼神都没有那么生机勃勃了。

僵硬的气氛到推开别墅的大门才有所缓解，乔茵连行李箱都还没放稳就被迟希小豆丁抱住了大腿，姑姑也跟着过来接过她手里的东西。

连赵姨都担心她在飞机上吃得不好，做了满满当当一大桌的丰富早点。

这个家，除了迟蔚，每个人都对她很好！

乔茵觉得她要生气一整天了。

然而饭桌上。

迟蔚给她夹了一块鸡翅。

迟蔚给她盛了一碗鸡蛋羹。

迟蔚默不作声地把她的碗洗了。

这个气她又生不下去了。

理智人格重新占领头脑高地，乔茵鼓了鼓腮帮子，吐出一口气。

她又不是不知道，小管家那种对待学业严肃认真的态度，帮人做作业对他而言肯定是违反原则的事儿，从头到尾都是她在强人所难。

想通事情就在那么一瞬间。

后悔的情绪慢慢涌上来，乔茵小步跑到迟蔚身后。小管家站在洗碗池前，一双手手指修长，骨节分明，连洗碗都像在做一件工艺品。

“迟蔚，”她小声问，“你生气了吗？”

这下轮到迟蔚不说话了。

乔茵自觉要哄人，等迟蔚洗完碗后，背着书包亦步亦趋地跟着他进了书房，连补觉也不想补了，跟随小管家的步伐，勤勤恳恳地学习，扎扎实实地做人。

然后就见迟蔚走到打印机前，开始打印东西。

一张、两张、三张……

她看着迟蔚打印出来一沓厚厚的东西，用订书机订好，而后转过身，递到她手里。

乔茵第一反应是“普陀山风景区导览”又出了新的续集，仔仔细细看了两页，才发现……是暑假作业的答案，迟蔚自己做的。

饶是做这些题目对他而言比切萝卜还简单，但这么多题，也绝不是一朝一夕就能做完的。

乔茵忽然觉得喉咙发痒。迟蔚人在学生会，想搞到一份高一的暑假作业并不难，但是……

她抿了一下嘴唇，还是忍不住问：“你什么时候做的啊？”

“刚从新加坡回国没多久。”迟蔚说，“那时不确定你会回来。”

乔茵怔怔地问：“……那你怎么就做了？”

“想到有一点儿可能，就想把所有的准备都做好。”

乔茵失声，一刹那她连话都说不出来了。她的脑海里只有两个念头：怎么会有她这么幸运的人？她怎么会这么幸运地遇到迟蔚？

她吸了吸鼻子，重复了一遍刚才的问题：“我那么不讲道理地跟你发脾气，你生气了吗？”

“乔茵。”迟蔚低下头来看她，“你不用因为我改变自己，你原来是什么样的性格，现在还是什么样就好。”

我全都接受。

不用你自己扛着，所有的事情，我都比你多想一步。

你只要快快乐乐地，做你自己。

凡事有小管家撑腰的生活，乔茵只过了一年。

第二年夏天的时候，迟蔚以省理科状元的成绩被 B 市的 T 大录取。

虽然他早已获得了保送资格，但附中已经三年没有出过高考状元了，作为这一届最有机会为校争光的选手，他还是参加了高考。成绩一下来，李主任就一口气搞了三条横幅声势浩大地挂在学校门口，简直要把“迟蔚”两个字刻入史册。

除了校门口的宣传栏，“迟蔚”这个名字终于又有了新的去处。

乔茵高二分科也选了经典的物化生三门理科学科，毕竟文科的东西对她这种在国外待了目前人生一多半时间的人来说，其实和天书也没有太大差别。

高二的期末考试，乔茵考出了高中两年来的最好成绩——年级第12名。

如果保持下去，虽然和迟蔚成为校友有一丝困难，但考一个排名前五的学校，一点儿问题都没有。

只可惜除了高一时的最佳进步奖，直到迟蔚毕业，她都没能再和他出现在同一块宣传栏上。

但人生就是这样，她当初无所谓地选择了浪费光阴，就注定会有一天为此后悔遗憾。

乔茵这一届高三开学得尤其早，正赶上迟蔚去学校报到，她都没能去机场送人。

计算着他大概落地的时间，乔茵悄咪咪地在自习课上翻出手机，给迟蔚发了一条消息：“你好，这里是乔氏塔台，安全降落请扣1。”

反正现在迟管家不是学生会会长了，管不到她偷偷带手机到学校。

结果一扭头，乔茵就对上桂圆纯真的视线。

自从去年夏天被桂圆撞上那乌龙的一幕后，乔茵总有种把单纯小朋友带偏了的心虚。

她掩饰地把手机收进桌洞里，然而还是来不及了。桂圆撕下一张便利贴，写了一行字，丢到她桌上：“茵茵，我懂的！”

不等她回复，第二张便利贴也丢过来了：“一日不见，如隔三秋！”

乔茵：“……”

乔茵是绝不承认她有这么黏人的。

不就是在两个地方上学嘛，都没跑出一个地球，这点儿距离根本算不上远，哪儿那么容易就开始思之如狂了。

然而上天大概是要惩罚她的口是心非，迟蔚这个大一上得比她高三还要忙。

每学年的上学期本来就没有几个假期，错过了国庆，迟蔚之后就更找不到回 N 市的机会了。

乔茵自我安慰迟蔚不回来也好，回来还会打扰她的学习进度，她现在眼里只有学习。

一晃到了 12 月。

月初开始下雪。

乔茵前两年遇到大雪天还会打伞，后来才渐渐习惯这里的雪是干燥蓬松的，落在身上也不会冷，进教室前抖一抖全身就干净了。

越到年底雪下得越大，平安夜那天难得雪停了。

乔茵收到了许多苹果，快要一模考试，大家没时间约着出去过个圣诞节，只好意思意思用苹果来代替。

放学时，乔茵背着一书包沉甸甸的苹果往外走。风吹得很冷，她手里握着手机，手指微僵地打开置顶的对话框敲字。

迟蔚从来不过这种节日，估计都不知道今天原来是个特别的日子。

她唇角扬了扬，丝毫没察觉到身边越来越近的脚步声，等意识到不对劲的时候，手机已经被人从手里抽走。她没看清来人，伸手要去抢，可这人好似比她自己更了解她的一举一动，预判了她的所有动作，手腕被他拢在掌心。

头顶响起熟悉的少年嗓音："手机好玩吗？"

乔茵定在原地三秒，又眨了好几下眼睛："迟蔚！你怎么回来了？"

"昨天才知道原来今天是个节日，来不及买礼物了，怕有个小姑娘生气，所以先回来赔罪。"

乔茵的鼻子也被冻得失灵了，这会儿才慢慢地闻到了他身上很清冽的草木香。

“我哪儿有生气！”她想到手机对话框里还没来得及发出去的“质问”消息，有一点点心虚，“就是想给你科普一下……”

晚上九点半，学校门口已经没有多少人了。

突然想到了些什么，乔茵指着宣传栏给身旁的人看：“我们迟学长光辉灿烂的时代已经过去了，现在全是学弟、学妹们的天下，不知道迟学长有什么感想？”

迟蔚扫了一眼，又收回目光，平静地问：“他们有人让你盯着看半个小时吗？”

“……”乔茵被噎住，“我高一转学过来那天，你也在？”

不然怎么会知道她在宣传栏前面转悠了半个小时的事。

“嗯。”

说完，迟蔚从她背上接过书包，动作微微一滞：“……你是装了一包炸药吗？”

乔茵摇了摇食指：“你不懂，这是小姑娘们对我沉甸甸的爱。”

迟蔚闻言面不改色地点了点头，然后从自己脖子上取下围巾，一圈一圈给她严严实实地系上。

“用这个跟你交换。”

乔茵：“……”

乔茵的脑海里八百只土拨鼠开始齐齐放声尖叫。怎么会有人吃醋都这么可爱啊！

他越这样，乔茵越想逗他玩儿了。

她故意往旁边撤了一步，和迟蔚保持半米的距离。

迟蔚侧过头看她。

乔茵低低地叹了口气：“迟蔚，我不能跟你挨这么近了。”

迟蔚没反应。

乔茵：“知识会从高密度流向低密度，马上要考试了，我怕我的知识会流到你那里。”

这话纯属瞎扯，哪怕迟蔚上了半年大学，对高中知识的掌握还是比她深厚得多，要流也是流到她这儿来。

迟蔚却没拆穿她。

他向她靠近了一步，乔茵睁大眼睛看着他伸出手，把系在她脖子上的围巾又往上拉了拉，遮住了她的下巴、嘴唇和小半张脸。

乔茵自燃了。

这一燃就红红火火地燃到了过年。

乔茵的一模考进了年级前十，在全市也能排进前二十。一放寒假，她就被乔逢安拎回了A市，又完美错过了和迟蔚的会面。

她有点儿可惜，又有点儿松了口气。

平安夜同款刺激再来一回，她怕自己的小心脏承受不了这样的负荷。

高考倒计时的日历挂在教室的黑板旁边，两周的寒假过去没多久，日历上的三位数就变成了两位数。

三模时，乔茵考到了年级第二。

这是两年前她做梦都不会梦到的成绩。好好准备高考，也是她两年前想不到自己会做的事儿。

年级第一还是乔茵在附中第一次月考时那个考第一的男学霸。

对方看着她两年来的进步，更加觉得自己当初的判断十分正确，转学生都是最可怕的存在！

窗外的蝉鸣声一天天变得越发响亮。

N市一夜入夏。

高考的前一天晚上，乔茵久违地又给樊妍打了个视频电话。

她这一次没再想从她身上得到什么感情的寄托，只是单纯地告诉她，自己要参加高考了。

镜头里的樊妍愣了愣，脸上闪过一丝快到抓不住的情绪，问她：“小茵想来美国读大学吗？”

乔茵摇了摇头：“妈妈，我现在在国内很好，有了很好的朋友，也有了奋斗的目标。”

“这样啊……小茵是真的长大了。”樊妍顿了一下，露出一个笑容，“妈妈祝你高考顺利。”

画面暗下去的那一刻，樊妍摸了摸心口，忽然觉得自己好像失去了很重要、很珍贵的东西。

6 月 7 号、8 号两天，艳阳高照。

整座城市都在为十七八岁的少年们让道。

考完试的狂欢之夜，乔茵一个人在家收拾行李，没能参与任何通宵欢庆的活动。

没办法，今年杧果音乐节就定在六 6 月的 9 号和 10 号举办，因为她，“末日极光”已经一连错过了两年，今年无论如何都要去参加了。

而且……等音乐节结束后，她还想偷偷飞去 B 市找迟蔚一趟，给他一个从天而降的大惊喜。

从柜子里拖出行李箱的时候，粘在柜子深处的一张纸也被蹭了下来。

乔茵捡起来一看——是当初她刚来 N 市、刚搬进这个家时，迟蔚给她列出的家规八百条。

不许喧哗、不许晚归、不许迟到……

那时她没有耐心看，这边接过，那边就往柜子里一扔，还觉得没直接撕碎扔垃圾桶就是对这个小管家的最大尊重了。

此时此刻再看到这样东西，乔茵竟然觉得有点儿亲切。她挑了挑眉，笑眯眯地把这份“定情信物”拍给迟蔚看。

“妄想”已经变成了“我的妄想”。

两年多以前的那一天，她遇见了迟蔚。

两颗不同轨道的行星偶然撞进同一片时空，彼此都被对方的引力影响，偏离了最初的轨迹，从此互相缠绕，不灭不休。

趁迟蔚还没看见手机，乔茵从桌上随手抓了一支笔，在家规的一连串“不许”后面，加了五个字。

6 月 8 号晚上八点半。

把六个小时实验硬生生压缩了两个小时，赶着从实验室出来的迟蔚拿到手机，第一眼看见的，就是刚刚结束了高考的小姑娘发来的一张图片，以及末尾用黑色签字笔龙飞凤舞写的五个大字——

可以喜欢我。

弦外之音

到世界尽头

1. 昵称

这一年七月底，乔茵收到了 P 大的录取通知书。

凭她的高考成绩，全国任意一所大学的大门都已经向她敞开。之所以没有选迟蔚所在的 T 大，除了不想跑去再当他的学妹，也是因为 P 大赫赫有名的架子鼓社倾情邀请她加入。

反正两所学校离得那么近，见面是再容易不过的事儿。

她周围的朋友里，小光、阿元和贝壳在经历了高三一年非人的折磨后，也都爬上了本科线，不过都很恋家地选择留在 A 市上大学。

N 市这边，包括桂圆、唐心月和詹静在内，一共五六个人都要前往 B 市开始大学生活。

直到军训完后的某一天，桂圆旁敲侧击地问她“学长是不是该请我们吃顿饭”，乔茵才反应过来一个十分严峻的问题。

她和迟蔚，好像从来都没有正式确定过关系。

一切都发生得无比自然、了无痕迹。

就连迟蔚对她的称呼，都还是冷冰冰的“乔茵”两个字。听着室友和男朋友打电话时一口一个“宝宝”，乔茵忽然觉得自己很失败，做了人生路上的赢家，却是感情路上的输家。

于是这天晚上，迟蔚惯例来P大教学楼下接人一起吃晚饭时，收到了一条很莫名其妙的回复：“这样不合适吧？”

迟蔚微微拧眉：“怎么了？”

乔茵顺水推舟地说：“哥哥，我们俩天天一起吃饭，会不会耽误你找女朋友呀？”

看见“哥哥”这两个字，迟蔚眼皮一跳，终于意识到事情的不对劲了。

他顺手拨了个电话过去，对面的小姑娘声音压得很低，开口又是一句：“哥哥，你这样打电话给我，你未来女朋友知道了……”

“我女朋友不会生气。”他悠悠地说。

乔茵：“？”

迟蔚轻哂一声：“她说让我多带你吃点儿好吃的，她不介意。”

这是什么渣男发言！乔茵的怒气值飙升到满格，叫他：“迟蔚！”

“怎么不继续叫哥哥了？”

“哼！”

她挂断电话，三两步迈下最后几级台阶，横冲直撞地来到迟蔚面前，整个人挂在他身上，哼哼唧唧：“我生气了，因为你没有严肃地认识到自己的错误，还在跟我嘻嘻哈哈。”

整个人和“嘻嘻哈哈”相去甚远的迟蔚向她虚心求教：“我具体错在哪了？”

没有正儿八经跟她表白过这种事，她作为当事人怎么好说出口。

乔茵只好绞尽脑汁地找到一个借口：“你现在给我的备注还是‘麻烦精’，我对你来说很麻烦吗？”

“如果我没记错的话，这个备注是你不让我改的，你说看起来比较俏皮可爱。”

“……”乔茵词穷了两秒，咳了一声，“那、那你也可以稍作修饰一下，比如改成‘最喜欢的麻烦精’。你不用心。”

迟蔚任她批评完，然后掏出手机给她看了一眼真实的备注：只喜欢麻烦精。

本来就来得毫无道理的脾气又毫无道理地被风吹走了。

乔茵根本控制不了眼睛里充盈的笑意，唇角压了又压，还是上翘了一个好大的弧度："迟蔚，你怎么这么喜欢我？"

"是啊！"迟蔚牵着她的手，跟她紧紧地十指相扣，"我怎么这么喜欢你。"

"既然这样，明天开始，你要叫我宝宝。"

"……"

"你不愿意的话，就像我叫你哥哥一样，叫我姐姐也行。"

"……别闹了，茵茵。"

鲁迅先生说得果然没错，中国人的性情就是喜欢调和折中。在她提出了两个迟蔚完全叫不出口的称呼之后，"茵茵"就变成了可以接受的选项。

2. 同人文

十月底的一个周末，桂圆同学如愿以偿地获得了近距离嗑CP的机会。

迟学长请她们吃了一顿饭，地点是乔茵选的，是一家向来以五星级服务著称的火锅店。

网友调侃说在这里吃饭，想背着服务生给自己倒杯水的难度不亚于特工训练。桂圆以前觉得名不虚传，但看见迟学长全程让服务生毫无用武之地地照顾乔茵吃完了一整顿饭，她忽然觉得，可能还是因为用心程度的问题。

重点是迟学长的每个动作都太娴熟自然了，甚至都不会让人觉得有哪里不对劲。

一顿饭把桂圆吃撑了。

各种意义上的撑。

分别时，桂圆情不自禁地喃喃道："我的同人文又有素材了……"

这句话乔茵没有听见，但迟蔚听见了。

迟学长因为经常忙于实验不能赶在寝室门禁前回去，所以大二学校允许走读之后，就在附近租了一套一居室。房间面积只有五十平方米，但卫生间很大，客厅还有个巨幕投影。

苦于宿舍没有独立淋浴间的小乔同学，有空就经常过来蹭地方洗澡，外加看电影。

最开始乔茵还有一点儿不太好意思，在排队挤了一次公共澡堂后，南方人小乔还是屈服了。

这回出来吃饭，她也在书包里塞了换洗衣服，驾轻就熟地乘电梯到迟蔚的房门前按了密码锁。门刚打开，她就听见迟蔚带着些疑惑不解地问她："同人文是什么？"

乔茵身上的汗毛都奓了一下。

她不知道迟蔚是打哪儿听来的这个词，只能保持冷静、临危不惧地说："同人文？就是把两个人物写进自己的文里进行小说化的再加工。你是不是不上网？竟然连这个都不知道！"

迟蔚了然，而后抛出了新问题："我们俩的同人文是怎么进行加工的？"

"……"

迟蔚看着她。

她看着迟蔚。

空气沉默了一万年后，乔茵把他拉进室内，"嘭"地合上门，将人压在了门板上。

"就像这样。"乔茵闭了闭眼，一狠心，豁出去了，"我把你压在墙角，按在墙上亲。"

迟蔚挑起眉梢。

乔茵的手还摁在他胸前："……你怎么不害怕啊？按同人文里的写法，你现在要很想逃，又逃不出我宽阔的怀抱。"

"我在等你的下一步。"

乔茵："……"

话都说到这个份儿上了，再不上，她以后有什么颜面再行走江湖。在短短的几秒钟内，乔茵脑海里闪过之前暑假恶补的所有东西。

她伸手揪住迟蔚的衣领，扯得少年弯腰低下头来。

为什么这个人离这么近看都这么好看？为什么他不脸红？为什么……

在思绪乱飞出一部《十万个为什么》之前，乔茵将脸贴上去，恶狠狠地，啄了一下迟蔚的嘴唇。

一触即分。

……好像没什么感觉，和之前隔着围巾亲差别也不大。

乔茵尝试着抬起头，又啄了一下，这次停留的时间稍稍长了一些，也感受到了果冻、棉花糖一样柔软的触觉。

她心满意足地准备收工，结果刚分开一点儿距离，肩膀就被人抓着，一时间天旋地转，被压在门板上的人换成了她。

近在咫尺的距离，迟蔚低声问她："试完了吗？"

"试完了……吧？"乔茵迟疑道。

"那到我了。"

话音落下，刚才还触觉柔软的嘴唇就用力地覆了下来，迟蔚的舌尖带着柠檬薄荷糖的味道，强势地入侵她的领地。乔茵本能地想抵抗，腰却被人掐着抱起来，被敌人攻陷得更深。

到后来，乔茵连喘息和吞咽的力气都没有了。

乔茵脑海里最后只余两个念头：

迟蔚天天宅实验室，腹肌和体力是怎么练出来的？

被亲得招架不住的人为什么还是她？

3. 生日

物理学院的学生会会长已有女朋友这件事儿，最初是没什么人知道的。

倒不是会长作风不正、遮遮掩掩，而是他人看着严肃又冷淡，虽然长着一张和整个学院都显得格格不入的帅脸，工作能力也是一流，但敢接近他的女生还真没有几个。

所以，即便会长大人大大方方地用着情侣头像，也没什么人敢往那方面猜。

直到大二下学期，有个大一的小学妹看中迟学长过人的美色，准备了一场盛大的表白仪式，打算在男生宿舍楼下堵人表白。结果得知学长去陪女朋友吃饭了，会长身上才真正被打上了非单身的标签。

有知情人士表示会长女朋友是隔壁学校的美少女。

知情更深一点儿的表示这个女朋友的来头还不小。

会长女朋友的身份还没被大家知晓，女朋友真人来T大巡演的日子已经定下来了。

就在6月27号。

她十九岁生日那天。

“末日极光”的高校巡演计划从今年年初就开始了，恰好这学期乔茵的课也不是很多，经得起一个月两场演出，天南海北地折腾。

她生日这天在T大办演出的计划还是小光他们出的主意：“到时候表演结束，刚好给茵姐过个生日！还能带着管家哥哥一起！”

想法很好，但也只停留在想的层面。

因为演出刚结束，乔茵就被迟会长用一串冰糖草莓骗走单独过二人世界的生日了。

这么热的天不知道他从哪里买到的冰糖草莓，还保存得那么完好。三个小时的演出消耗了太多体力，乔茵三两口就吃完了冰糖草莓，又咕咚咕咚喝完了一大瓶水。

迟蔚像投食小朋友的家长，口袋里还藏了一根棒棒糖。

夏日黄昏，学校的电台放着她刚刚唱的歌。

——带我走，到遥远的以后。

乔茵听见了，觉得分外应景，眼睛弯弯地对迟蔚说：“你这算不算学生会会长假公济私，带走合作学校乐队的队长？”

他低头认栽，唇角微微翘着：“反正也不是第一次假公济私了。”

——带走我，一个人自转的寂寞。

一路上有夏天最繁盛的鲜花绽开。

乔茵握住少年比她宽大不止一倍的手掌，叫他：“迟管家。”

“迟蔚。”

她认认真真地看着他，每一个字都说得无比清晰：“忽然觉得我好爱你。”

——就算我的爱，你的自由，都将成为泡沫。

“不会。”迟蔚说。

乔茵侧头：“什么不会？”

“不会是泡沫。”

以后你的每一个生日、每一个圣诞节、每一个除夕夜、每一个你觉得孤单的时刻，我都会陪在你的身边。

我做你破碎梦境里，抬起头，永远都能看见的那轮月亮。

只偏爱你，只照亮你一个人的路。

没有什么选择题，你就是我的最终解。

是我此生唯一信仰的答案。

——你愿意走，我带你走。

（全文完）

后　记

先总结一下这篇文引用了歌词的歌：

飞碟歌手《相亲相爱》

五月天《倔强》

Kim Taylor《I Am You》

高胜美《千年等一回》

林志颖《十七岁的雨季》

杨丞琳《带我走》

以上歌曲都很好听，在我的写作过程中带给了我许多灵感与力量，在此感谢各位老师。

我曾经一度以为写完这本书时，我会有很多话想说，可真正写完到现在，过了一个星期，我竟然一个字都没写出来。

很奇怪，我对它的所有爱意好像都已经用在了书中的每一个字里，再也挤不出什么东西来描述“爱”本身，这是我之前写文从未有过的经历。

最开始的时候，我怀疑是不是因为写这本书实在耗费了我太长的时间，夫妻之间尚有七年之痒，可能写书人和书之间也有这样一种微妙的关系。

可我又很快推翻了这个想法，因为直到打出“全文完”三个字的时候，我都还是很爱它，很爱乔茵，很爱迟蔚，很爱我书里可爱的配角们。

我和朋友说，乔茵其实是我写过的书里，性格最拧巴的一个女主角。她热烈也冷淡，她大胆也胆怯，她外向也沉默，她是一个矛盾的综合体。

老实讲，写书的过程中，我时不时就会担心，这样的她是不是不够讨人喜欢，但犹豫了很多次，我还是不想改掉这些从故事伊始就烙刻在她性格里的印记。

她不够完美，但我很爱她。写她的过程中，我也无数次地在和我自己性格里不讨喜的一面和解，接受自己的缺点，也相信这样的自己是值得被爱的。

我的前两本书，《月光着陆》和《小薄荷星》都属于女主角治愈男主角的类型，而《荔光小夜曲》相反，从敲下第一个字开始，我想写的就是男主角“粘合”破碎女主角的故事。

所以迟蔚诞生了，他就是为了治愈乔茵而生的。

他是我送给乔茵的礼物。

言情小说里的两个主角，一般都要是互补的对立面，而乔茵和迟蔚是既对立又相似的两个人。

他们有着截然不同的性格，却偏偏有类似的经历，都是被父母“抛弃”过的小孩。

有一句话叫“未经他人苦，莫劝他人善”，迟蔚是“知她所有的苦，劝她从此只做自己”，他来当她在这个世界上所有的底气。

这本书也是我第一次尝试将较多的笔墨用于女主角故事线的塑造，无论是附中小分队的闺蜜线还是乐队线，写的时候我自己都经常被自己逗笑。

二十多岁的年纪写十几岁少年的故事，真的很容易被那种青春热血的感情感动，好像自己又穿越回了十年前，跟他们重新活了一回。

然而就像我在正文里提到过的，逝去的时光是无论多么努力都无法弥补挽救的，活在当下的人能做的只有抓紧这一刻和下一刻。

“往事不可追”。

乔茵在十七岁就明白了这个道理，可我在二十四岁才明白。也还好只是二十四岁。

未来的大半生里，我还想写很多喜欢的故事。

假若有缘，纵使天涯海角，我们还会相见。

再会。

薄皮大馅

2021 年 10 月 8 日